新潮文庫

ワイルド・ソウル

上巻

垣根涼介著

新潮社版

8808

二〇〇二年の四月から六月にかけて
ブラジルとコロンビアで知り合ったすべての人々へ。
ただし強盗とスリとかっぱらいは除く。

目　次

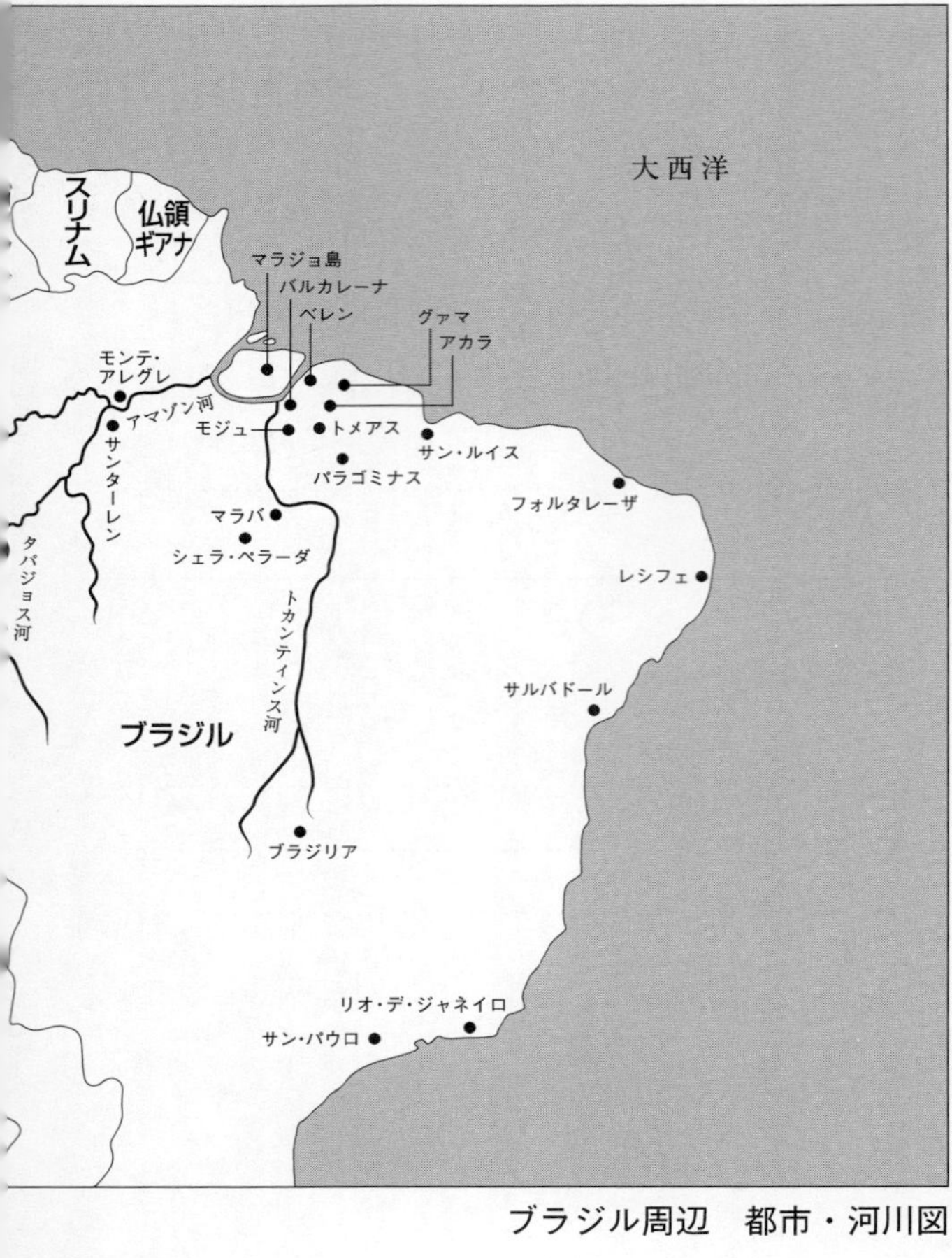

ブラジル周辺　都市・河川図

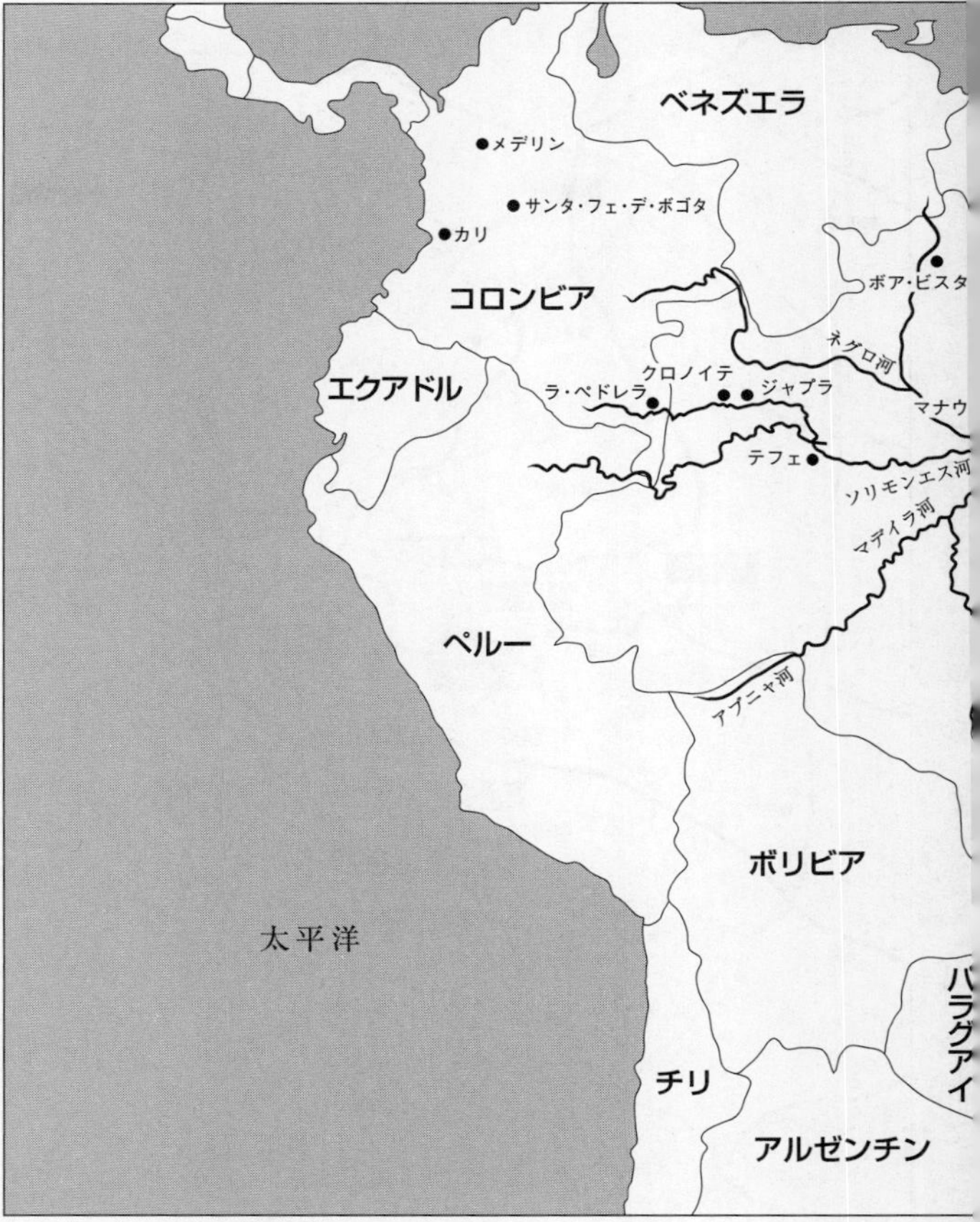
ベネズエラ
メデリン
サンタ・フェ・デ・ボゴタ
カリ
コロンビア
ボア・ビスタ
ネグロ河
エクアドル
クロノイテ
ラ・ペドレラ
ジャプラ
マナウ
テフェ
ソリモンエス河
マディラ河
ペルー
アプニャ河
ボリビア
太平洋
パラグアイ
チリ
アルゼンチン
0 200 400 600 800 1000km

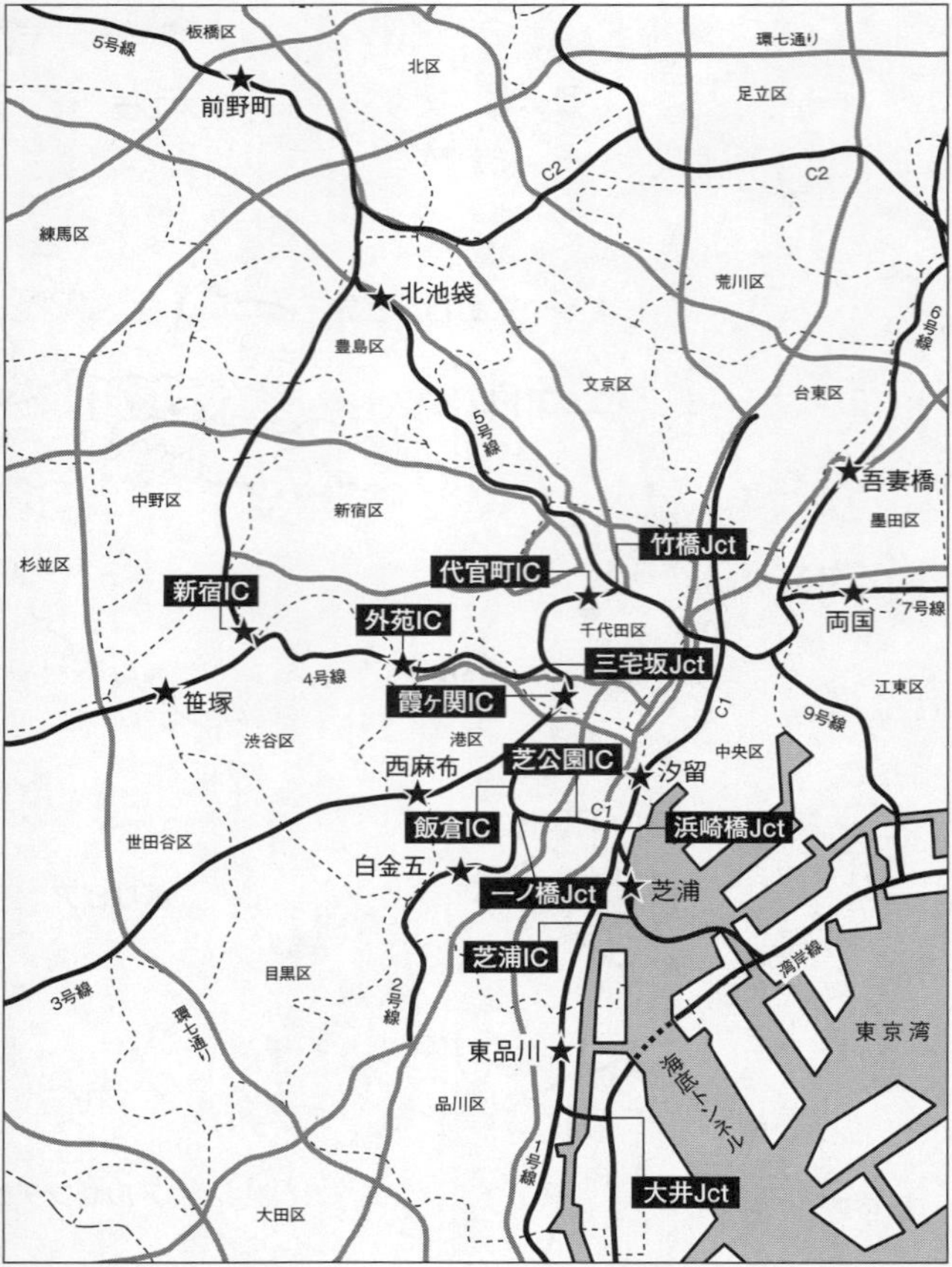

★はNシステム設置箇所

東京都首都高速Nシステム図

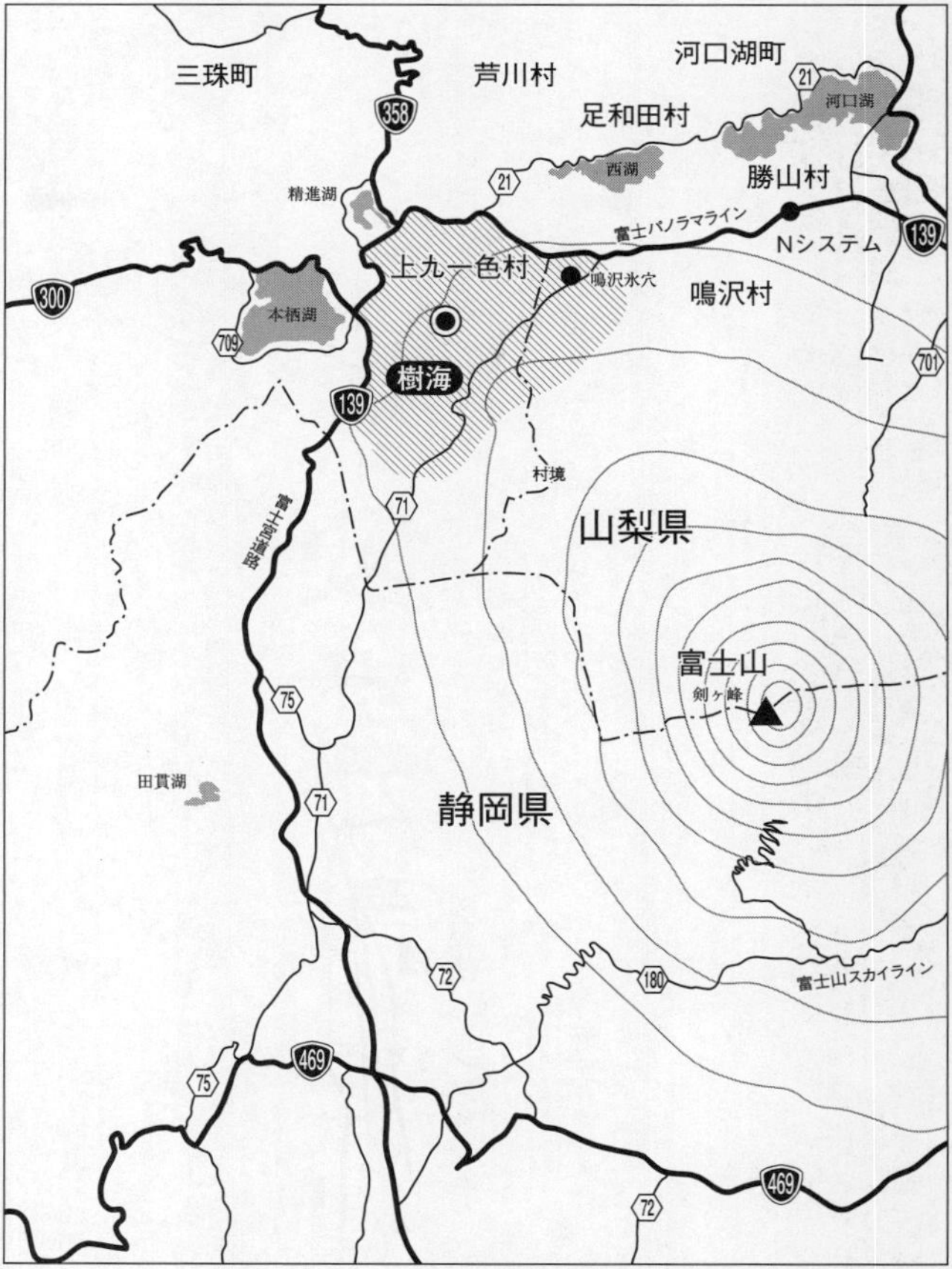

富士樹海周辺図　2003年当時

地図製作　インフォルム

ワイルド・ソウル 上巻

「アマゾンに移住させることは、わが国民を死地に陥《おとしい》れるのと同じようなものだ」

一八九八年、初代の駐ブラジル公使・珍田《ちんだ》氏が外務大臣に上申した報告書より。


「アマゾンはとても外国人が住めるところではない。万一わが国民を移住させたなら、幾百名の移民は数ヵ月のうちにことごとく惨死《ざんし》するのは確実である」

一九〇〇年、同じくブラジル公使・大越《おおこし》氏の手による公文書より。


「日本人がアマゾンに移住すれば、三代目にはサルになる」

一九五一年、戦後の移住問題を巡って行われた座談会記録「在伯邦人社会と移民問題」で、サンパウロ在住の代表的日系知識人・アンドー・ゼンパチ氏が、安易な移住計画を実行に移そうとしていた日本政府を牽制《けんせい》して、口にした発言。

プロローグ

捉《とら》えどころのない水域とは、こういうことをいうのだろう。

南米大陸の太平洋側には、いくつかの国が南北に連なっている。コロンビア、エクアドル、ペルー、ボリビアなどだ。それぞれの国に三千メートルから六千メートル級の分水嶺《ぶんすいれい》があり、大陸の内部——つまり、東側のアマゾン水域に向けて流れ出す河を持っている。

例をとってみる。

コロンビアのオリエンタル山系から流れ出たいくつもの支流は、国境とは名ばかりの熱帯雨林の無人地帯を越えてブラジル側へと流れ込み、さらに無数の河川を併合しながら〈ネグロ河〉という名の黒い本流へと変わる。

エクアドルのセントラル山系とペルーのアンデス山系から流れ出た支流は、これもまたブラジル国境へと流れ込み、いつしか白濁色の〈ソリモンエス河〉へと統合されてゆく。

一般的に、この二つの大河の合流点から下流が、アマゾン河と呼ばれている。ほかにも群青色《ぐんじょういろ》の水を湛《たた》えたタパジョス河や、マデイラ河、ニャムンダ河——いくつもの大河が合流し、うねり、蛇行を繰り返しながら、やがては対岸まで数十キロという圧倒的な水量を湛えた河となる。雨季ともなれば葦《あし》や灌木《かんぼく》が生い茂った広大な低湿地帯のすべてを川面《かわも》に沈め、その流域面積は日本のざっと十九倍に相当する。南米大陸を西から東へとゆっくりと移動し、約六千八百キロもの距離を気の遠くなるほどの時間をかけて流れ下り、やがて大西洋に注ぎ込む。

このような水域を総称して、人はアマゾンと呼ぶ。


一九七三年、十月のことだ。

この河の流れを遡《さかのぼ》ろうとしている一人の男がいた。

すらりとした身体《からだ》つきの中年の日系人——右足をやや引き摺《ず》り気味に歩いている。アマゾン河口にある赤道直下の港湾都市・ベレンで小用を済ませた男は、翌日の朝早く、ヴァリグ航空の旅客機に乗り込んだ。

飛行機は、直線距離で西に千三百キロほど離れたアマゾン中流域の街・マナウス行きのものだった。

男の席は窓側にある。窓の外には、霞《かすみ》がかった地平線の彼方《かなた》までべったりとした緑の大地が拡《ひろ》がっている。

約二時間のフライトの間、男は飽きもせずその変わり映えのしない景色に見入っていた。

旦那《セニョール》、と隣の席に座っていた白人の若者が半ばあきれ顔で話しかけてくる。

そんなにこの景色が珍しいのかい？

男は少し笑い、首を振る。

だが、口は開かない。

マナウスのエドゥアルド・ゴメス空港に降り立った。熱帯雨林に特有のむせ返るような熱気と湿度が男の全身を包んだ。

錆《さび》の浮いたワーゲンのタクシーを拾い、二十キロほど南にある市内に向かう。

赤茶けた悪路からの突き上げが絶え間なく車体を襲う。圧倒的な勢いで覆《おお》い被《かぶ》さってこようとするジャングルの梢《こずえ》が、未舗装道の両側に延々とつづいている。

その振動にも慣れ始めたころ、なんの前触れもなく両側の密林が割れ、行く手に一見海と見紛《みまが》うばかりの広大な水面が忽然《こつぜん》と出現した。

ネグロ河だ。

名の由来はいたって単純なものだ。文字どおり、河の水が黒いからだ。原生林の葉の上を流れ落ちて浸水林《イガポー》に染《し》み込んだ雨粒は、タンニンを濃厚に含んだこげ茶色の水となる。それが河に流れ込み、ある程度の深さの河に育つと、遠目には水面が真っ黒に見えるようになる。

マナウスは、その黒い河を見下ろす緩やかな坂の上に拓《ひら》けた街だ。アマゾナス州の州都であるこの都市は、一八六〇年には人口わずか三千五百人の寒村にすぎなかった。

それが十九世紀の末、世界史の表舞台に突如として躍り出てくる。アマゾン上流で天然ゴムが発見され、一攫千金《いっかくせんきん》を夢見た山師たちがブラジル国内はおろかヨーロッパからも大挙して押し寄せてきたのだ。職を求めてやってきた単純労働者も含めると四十万人とも五十万人とも言われている。

空前のゴム景気に沸き立った街にはパリのオペラ座を模した巨大な劇場が建ち、辻々《つじつじ》にはガス灯が灯《とも》り、石畳の上を市電が走った。娼婦《しょうふ》たちも金を求めて世界中から集まってきた。ダンスホールや高級ホテル、売春宿も、さながら雨後の筍《たけのこ》のように無数に出現した。ゴム成金たちによって連日連夜底なしの乱痴気騒ぎが繰り広げられ、剝《む》き出しになったこの享楽《きょうらく》の時代が、後《のち》のマナウス発展の礎《いしずえ》となった。

広大なアマゾン水域といえども、マナウスに比するほどの街は周辺七百キロ以内には皆無といっていい。

ある一定の規模に膨れ上がった都市は、その存在自体が人を惹《ひ》きつける。人の集積が物資を呼び、仕事を作り、その土地の風土を産み落とす。

それら有機体の匂《にお》いが、さらなる人を呼び寄せる。

密林に蓄えられた湿気がこの唯一《ゆいいつ》の大都会に吸い寄せられていくように、アマゾンの奥地から流れ出てきた食い詰め者たちもごく自然にこの街に群がり、ゴム景気が去ったあとも人口は時の推移とともに増加していった。

つまるところ、それがマナウスという街の正体だったし、かつてはこの日系人もまた、それら流民の一人だった。

市内に入ったタクシーはエパミノンダス通りをまっすぐに南下し、サウダージ広場の脇《わき》を過ぎた。露天商がびっしりと軒を連ねた坂を下って、ネグロ河のほとりへと出る。

買い物客でごった返すアドウフォ・リスボア市場の前で、男はワーゲンを降りた。

市場の前は港だった。

魚の生臭さとディーゼルの煤煙《ばいえん》が鼻腔《びこう》を突く。

マナウスの旅行代理店を通して、船着き場に発動機付きの小船を一艘《そう》チャーターしてあった。

桟橋のたもとに立った五十がらみの男が、日に焼けた赤銅色《しゃくどういろ》の顔をキョロキョロと左右に動かしている。

短パンにゴム草履《ぞうり》、着古した白い半袖《はんそで》シャツ姿の男は、どこからか拾ってきたと思《おぼ》しき木片を両手に提げている。その木片の表面には、手馴《てな》れない文字で彼の名前が殴り書きしてある。

男の前まで歩いてゆき、立ち止まった。

セニョール・エトウ？

そう問いかけてきた男に、彼はうなずいた。

男はチャーターした小船の船長《カピタン》だ。ロマリオ、と自己紹介し、今日は天気が良くてよかった、と大口を開けて笑った。前歯の半分がなくなっているのが分かった。鉄色の髪はネグロ河からの風になぶられ、ざんばらになっている。いかにも地生《じば》えのブラジル人らしい鷹揚《おうよう》さだった。

軽い足取りのカピタンに手招きされるまま、エトウは桟橋の上を進んでいった。

桟橋の両側には無数の河船《かせん》がびっしりと係留されている。その多くはベレンからサンターレンを経てマナウスまでを行き交う定期商船だ。正確に言えば、貨客船になる。吹き抜けのデッキの梁《はり》には乗船者のハンモックが所狭しとぶら下がり、後部甲板には小型バイクや自転車がひしめき合っている。

エトウは歩きながら隣のカピタンに口を開いた。

「ベレンからは、今でも十日やそこらはかかるのか」

カピタンは小首をかしげる。

「さぁて、ね。汽船はほとんどなくなったし、最近じゃディーゼルばっかりだ。五、六日ありゃ来ると思うよ」

「そうか」

「昔、乗ったことがあるのかい？」

「……十二年前に、一度」

ほう、とカピタンはあくまでも気楽に応じる。「飯が、不味《まず》かったろ？」

当時、エトウと彼の家族は前途に広がる新生活への期待と不安で頭がいっぱいで、そこまでは覚えていなかった。彼が曖昧《あいまい》な笑みを浮かべると、

「あのテの船ってのは、ロクなコックを乗せていないもんだ」

と一人で納得した様子を見せた。

カピタンの船は、布製の天蓋《てんがい》のついた七メートルほどの短艇《たんてい》だった。両側を大きな貨客船に挟まれ、重油の浮いた黒い波間に揺られていた。

見た目には頼りなさそうな小船だったが、これから先、アマゾン奥深くの支流や枝流に分け入ってゆくためにはむしろこういう船底の平らな軽船が最も適することを、エトウは経験として知っている。十月の今は乾季の半ばで、河川の至るところに浅瀬ができ始めているからなおさらだった。

カピタンが船首にひょいと飛び乗り、それからエトウに手を差し伸べる。ボストンバッグを手渡し、船に乗り移った。

「知ってんだろうけど、まずはここから十キロほど下った合流点まで行く。そこからソリモンエス河を上ってゆく」

とも綱をほどきながらカピタンは言う。エトウはうなずいた。

発動機に火が入った。船は港を離れ、沖へと滑り出していった。ネグロ河の流速は毎時三キロから四キロの間と言われている。広大な川幅に比べると、止まっているに等しい速度だ。容赦ない空間の広がり。鏡面のように穏やかな黒い水面に、今日のように乾季の晴れた日には空の雲がくっきりと映り込む。

そんな水面をぼんやりと眺めていたエトウの背中に、船尾で舵《かじ》を握っているカピタンが声をかけてくる。

振り向くと、右手に舵を持ち左手に瓶ビールをかざしたカピタンがニコニコと笑っている。

「よかったら、ほれ、飲みな」

そう言って彼のほうに左手を差し出してくる。エトウは船底を歩いてゆき、その瓶ビールを手に取った。

『アンタークティカ』。エトウの好きな銘柄だ。彼に限らず、多くのブラジル人も好んで飲む。ホップの苦さが喉《のど》に吸いつくようで、それでいてすっきりとした味わいがある。

「ありがとう《オブリガード》」

カピタンはなおも右手で舵を押さえたまま、発泡スチロールの箱の中からもう一本のアンタークティカを取り出した。残っている前歯でその栓をいとも簡単にこじ開ける。エトウはイスの上に投げ出してあった古びた栓抜きを使う。

カピタンは、ふたたび発泡スチロールの箱の中をごそごそと漁《あさ》り始めた。

取り出したビニール袋の中には、黄色い顆粒《かりゅう》のようなものがびっしりと詰まっている。ファーリーニャだ。マンジョカというイモを粉々に磨《す》り潰《つぶ》して水分を抜き、フライパンで粒状になるまで炒《いた》めたものだ。

カピタンはその粒を口に放り込み、ビールで飲み干す。当然のようにエトウにも勧めてきたが、彼は笑って首を振った。

この食べ物が苦手だった。ブラジルに来てから十二年になるが、未《いま》だに自分からすすんで食べることはない。口の中に含むとパサパサしていて、おそろしく硬く、嚙《か》むと歯が欠けそうな気がする。味もほとんどない。だが多くのブラジル人はどういうわけかこの食べ物を非常に好む。黒豆と豚肉の煮物《フェイジョアーダ》、アヒルと香草の土鍋料理《パット・ノ・ツクピー》――何の料理にでも喜んでふりかけるし、ときにはこのカピタンのように、そのまま口に放り込む。

ひとしきりファーリーニャをほおばったカピタンは、アンタークティカの空瓶を河の中にぽいっと投げ込んだ。エトウは苦笑する。このエチケットのなさも、ブラジル人そのものだ。

カピタンは再び船尾に腰を下ろし、のんびりと舵を操り始めた。

川面のあちらこちらに川草の塊がぽっかりと浮いている。水面下の茎からネグロ河の養分を吸い上げ、波間に漂う葉の表面からは太陽の恵みを取り入れ、おそろしく巨大に育つ。通常のもので直径数メートル、ときには十数メートルにまで育つものもある。

　それら塊のはるか向こうに、不思議な光景が見え始める。

　ネグロ河の黒とソリモンエス河の白濁色が、互いに混じり合うこともなく下流へと伸びている。

　合流点だ。

　遠目にもそのくっきりとした境界を拝むことができた。

　原因はそれぞれの河川水の流速と比重の違いだ。ゆったりした流れのネグロ河に比べ、ソリモンエス河の流速は毎時七キロから八キロで、水温もネグロ河の二十八度に比べ、二十二度と低い。

　船首の向こうに境界が迫ってきて、船はあっさりとソリモンエス河の水域に進入する。時計を見た。十一時だった。

「十キロほど上の枝流に、フルータンチがあるんだ。これからの打ち合わせもあるし、少し早いけんど、そこで昼飯にしよか」

　カピタンの言葉に、エトウはうなずいた。

　フルータンチとは、いわゆる水面に浮かんだ建物の総称だ。巨木のみで組んだ筏《いかだ》の上に、合板を使った住居や簡易レストラン、売店、あるいは船舶の給油所を造ったりもする。

アマゾン河流域は雨季と乾季によって水位の高低差が激しい。鬱蒼《うっそう》としたジャングルがいつの間にか浸水林《イガポー》へと変わり、低地にある牧場や畑も川底深くに水没する。そのため、水辺で生活する人々はこういったフルータンチを住処《すみか》とするのが常となる。

しばらくソリモンエス河を遡《さかのぼ》った船は本流から外れ、支流へと入る。イガラペと呼ばれる水生植物に囲まれた狭い水路へと分け入っていった。

こういった水路《イガラペ》の奥まった場所には、周囲を水草や浸水林に囲まれた穏やかな湖が突如として開ける。フルータンチは通常こういった静かな湖面に造られる。

雨季ともなれば本流は荒れ狂い、ちゃちな建物は瞬《また》く間に下流へと押し流されてしまう。その濁流の勢いを、湖の周囲にある浸水林やイガラペの水生植物が防いでくれる。土民《カボクロ》の知恵だった。

カピタンの言うフルータンチも、そんな奥まった湖のほとりにあった。

キュー、という鳴き声がどこからか聞こえてくる。

湖面を見渡すと遠くに漣《さざなみ》が立っており、その中央にピンク色をした細長い塊が浮かんでいる。

「デルフィム」

と、カピタンは笑った。エトウもかすかにうなずく。

見えているのはイルカの背中だ。〈海豚《いるか》〉という文字が示すとおり、普通なら海洋に生息する哺乳類《ほにゆう》だ。だがこのアマゾンでは、海から二千キロ以上も上流にある淡水に平気で棲《す》んでいる。特異な生態系の為《な》せるわざだ。

『BAR《バール》』という古びた看板のあるフルータンチの前で船を停め、屋内に上がった。

隙間《すきま》だらけの板張りのフロアに客の姿はなく、カウンターの上にでっぷりと太った混血女《ムラータ》が一人、いかにもヒマそうに頬杖《ほおづえ》をついていた。

豆料理《フェジョン》とナマズの唐揚げならすぐに出せるという。その二つに、カシアサを追加した。ピンガというサトウキビから造った蒸留酒に、リモンと砂糖を混ぜ合わせた飲み物だ。

カピタンはカシアサを少し飲んで、エトウを見上げた。

「ここからソリモンエス河を遡ると、テフェにあるジャプラ河との分岐まで七百キロはあんだ。流れに逆らって上るから、時速八ノットで九時間運航が一日の限界――テフェまで七日はかかんな」

妥当な時間計算だった。エトウは相槌《あいづち》を打つ。

「ジャプラ河のジャプラ村まで、テフェからさらに三百五十キロ。四日の距離だ。その先は行ったことがないんだ。アテンドのやつに聞いたら、あんたが知っているから指示に従えと言われた。それで、いいんだろ？」

エトウはもう一度うなずいて口を開いた。

「ジャプラから四十キロ先にクロノイテ河という支流がある。目的地はその上流五キロのところだ」

「ジャプラからそのクロノイテ河への目印は？」

「特にないが、合流点の地形はおれが覚えている」

「この乾季の時期の、地形もか？」

「むろん、そうだ」

「どれくらい前の記憶だ？」

「十年前」

「それだと、流域の地形はけっこう変わっているかもしれん。砂州《さす》がなくなったり、古い流れがせきとめられて新しい流れになっていることもある」

「二年、その上流に住んでいたんだ」エトウは答えた。「食い物を求めて森の中を歩き回ったこともある。合流点周辺でも釣りをした。多少地形が変わっていようが、間違いなく分かる」

その言葉にカピタンは怪訝《けげん》そうな顔をした。

「住んでいたって――おれたちだって滅多に行ったことのねえ奥地で、いったい何をしていたんだ？」

「開墾だ」エトウは答えた。「ジャングルを切り開いて、畑を作るつもりだった」

一瞬カピタンは黙り込み、それからまじまじと彼の顔を見た。

「まさか……あんた、ひょっとして、あれなのか？」

その意味は分かった。エトウはうなずいた。

「そういうことだ」

「まだ、あんたの仲間はそこにいるのか？」

「分からない。おれが出るときには数家族が残っていただけだった。それを確かめに行く」

カピタンはため息をついた。その瞳《ひとみ》に、かすかな憐憫《れんびん》の色が浮かんでいた。

「おれはまた、てっきり商用か何かで、インディオの集落にでも行くもんだと思っていたよ」

混血の女が料理を運んでくる。テーブルに置かれたナマズの唐揚げの上に、ハエがじっとりと止まっている。

「すまんな」ナイフを手に取りながら、カピタンはためらいがちに言う。「噂《うわさ》にしか聞いたことがなかったんで、つい出すぎた質問をした」

「気にしなくていい」エトウは苦笑いを浮かべた。「事情はおいおい話すつもりだった」

それから二人は、黙々と昼飯を口に運んだ。

小一時間で食事を終えた二人は、ふたたびフルータンチに横付けしていた小船に乗り込み、上流を目指した。

白濁色の本流を遡ってゆくにつれ、両岸の熱帯雨林が深く重くなってゆく。人の存在を示す足跡が、周囲の景色から途絶えてしまう。

水面の圧倒的な広がり。鬱蒼とした原生林の中から聞こえてくる吼え猿《マカコ》の鳴き声。天空でぎらついている太陽。容赦ない湿気――ゆっくりと、太古からつづく世界へ呑《の》み込まれてゆく。そしてその世界では、ヒト一人の存在など明らかに軽いものだと思い知らされる。

次第に思考がぼんやりしてくる。必然、その内面は過去へと旅立つ。

〈アマゾン牢人《ろうにん》〉という造語がある。

ブラジルに渡ってきてからの十二年間、エトウの脳裏からこの言葉が消えることはなかった。泥まみれの半生だった。

戦後の日系アマゾン移民——それが、エトウがこの国に渡ってきたときの身上だ。

第一章　アマゾン牢人《ろうにん》

[過去] the past in Brazil, 1961〜

1

一九六一年十一月のことだ。

一万トンの新造移民船『サンパウロ丸』が、神戸港を出航した。移民船は、太平洋を北よりの航路を取って北アメリカに向かった。

船倉にある三等船室には、日本の各地から集まってきた七百人ほどの乗船客が寝起きしていた。船室とは名ばかりの天井の低いだだっ広い空間にすぎなかったが、彼ら乗船者たちは希望に満ち溢《あふ》れていた。しばしば酒盛りが催され、誰かが持っていた辞書を片手に簡単なポルトガル語の勉強会が行われたりもした。

せせこましい日本を離れ、地平線まで緑の広がるブラジルの大地を耕して、やがては大農場を持つ身分になれるのだと、誰もが信じて疑わなかった。

むろん、衛藤《えとう》たち一家もそう思っていた。一家とは、衛藤と妻、そして彼の実弟の三人のことだ。

当時の日本政府が発行した『移住者募集要項』によれば、アマゾン各地に散らばる入植予定地は農業用地としての開墾がすでに終わっており、灌漑《かんがい》用水や入植者用の家も完備されている、と謳《うた》われていた。しかも入植する家族には、それぞれ二十町歩もの土地が無償で配分されるのだという。

外務省移民課およびその下部組織である海外協会連合会（略称・海協連。現・JICA《ジャイカ》）が主幹となって、日本各県の地方海外協会で説明会が開かれた。

八ミリの映写機で現地の自然風景が流されたりもした。入道雲が沸き立った広大な平原に牛馬が放牧されている。地平線いっぱいに広がるトウモロコシ畑やサトウキビ畑……参加者たちはみな、うっとりとして映像に見入っていた。

農村で猫の額ほどの畑を必死に耕している者にとっては、まさに夢のような条件だった。

当然のことながら外務省の窓口には応募者が殺到した。衛藤もまたその一人だった。規定では、満十五歳以上の成人三名以上をその最低限の家族構成単位として申し込むこと、となっていた。

衛藤は当時、二十三歳だった。新婚ほやほやだった妻を説得し、独身だった弟を誘い、両親の了解を取りつけて応募した。

審査に合格してからは、親戚《しんせき》中を駆け回って渡航後の当座の生活費用を借りた。

「数年後には、必ず利子をつけて返すけん」と。

衛藤の思惑《おもわく》では、土地はすでに開墾済みなのだから、鋤《すき》や鍬《くわ》で整地さえすれば遅くとも次年度には作付けができると踏んでいた。

植物が驚異的な速さで成長する熱帯、しかも土壌も豊かだと移民課の役人も請け合ってくれた。ブラジルでは野菜を作る農家は皆無といってよいから作れば必ず飛ぶように売れる、と。

最初の収穫時期まで当座の生活費がもてば、広大な農地の上、多毛作も可能となる土壌と気候が揃《そろ》っている。必死になって働きさえすれば、成功しないはずはなかった。

そうした見通しをあわせて説明すると、親戚たちはむしろ喜んで金を工面してくれた。

中には衛藤の計画の壮大さとはるばるブラジルへと渡ってゆく気概に胸を打たれ、少ない貯金のほとんどをはたいてくれた従兄弟《いとこ》さえいた。

九州の片田舎の駅を出発する日が来た。大勢の縁者が見送りにやってきて、今にも万歳三唱をしかねない勢いだった。

太平洋を横断した移民船はロサンゼルス、パナマ運河、コロンビアのカルタヘナ港などを経由して、一ヵ月後にブラジルのアマゾン河口の街・ベレンへと到着する。

雨季も間際《まぎわ》の十二月上旬のことだ。船内は暑く、ひどく湿気が籠《こも》っていた。投錨《とうびょう》した船上に、まだ三十代の半ばと思えるベレン在住の領事と、ブラジル政府から日本移民に対する特許権を一任されている『アマゾナス産業㈱』の社長が乗り込んできた。

移民たちはみな、その二人がスピーチの壇上に立つ姿をまるで神でも崇《あが》めるかのような表情で見上げていた。今にして思えば噴飯ものの光景だ。

ベレン領事の挨拶《あいさつ》が終わった。その内容は歓迎の意を表しているにしてはあまりにもそっけなく、紋切り型のように感じられたが、それでもほかの同船者と同様、衛藤は拍手を惜しまなかった。異国のブラジルで日本人の頼みの綱となるのは、このベレン領事館をおいてほかにない。そんな気持ちからだ。

次に、『アマゾナス産業㈱』の社長が演台に立った。

表情が心持ち硬いように思えた。すぐに理由は分かった。各入植予定地の中には遺憾ながら受け入れ態勢に若干の不備がある地域も存在する、という話だった。

一瞬、船内に動揺が走ったが、社長がそのざわめきを圧するかのように、

「ご心配には及びません。現在入植地に不具合がある部分は、なるべく早い段階でブラジル政府と協力して設備を整えるつもりでおりますので、どうかご安心ください」

と早口で述べるに及び、ふたたび移住者たちは落ち着きを取り戻した。

が、やはりその発言に不安が残ったのもまた事実だ。

そんな同船者の気持ちを代弁するかのように、一人の男が口を開いた。

「その不備っていうやつを、もう少し具体的に説明してもらえないですかね」ややぞんざいな口調で、その体格のいい男は言った。「どんな不具合が、どこの入植地にあるのか——それくらいは教えておいてもらわんと、これからの腹づもりさえできない」

男の言葉はもっともだった。同船者たちは一同、大きくうなずいた。

領事と『アマゾナス産業㈱』の社長は顔を見合わせた。次いで領事が口を開いた。

残念ながら今ここに詳しい資料を持ち合わせていないので、具体的にどの入植地がどうだ、と即答をさしあげることはできない、と。

「それに、不具合とはいっても、皆さんの入植後の生活に直接深刻なダメージを与えるようなものではないと聞いています。先ほど申し上げたように、なるべく早い段階で対処を考慮するつもりでおりますので、今はとにかく目的地に赴かれることを第一に優先されたほうがよいかと考えます」

あくまでも他人事《ひとごと》のふやけた発言だった。第一、それら問題のある入植地の資料さえ持参してきていないとはどういうことか。

衛藤は件《くだん》の男を振り返った。一瞬、男はその表情に不快さを隠そうともしなかったが、

「では、入植した土地が募集要項と違う条件だった場合には、必ず対処してもらえるわけですね」

と、努めて冷静な声で念を押した。

「力の及ぶ限り善処します」

領事はさらに無表情な顔になり、答えた。

時間が迫っていた。

移民船から各入植地に赴く河船への乗り換えの時刻。外務省が手配したそれらのチャーター船を逃すと、次に各方面行きの河船に乗ることができるのは数週間先になるという。しかも、それら定期便はそれぞれの目的地の途中までしか運航していない。中継地でその先の河船を新たに手配し、料金交渉も行い、かつ出航を待つ間、その土地で自ら宿を探すという作業は、ポルトガル語を解さない彼ら移民者にとって、相当な苦労となるのは間違いない。

同船者たちは必ずしも領事の説明に納得したわけではなかったが、まずは現地に赴

いてその実態を見ることが先決だろうという意見が、その場の大勢を占めた。

衛藤たち一家もアマゾン河中流の街・マナウス行きの汽船に乗り換えた。船は一度に大量の人員を運ぶため、甲板から上が吹き抜けの三層構造になっていた。一階、二階、三階、そのそれぞれのデッキに、ところ狭しとハンモックが吊《つ》るされていた。彼ら移民者の寝泊りのために用意されたものだった。

「うち、あの領事さん、なんか好かん」ハンモックの下に荷物をまとめながら、妻がため息を洩《も》らした。「うまく言えんけど、あまり信用の置けんような気がして……」

日ごろから内気でほとんど自分の意見というものを口にしない彼女にしては、珍しいことだった。衛藤は思わず妻と、その横に立っていた弟を振り返った。弟も、衛藤の妻の言葉を受けてむっつりとうなずいた。

だが、そのときの衛藤には何も言えなかった。親戚中から金を借り、郷里の人間に対して大見得《おおみえ》を切って日本を出てきたのだ。それに自分たちは一ヵ月を超す航海を経て、もうこのブラジルに来てしまっている。今さら引き返すことなどできはしなかった。

衛藤たちを乗せた船は、途中、モンテ・アレグレやサンターレン、パリンティンスなど下流域から中流域の町に幾度も寄港し、その都度入植者を降ろしてゆきながら、十日後に中流域で最大の殷賑《いんしん》を誇るマナウスに到着した。

そこで一回り小さな河船に乗り換えた。

一週間ほどかけてジャプラ河上流にあるジャプラに到着し、さらに小さな船に乗り換え、最終的には二十日弱をかけて、十二家族五十人ほどがこの大陸の最辺境にあるクロノイテの入植地に到着した。

夢は、そこで砕かれた。

すべてが大嘘《おおうそ》だった。

船頭から示された対岸は一面が暗い密林に覆《おお》われていた。募集要項に謳われていた灌漑排水設備や入植者用の家はおろか、開墾済みの畑さえもどこにも見当たらなかった。

入植者たちはみな、呆然《ぼうぜん》として言葉を失った。

入植者の一人が、片言のポルトガル語で船頭に繰り返した。

ここなのか《アキ》？　ここなのか《アキ》？

土民《カボクロ》の船頭は気の毒そうな顔をしながらも、はっきりとうなずいた。

ここだ《アキ》。

地獄の始まりだった。

作付けどころの話ではない。

しかし、日本から財産を整理してやってきた彼らに退路はない。

ともかくも入植者同士で協力して、まずは仮住まいする小屋を建てることとなった。

周辺の地面を掘り返してみると、作物の重要な養分となる腐植土は地表からわずか数センチしかなかった。しかもその下から現れた地質は、窒素と燐《リン》が圧倒的に不足した、いわゆる強酸性の土壌だ。

つまり、農業にはまったく向いていない。

男たちの顔が青ざめた。

ここで農業を試みることこそ夢物語ではあるまいか。

しかし、それでも衛藤たち入植者は諦《あきら》めなかった。諦めるわけにはいかなかった。

この広いブラジル大陸の中で、ここだけが彼らの居住が許された土地だ。現地語をほとんど解さない自分たちが町に出て職を探したところで、この異国では赤子に等しい扱いを受けることは分かりきっていた。

それに額面どおりには受け取れないにしても、領事が早急に手を打つと確約してくれていたこともある。それを信じて踏ん張りつづけるしかなかった。

誰かが言いだした。

土地を開墾したあとに大量の石灰をばら撒《ま》けば、なんとかなるのではないか。酸性の泥にアルカリ分を大量に投与することにより、なんとか土壌を中和しようという試みだ。みんな気を取り直してその言葉に賛同した。

十二月下旬、西部アマゾンの雨季が始まった。連日降りつづく雨の中、男も女も泥まみれになりながらジャングルの開墾を始めた。森林を伐採し、道を作る。二十キロ先のフルータンチまで食料を買い出しに行くためのカヌーでさえ、自分たちで巨木をくり貫《ぬ》いて作らねばならなかった。

冷静になって考えてみれば、おかしな話だった。十二月下旬から六月までが雨季だということは、アマゾンに住む者なら誰もが知っている。農業移民の受け入れが仕事であるベレン領事が、それを知らないはずはない。

乾季に比べ、雨季の開墾作業は困難を極める。連日のスコールに視界は遮られ、泥が飛び、足元はぬかるみ、衣類も靴も水分を含んでめっきりと重くなる。焼畑という手段に訴えることもできない。

移民者の立場になって少し考えてみれば、農業経験者でなくても容易に分かることだ。それなのにこの時期に平然と移民を送り込んでくる外務省の神経が、衛藤には信じられなかった。

釣りをし、狩りに出かけ、それの獲物を巨木の木陰で焼いて食べた。雑草でも何でも口にした。その中でも美味だったのが、巨大魚ピラルクー、水蛇《スクリユジユー》、それに吼え猿《マカコ》の脳ミソだった。数ヵ月後には、まるで原始人さながらの生活にまで堕《お》ちていた。

しかし、衛藤は不満をほとんど口にしなかった。言えばみじめになるだけだ。気持ちが挫《くじ》けるような気がしていた。

とりわけ家族二人の前ではそうだった。

弟も妻もあのまま田舎で暮らしていれば質素ながらも平穏な生活が送れていたものを、衛藤が熱心に掻《か》き口説いて連れてきたのだ。二人は衛藤に対して言いたいことは山ほどあるだろうに、愚痴一つこぼさず苛酷《かこく》な労働に耐えていた。未《いま》だに自分を兄として夫として立ててくれている。面目なかった。

ある早朝のことだ。

ふと小屋の中で目を覚ますと、隣のハンモックに寝ていたはずの妻の姿がない。どうしたことかと思っていると、しばらくして彼女は戻ってきた。

それから三日ほど経《た》った早朝も同様だった。

妻がそっと身を起こしたときから、衛藤は薄目を開けて見守っていた。彼女は衛藤や弟を見回した後、静かにハンモックから降り立った。音を立てないように床を歩いてゆき、扉のない土間からまだほの暗い屋外へと出ていった。

初めは小用だろうと思っていた。小屋には便所がない。川岸まで用を足しに行っているのだろう、と。しかし、それにしてはやけに遅い。

そんなことがしばしばあったある朝、衛藤はそっと妻のあとを尾《つ》けてみた。

「………」

深い朝靄《あさもや》がかかっていた。

妻は川岸ではなく、森の方角に歩いていった。

奥まった茂みの中に入ったかと思うと、それきり出てこない。

「――」

不思議に思って足音を立てずに近づいてみると、白い踝《くるぶし》が藪《やぶ》の隙間《すきま》に見えた。そっと小枝を掻《か》き寄せ、さらに顔を寄せてみた。

彼女はうずくまるようにして、茂みの中にいた。その背中が小刻みに上下している。

口元からかすかな嗚咽《おえつ》が洩れている。

あっ、と思った。

頭部を鉄槌《てっつい》で殴られたようなショックだった。

彼女は地元ではそこそこ名の知れた米屋の娘だった。多少引っ込み思案なところはあるものの、近所でも評判の美人で、もし衛藤が結婚を申し込まなくても嫁ぐ先などいくらでも選ぶことができる身分だった。そんな彼女が自分にこれ以上肩身の狭い思いをさせまいとして、異国のジャングルの中で一人、声を押し殺して泣いている。とても声などかけられなかった。

衛藤自身、そう気づいたときには、茂みからそっと後ずさりしていた。ぬかるんだ小径《こみち》を妻のいる場所とは反対方向に駆け出していた。

行く手の青い草むらが滲《にじ》んで見えた。

情けなかった。消え入りたかった。

一生の伴侶《はんりょ》として選んだ女性が苦悶《くもん》を押し殺した挙句、誰にも知られないよう藪の中で一人で泣いている。この自分とさえ知り合わなければ彼女の人生は蹂躙《じゅうりん》されることもなかったというのに、それをただ眺めているだけでどうすることもできない——このおれは、いったい何者なのか。

このままどこか遠くまで駆けていって、誰も知らない場所で、こんなおれの存在など朝露のように消えてなくなればいい。

やがて小径は途切れた。いつの間にか川岸まで辿《たど》り着いていた。

対岸は雨に煙って見えない。増水した川面《かわも》に、いつしか降り出した小雨が無数の円を描き出していた。

衛藤の行く手を阻《はば》む川……分かっていた。逃げ出す場所など、どこにも存在しない。自分たちが力を合わせて暮らせる場所は、ここ以外ありえない。

「…………」

自分たち家族の小屋の前に戻った。まだ妻は帰ってきていなかった。薄暗い室内では、弟が寝息を立てている。開墾の重労働から、衛藤が身体《からだ》を揺するまでは毎朝泥のように眠りこけている。

やがて小雨の降る朝霧の中に、ぼうっと人影が浮かんだ。

妻だった。

小屋の軒下に座り込んでいる衛藤を見ると、はっとしたように立ち止まった。ふくらはぎに濡《ぬ》れた細い葉が貼《は》りついていた。

衛藤はまだ立ち止まったままの妻に、小さく微笑《ほほえ》みかけた。軒先に吊るされていた手ぬぐいを手に取り、妻に歩み寄った。

彼女の足元にしゃがみ込み、手に持った手ぬぐいで、ふくらはぎに付いていた葉や泥を丁寧に拭《ふ》いていった。

「…………」

きめの細かい、白い肌をしている——そう感じた途端、気持ちが挫けた。不覚にも涙が溢《あふ》れ出した。

「すまない……おれなんぞ、生きている価値もない」

かろうじてそうつぶやくのが精一杯だった。

気がつくと妻に抱きしめられていた。


二月。

雨が絶え間なく降りつづき、密林の窪地《くぼち》のあちらこちらに大きな水溜《みずたま》りができ始めた。

ほぼ同時期に、入植者の約半数が急に悪寒《おかん》がすると言い出した。マラリアだった。湿地帯で発生した大量の羽斑蚊《はまだらか》が、病原体であるマラリア原虫を運んできたのだ。

毎日決まった時間に四十度前後の高熱を発し、毛布を何枚掛けてもガタガタと身を震わせているだけだった。幸い衛藤たち一家は誰も罹病《りびょう》しなかったが、それでも明日はわが身と暗然とした気持ちになった。

入植者の何人かが念のために日本から持ってきたマラリアの薬、キニーネもたちまち底を突いた。もとより医者などどこにも存在しない。手の施しようもなかった。

一ヵ月後、三人の死者が出た。どうにか命を取り留めた者も、マラリア原虫が赤血球に取りついたまま体内の奥深くに潜り込んでいるため、後遺症に悩まされつづける。全身が鉛のようにだるく、食欲も減退し、労働意欲が萎《な》えてくる——おおむねそういった症状を呈した。

アメーバ赤痢に冒される者も続出した。

赤痢の病原体となる原生動物《アメーバ》が経口感染によって大腸の中に寄生し、潰瘍《かいよう》を引き起こす。結果として、粘血便の下痢や腹痛に恒常的に苦しめられることになる。衛藤はこれにやられた。ワニやナマズ釣りの仕掛けのため、頻繁に河の中に潜っていた。そのときに迂闊《うかつ》にも何度か河の水を飲んでしまったのだ。

何を食べても、すぐに水のような下痢となって肛門《こうもん》から出ていった。吐血もあった。全身がふらふらとして、力というものがまったく籠《こも》らなくなっていた。日本では七十キロ近くあった体重が、五十キロにまで落ちた。

それでも衛藤は連日、屋外に出た。寝てなどいられない。開墾などの重労働は無理だとしても、同じ入植者たちの食料調達に河で釣りをしたり、森の中で自生した果物や木の実を集めたりと、やることは山ほどあった。現に、ほかの半病人たちも衛藤と同じように軽労働に勤《いそ》しんでいる。が、衰弱を極めた身体では、杖《つえ》を突きながら少し動いては休み、少し歩いては座りを繰り返すしかなかった。

その日も衛藤はジャングルの奥深くで、小休止をとっていた。腹部に周期的に走る激痛に耐え切れず、木の根っこに寄りかかっていた。

地面に直接足を投げ出していては、ムクイン（ダニの一種）に全身をやられるかとも思ったが、もはや中腰になって休むだけの体力も残っていなかった。

どれくらいそうしていたのだろう。不意にカサッ、と近くの草むらが揺れた。

衛藤のぼんやりとした脳裏を、〈南米豹《オンサ》〉という言葉が一瞬掠《かす》めた。アマゾンの奥深くに生息する大型の肉食獣――襲われたらひとたまりもない。しかし彼にできたのは杖を握り締め、わずかに瞼《まぶた》を持ち上げることだけだった。

その視界に、半裸の男が茂みの中から姿を現した。

弓矢を片手に携えた黒髪のおかっぱ頭、茶褐色の顔には額と頬に臙脂色《えんじいろ》の染料が施されている。

話には聞いたことがあった。だが、この目で見るのは初めてだ。森の住人――インディオ。

相手は衛藤と瞳《ひとみ》が合った瞬間、驚いたような表情を浮かべた。

が、苦しそうに肩で息をしている衛藤の様子を見ると、すぐに警戒を解いた素振りで近寄ってきた。衛藤はその様子をぼんやりとした思考の中で眺めていた。

インディオは目の前で立ち止まり、しげしげと彼の顔を覗《のぞ》き込んできた。

何か言葉を発したが、もとより衛藤にその意味が分かるはずもない。かすかに頭を振ると、相手は変な顔をして首を捻《ひね》った後、ゆっくりと手のひらを伸ばしてきた。

その指の先が彼の額に触れた。ひどく冷たかった。というより、衛藤自身の身体がかなりの熱を持っていた。

インディオはすぐに手を引っ込めた。それから衛藤の顔を見つめたまましばらく突っ立っていたが、ややあって彼の腕を摑《つか》み、森の奥のほうへ視線だけを向けてみせた。

おまえを介抱するためにどこかに連れていってやる、ということらしかった。

衛藤はその気持ちには感謝しながらも、ふたたび首を振った。反対の方角を指差して、片言のポルトガル語を繰り返した。

家《カーザ》、家《カーザ》——。

自分は家に帰らなくてはいけない——そう伝えたつもりだった。

幸い、インディオはその意味を解したようだ。思案顔に戻り衛藤を見下ろしていたが、やがて何も言わずに森の中に消えた。

この入植地の東に、マラウン・ウルバンと呼ばれている先住民族の居住区が存在するということを、聞いたことがある。おそらく彼は、その居住区から遠出をしてきたのだろう。

しばらく経って相手がもう一度姿を現した。両手にいっぱいの草の束を抱えていた。インディオはその茎の部分を指差し、両手を擦《こす》り合わせ、次いで大きく口を開けてみせた。

磨《す》り潰《つぶ》して飲め、ということらしかった。

衛藤はうなずいた。インディオは初めて満足そうな笑みを洩《も》らした。

彼の親切はそれに留まらなかった。遠慮する衛藤を背負うと、森の中を滑るかのような速度で移動し始めた。衛藤は内心舌を巻いた。いくら彼が痩《や》せ衰えていたとはいえ、恐るべき体力だった。

最後の湿地帯を越えたとき、行く手の密林の上に煙が上がっているのが見えた。入植地はもう、すぐそこだ。

と、そのインディオは不意に衛藤をその背中から下ろした。そして衛藤に言った。

おまえ、行く《ヴォセ　イール》――。

次いで、自分を指差した。

帰る《ヴォウタール》。

衛藤は慌《あわ》てた。ここまで世話になっておきながら、手ぶらで帰すのは気が引けた。何かお礼がしたかった。身振り手振りでその気持ちを伝えると、インディオはかすかに笑って首を振った。それから入植地の方角を見やり、
好きではない《ナウン・ゴスタール》――。

そうぽつりと言葉を残すと、返事も待たずにすたすたと森の中へと消えていった。

衛藤はぼんやりと突っ立っていた。

しばらくして、入植地へ向かって歩き始めた。片手にはインディオから渡された草の束を持っている。

歩きながらも人間というものの不思議さを思った。

それまでに、衛藤たち入植者は一番近い村まで物資の買い付けに行くたびに、食糧補給のため一時停泊している定期船の船員にいくばくかの小銭を摑ませ、ベレン領事館宛《あて》の手紙を託していた。船員がマナウスに立ち寄ったとき、その手紙を投函《とうかん》してもらっていた。郵便事情の悪いアマゾンでは、宛先に確実に着く手紙は三通に一通の割合だと言われている。そうした事情も考え、わざわざマナウスから投函してもらうよ

うにして、この四ヵ月の間に計十通以上は出していたのだ。だが、外務省の役人がこの入植地を訪ねてくることは一度としてなかった。見捨てられていた。

あのインディオは衛藤たちの入植地を眺め、好きではない、と言った。

当然だろう。

アマゾンはすべて、彼らインディオが有史以前から誰にも邪魔されることなく自由を謳歌《おうか》してきた大地だ。そこにヨーロッパから押し寄せてきた移民者たちが虫食いのように入植を繰り返し、彼らの森を奪った。性病を持ち込んだ。騙《だま》し、すかし、半ば拉致《らち》するようにして大農場《ファゼンダ》に送り込み、奴隷《どれい》として酷使した。

結果、インディオの数は激減した。狭い辺境の土地を指定され、そこに封じ込められた。

広い意味で言えば、衛藤たち日系移民もその略奪者の側に属する。

それでもあのインディオは衛藤を助けてくれた。ごく自然な人間の情として、捨て置くには忍びなかったのだろう。

インディオと外務省の役人。両者とも同じ人間なのだ。だが、その人間の成り立ちは天と地ほどにも違う――。

入植地に戻った衛藤は、さっそくその草を磨り潰して飲んでみた。苦かった。とてつもない不味《まず》さだった。えがらっぽいとでも言えばいいのか、あくと渋みが強すぎて、まるでタバコの葉でも丸呑《まるの》みしているような気分だった。正直、吐きそうだ。それでも衛藤は我慢して飲み下した。

その草が残り少なくなると、密林に分け入り、苦労して同種の草の枝を探し出し、家に持ち帰った。

一週間飲みつづけた。次第に腹部の痛みが取れてきた。と同時にあれほど激しかった下痢も治まり、相前後して食欲も盛り返してきた。どうやらその草の汁には、アメーバに対する強力な殺菌成分が含まれているらしかった。

その衛藤の復調ぶりを目の当《ま》たりにして、妻も弟も涙を流して喜んだ。

アメーバ赤痢に苦しんでいる入植者たちにその草を配って歩いたところ、回復した者も少なくなかった。

野口《のぐち》、という男がいた。

衛藤と同じ二十代半ばの、骨格のがっしりとした大柄な男だった。ベレンでの入船時に、領事に質問をしていた男だ。

彼の妻もアメーバ赤痢に苦しんでいたが、みるみるうちに快方に向かった。

衛藤は大分、野口は長崎の出身だった。同じ九州出身ということもあって、もともと入植地内での仲は良かったのだが、これを契機に互いの親交はますます深まった。

「あんたの恩義は、忘れん」

野口はそう言って、衛藤に頭を下げた。

その言葉に嘘《うそ》はなかった。狩猟が得意だった野口は、猪《いのしし》や猿、アナグマなどを仕留めてきたとき、いつもその肉の一番良い部位を衛藤家に持ってきた。風雨で衛藤の小屋が半壊したときなど、進んで建て直しを手伝ってくれたりもした。

四月になった。

雨はますます勢いを増していた。水難事故もあった。カヌーで町まで買い出しに出かけていった者が水死体で発見されたかと思えば、岸辺で遊んでいた子供があっという間に濁流に呑み込まれ、そのまま行方不明になったこともあった。

マラリアやアメーバ赤痢による死者も依然として出ていた。入植して半年も経《た》たないうちに、集落脇《わき》の墓標は九個を数えた。入植者全体の約五分の一が、早くも土くれに帰していた。

五月が来た。

開墾した土地が五ヘクタールほどにまで広がっていた。この段階から試験的な稲作をやってみることになった。

入植者同士で金を出し合い、大量の石灰を買い付けた。台湾産のジャポニカ種の苗床を育て、石灰で中和した水田に作付けした。

豊富な雨量と熱帯特有の暑さも手伝って、稲は順調に成長し始めた。入植者たちの顔に初めて笑顔が宿った。

順調に生育しさえすれば、とりあえず今年の九月には収穫ができる。誰もがそう思っていた。

六月に入った。雨季の最後の月だった。

バケツをひっくり返したような豪雨が、数日間入植地を襲った。

夜半過ぎのことだ。

すっかり眠り込んでいた衛藤一家は、誰かの呼び声で叩《たた》き起こされた。

目を開けると、角灯《ランタン》を片手に持った大柄な男が土間に突っ立っていた。野口だ。ゆらゆらと泳《およ》ぎ火《び》の反射する相手の顔が、妙に強《こわ》ばって見えた。

衛藤、大変やぞ——震えを帯びた声で野口は言った。常々冷静なこの男にしては、珍しいことだった。

「寝とる場合じゃなか。とにかく外へ出てくれ」

ただならぬ事態が起こっていることを悟った。

衛藤たち三人はすぐに小屋を飛び出した。

屋外に出た途端、驚愕《きょうがく》した。衛藤の小屋のわずか十メートルほど手前まで、水面が押し寄せてきていた。角灯に照らし出された白濁色の泡立ちが、光の届く範囲一面に広がっていた。

信じられないほどの急激な増水だった。

「……水田は」衛藤は思わずうめき声を上げた。「田んぼも、あの川の底か？」

沈痛な面持ちで野口はうなずいた。

数日後、ようやく水が引き始めた。稲の青穂は圧倒的な水流に根こそぎ押し流されてしまっていた。文字どおり全滅だった。あとには、ふたたび強酸性の土壌が残されただけだ。

その十日後、三家族がいなくなった。同時にカヌーも三艘《そう》なくなっていた。

ほかの入植者に分からぬよう、こっそりと示し合わせて出ていったのだ。逃散《ちょうさん》に等しい行為だった。もぬけの殻になった小屋に足を踏み入れてみると、一枚の黄ばんだ紙が壁に留められていた。

ごめんなさい。ごめんなさい。ごめんなさい――。

その貼《は》り紙を見たときの気持ちを、なんと表現すればよいのだろう。逃げ出した三家族はすべて、この入植地に来てから家族の誰かしらを失っていた。それでも悲嘆を堪《こら》えて今まで踏ん張ってきたのだ。彼らを責める気持ちには、到底なれなかった。

と同時に、自分たちがいつ同じ立場に成り代わったとしてもおかしくはないのだと感じた。

比較的軽度な三日熱マラリアの後遺症に悩まされている者も、さらに重度の熱帯性マラリアに冒され、寝たきりになっている者も依然としていた。明日はわが身だった。文明に取り残されたまま、暗い絶望の淵《ふち》へと沈みつつある自分たちを感じた。

乾季に入った。

ジャングルの上に青い空が広がり、巨大な入道雲が沸き立った。

直射日光のもたらす猛烈な暑さと、その熱気に密林の中から吸い出されてくる無尽蔵の湿気が、衛藤たちの体力を奪った。湿度計の針は連日九十五パーセント以上を示していた。真昼の農作業のさなかに熱中症で倒れる者が続出した。

次の雨季まで米作りは中断した。入植者たちは、川べりから離れたやや小高い土地のジャングルを伐採し始めた。畑を作り、乾季の間にキュウリやキャベツ、トマトなどの野菜を育てるつもりだった。そして次の雨季が来れば、その同じ畑を水田に変える。

この国では野菜を作る農家はない。作れば必ず売れる——そう日本で言われてきた。むろん、外務省に裏切られつづけてきた彼らとしてはその言葉を鵜呑《うの》みにしていたわけではなかったが、時おり買い出しに行った市場では、たしかに野菜は売っていなかった。

約三ヵ月後の九月——開墾を終えた畑を新たに買い求めた石灰で中和し、種蒔《たねま》きをした。乾季とはいえ、時おり思い出したように適度な雨が降るこの大地では、野菜は驚くべき速さで生長をつづけた。

一ヵ月後、大量に収穫した野菜を、二十キロ離れた集落まで売りに行くことになった。新たにカヌーを作り、売り荷を満載し、半日かけてその集落に着いた。

が、彼らが丹誠込めて育て上げた野菜は、何一つとして売れなかった。

この国の人間——特にこのアマゾン奥地に住むブラジル人には、野菜を食べる習慣が当時まったくなかった。日常の食生活で足りないビタミンは、すべて野育ちのバナナやマンゴーなどの果実類から摂取していた。野菜作りの農家がないのも道理だった。

市場にやってきた人間にいくら声をかけてみたところで、興味本位に手に取る者はいても、買ってくれる人間など皆無だった。

とっぷりと日が暮れてから、カヌーで売りに行った夫婦が戻ってきた。野菜は船尾に満載されたままだった。その頰に涙の涸《か》れた跡があった。

十一月に入り、新たに三家族が逃げ出した。

一年を経ずに、入植者は六家族、十九人にまで激減した。現金収入の目処《めど》は立たず、手持ちの金は目減りする一方だった。

唯一《ゆいいつ》の救いは、食べるものにさえこだわらなければ飢え死にする心配はないということだ。密林に入ればタロイモや果実や木の実、四つ足の獣がいくらでも取れ、川からも魚は無限といっていいほどに確保できた。売りものにならない野菜を食べ、足りないタンパク質はすべてそれらの獲物から摂取していた。

が、ある日、狩りをして森から帰ってきた衛藤は、自分たちの住む入植地を遠目から眺めたとき、あらためて愕然とした。

いくつもの掘っ立て小屋が狭い空き地にうずくまるようにして建っている。その空き地の真ん中で、数人の子供が裸足《はだし》のまま泥遊びをしている。大人たちは擦り切れてボロ布のようになった衣服をまとい、せっせと木の実を選別したり、獣の皮を剝《は》いだりしている。連日つづく耕地での農作業や狩りで、日本から持ってきた衣類や靴はほとんどが使い物にならなくなっていた。

新しい衣服を買う経済的な余裕もなく、また、あったところで衣服を買いに行ける町など付近には皆無だった。学校へも通わず、親が勉強を見てやる暇もない子供たちは、このまま数年も経てば、ポルトガル語は当然ながら、日本語の読み書きすらおぼつかなくなることは確実だった。風土病にかかれば薬も思うように手に入らず、ただ苦しみながら死んでゆくだけの暮らし――まるで乞胸《ごうむね》の群れだ。

……これが果たして、自分たちが思い描いていた夢の生活だったのかと思った。

ふたたび雨季がやってきた。高台にある畑を水田用に切り替えるため、灌漑《かんがい》設備を整える作業に追われた。低湿地の至るところに湖沼が出現した。去年と同じように、マラリアの感染者が新たに出た。

雨季の後半に作付けした苗は、順調に育ち始めた。周囲の低地を河川の増水が襲ったが、高台にある水田には影響がなかった。

今度こそは、と衛藤や野口をはじめとした入植者たちは意気込んでいた。とにかくコメだ。米を口にしたかった。遠く異国の地まで流れてきても、骨の髄から日本人である自分たちを実感した。執念に近い気持ちだった。

乾季がやってきた。青々とした稲穂が実り始めた。

七月に入った。

ふたたびの惨劇が、残っている入植者たちを襲った。

それまで順調に育っていた稲が、突然立ち枯れを起こし始めたのだ。寄生虫は見当たらなかった。土壌の中に含まれる何かしらの黴《かび》や細菌が稲の根や地際《じぎわ》の茎を冒したのだと推測した。が、それを調査できる器具も知識も彼らは持ち合わせていなかった。

このころに、衛藤は〈エンボーラ〉というブラジルの言葉を耳にする。大自然に打ちのめされ、土地と暮らすことを放棄した、離農者のことだ。シンプルな単語の積み重ねである現地語にそんな独立した言葉があること自体、この国での農業がいかに困難なものかを如実《にょじつ》に示していた。

二家族が闇夜《やみよ》のうちにどこかへ消えた。

雨季の終わる前にマラリアでさらに三人が死んだ。

この土地に住み着いて、わずか一年半足らず。残る入植者はわずかに四家族、十一人という惨憺《さんたん》たる状況だった。

九月。その後の衛藤の運命を変える決定的な出来事が起こった。

彼の妻と弟が、相前後して倒れた。

二人ともその数日前から妙に熱っぽく、筋肉の張りを訴えていた。黄熱病だった。アフリカや中南米に特有のウイルスを蚊が媒介する悪性の伝染病——凄《すさ》まじい高熱と筋肉痛が全身を襲い、体内の赤血球が大量に破壊され、結果として肝機能不全からくる黄疸《おうだん》をも併発する。歯茎や鼻腔《びこう》、皮下から出血が見られるようになり、嘔吐《おうと》と吐血を繰り返し、通常は発病後五日から十日で死に至る。

当然、二人の病状も驚くべき速さで悪化の一途を辿《たど》った。連日四十度以上の高熱を発し、食べさせた芋粥《いもがゆ》を戻しつづけ、どす黒い血液の混じった胃液を嘔吐し、全身を襲う絶え間ない痛みに、うめき、もがき苦しんだ。

衛藤は連日の看病の際、目《ま》の当たりにした。かつては健康そのものだった弟の四肢が不気味な黄土色に染まっていき、妻の鼻孔から鮮血がとめどもなく流れ出て、歯茎も血塗《ちまみ》れになっていくその様子を。

無残な姿だった。地獄絵図そのものだ。気が狂いそうだった。

なぜ彼らがこんな目に遭わなければならないのか。彼らが死ぬぐらいなら自分が真っ先に死んでしかるべきだった。俺を殺せ、と天を呪《のろ》った。

弟は発病後七日目に、そして妻は九日目に息を引き取った。

病中は栄養も満足に摂取できず、頬骨がくっきりと浮いた闘病に疲れ切った死に顔を見た。

その瞬間、衛藤の心の一部がポキリと音を立てて壊れた。

大事なものが潰《つぶ》れて、永久に死んでいった。

おのれという存在が足元からずぶずぶと地中に沈み込み、暗い地の底に呑み込まれてゆくような気がした。

おれにはもう、大切なものなど何一つ残されていない……。

集落の脇にある墓地に遺体を埋葬した。

弟の墓標は十三番目、そして妻のものは十四番目だった。妻の享年《きようねん》は二十三、弟は二十二。あまりにも短い人生。マラリアのように長い間苦しまずに済んだのが、せめてもの救いだった。

その夜遅く、衛藤はひっそりと小屋を出た。

荒縄を肩にかけ、小さな木箱を片手に持って暗い森の奥へと向かった。

「………」

覚悟はできていた。

満月が黒い密林の梢《こずえ》から顔を覗《のぞ》かせ、夜鳥の耳障《みみざわ》りな鳴き声が響いてきた。月見の夜の散歩のようだ。

ふわふわとした気持ちで森の中に足を踏み入れ、適当な横枝を求めて原始林の中をさ迷った。

丘の中腹に出た。やや疎林《そりん》気味になった場所に一本の大樹を見つけた。その太い幹から手ごろな太さの横枝が伸びていた。

「――――」

縄の片方に輪を作り、木箱の上に立ってもう一方を横枝に結わえつけた。両手で輪にぶら下がり、横枝が体重に持ちこたえることを確かめた。

準備が整った。

あとは自分の首を縄の輪に通し、同時に今立っている踏み台をつま先で蹴《け》れば、それで事足りる――。

心の奥が、しんと静まり返っている。

もう、充分だ。それでいいと思った。すぐに楽になれる。

もう一度踏み台の上に立ち、その縄に首を通そうとした。

直後だった。

背後から、カサリ、という小枝を踏んだ音が聞こえた。

はっとして振り返ると、月光が差し込む薄暗い木立の中に、一人の男が立っていた。

野口だった。

地表からのかすかな照り返しの中、白く底光りする瞳《ひとみ》が衛藤を見つめている。

どれくらいそうやっていたのだろう――やがて相手は、草むらの上にどっかりと腰を下ろした。

「死ぬなとは、言わんよ」そう、深いため息をついた。「あんたの心情を考えれば、むしろ死んで当然だろう」

衛藤は依然縄に手をかけたままだった。

野口はふたたびため息をついた。意味もなく地表の落ち葉を一摑《ひとつか》みし、小脇《こわき》でその手のひらを開いた。その落ち葉が、きらきらと光って見えた。夜露に濡《ぬ》れた葉が樹木の間を抜けてきた光を反射している。

「けど、今夜は月がよう見えた」野口はつぶやくように言う。「……あんたを夕方からそれとなく見張っていた。こっそり尾《つ》けてくる途中、森も丘も、遠くに見えた河も、世界がすべて銀幕のように浮き立って見えた」

「………」

「死ぬには惜しい夜だ」

ある決心をした。

ポルトガル語の辞書があった。

将来の業者との作物取引に備えて、日本で苦労して手に入れてきたものだ。もう当初の目的には役立たなくなっていたが、衛藤はそれから毎晩、その辞書に目を通すようになった。

一ヵ月後、野口の小屋を訪れた。一家は野口とその妻の二人だけだ。野口の母親は一年前にマラリアで亡《な》くなっていた。

二人の前で正座して、率直に打ち明けた。

おれは、ここを去るつもりだ——。

日本にいる親戚《しんせき》への借金返済もある。家族が死んだ今となっては、現金収入の見込みの薄いこの場所にこれ以上いる意味などない、と。

「もしよかったら、あんたらもおれと一緒にここから出てゆかないか」

野口夫妻は、顔を見合わせた。

翌日、その返事を持って野口が訪ねてきた。

申し訳ないが、と開口一番、野口は言った。「おれたちはここに残る」

その後、理由を話し始めた。

ここにいればたとえ文化的な生活は望めなくても、病気にさえ気をつけていれば飢える心配はない。離農者たちの残した畑も余分にある。これ以上開墾をする必要もない。辛抱強く野菜を育て、懲《こ》りずに市場まで売りに行っていれば、そのうち買ってくれる人間も現れるかもしれない。だからもう少し踏ん張ってみるつもりだ、と。

衛藤はうなずいた。

可能な限り初志を貫徹しようとする男。そしてその粘り強さ。

偉いやつだ、と心底思った。

野口は懐《ふところ》から擦り切れた封筒を出してきた。

「少ないが、餞別《せんべつ》だ」

衛藤は仰天してその申し出を固辞した。去ってゆく者がそんなものを受け取ることなど、到底できなかった。だが野口は頑として言うことを聞かず、最後には衛藤の胸元に封筒を捻《ね》じ込んできた。

「忘れたか」珍しく野口は笑った。「あんたは、おれの女房の命を救ってくれた。中に入っている金ぐらいじゃ、全然足らん」

結局、その申し出をありがたく受け取った。

ある程度身が立つようになったら、妻と弟の遺骨を引き取りに、必ず一度は戻ってくるつもりだった。その旨《むね》を野口に伝えた。

ふむ？　という顔を野口はした。

「どれくらいの目算でいる」

その期間は、ということだ。

石の上にも三年、という諺《ことわざ》が衛藤の脳裏を過《よぎ》った。だが、それはあくまでも日本での話だ。まだ現地語さえ不自由なこの異国の地では、軽くその三倍はかかるように思えた。

「まずは、十年」

言いながら、その年月のあまりの長さに衛藤自身気が遠くなりそうだった。

野口も重苦しくうなずいた。

「……当然、それぐらいにはなるだろうな」

その日の深夜、衛藤はこっそりと荷造りを終えた。

他の入植者に分からぬよう、野口夫婦が川べりまで衛藤を見送りに来た。

「達者でな」

そう野口はつぶやき、彼の妻もこっくりとうなずいた。

ここを出てゆけば、ふたたび戻る日まで一切の音信が不通になる。

衛藤がほかの場所から手紙を出したところで、こんなジャングル奥地までの便は皆無だったし、かといって野口夫妻からすれば、これからどこに流れてゆくとも分からない衛藤には連絡の取りようがなかった。

もしおれがどこかで野垂れ死ぬようなことにでもなれば、これが今生《こんじょう》の別れとなる――。

「必ず、戻ってくる」

自らに言い聞かせるよう、そうつぶやいた。

野口夫妻はもう一度うなずいた。

カヌーが音も立てずに滑り出し、ゆったりとした暗い河の流れに乗った。静かに下流に向けて動き始めた。

月光に川面《かわも》がゆらゆらと揺れていた。

ふと振り返ると、暗い岸辺にまだ二人は立っていた。

緩い蛇行の地点にかかり、衛藤が丸二年を過ごした入植地は、やがてその視界から消えた。

2

覚悟はしていたものの、それからの十年は想像を絶する苦労の連続だった。

丸一日かけてカヌーでジャプラの村に着いた衛藤は、そこで三日ほど、三百五十キロ下流にあるテフェ行きの汽船を待ち、残り少ない現金をはたいてその船に乗った。二日半でテフェに到着し、その港でさらにマナウス行きの商船を探した。運よく、十日後に出航する汽船があった。

それに乗り、六日間の船旅を終えてようやくマナウスに着いたのは、十一月も終わりにさしかかったころだ。この国の広さにあらためて呆然《ぼうぜん》とした。

衛藤がこのマナウスに着いた当時、もしそこに日本領事館があったなら、彼は真っ先にその出先機関に怒鳴り込んでいただろう。

ブラジルに来てからのこの二年間で、衛藤は気づいていた。理屈ではない。だが、身に沁《し》みて実感していた。

おれたちは棄《す》てられた民だ。そもそもこのアマゾンへの移民事業自体が、戦後の食糧難時代に端を発した口減らし政策だったのだ。国と外務省が推し進めた棄民プロジェクトだったのだと。

このペテン師、人殺し野郎――。

摑《つか》みかかり、首をしめ、挙句の果てには殺していたかもしれなかった。

が、一九六三年当時、まだマナウスには日本の領事館は存在しなかった。開設されたのは、それから二年後の六五年のことだ。

野口から貰《もら》った餞別を合わせても、戦前から領事館のあるベレンまでは到底辿《たど》り着けなかった。衛藤にできたのは、その憤懣《ふんまん》を内に秘め、職を求めてマナウスの町をさ迷うことだけだった。

当時のマナウスにもわずかに日系人はいた。

波止場で荷役夫として働いている男と知り合いになった。

歳《とし》を聞いて驚いた。見たところ五十代のように老《ふ》け込んで見えていたが、実際はまだ三十六だという。そこに男の過去を垣間見《かいまみ》たような気がした。その男から、ブラジルに渡ってきてからの話を聞いた。

アマゾン中流域にベルテーラという町がある。その奥地に国立ベルテーラ・ゴム試験場という農園があった。ブラジル政府直轄《ちょっかつ》のゴム農園だ。

一九五四年、男の家族は『ぶらじる丸』にて、その農場の雇用労働者として移民してきた。ゴム農園への移民者はほかに四百人ほどが同船していたという。

が、ベレン到着早々から話はもつれた。

ベレン領事と海協連ベレン支部長の説明によれば、その農園での労働日当が日本で明記されていた『移住者募集要項』の条件より減額されるとのことだった。

問題はその大幅な減額幅だった。当初の条件より約三分の二も減らされるとのことで、これではその金を貯《た》めて日本に帰ることはおろか、日々の生活にも支障をきたしかねない。同船者たちは戸惑い、怒りの声を上げ、最後には下船拒否の動きに出た。

が、とどのつまりは、そんな彼らの抗議も政府関係者にはどこ吹く風だった。遠い異国までやってきて身動きもままならない移民者たちを脅し、すかし、なだめ、説得して、最後にはそのままの条件で、ゴム農園に送り込んだ。

だが、同船者たちの不幸はこれで終わらなかった。

あろうことか、今度はブラジル政府からそのゴム園を追い出され、アマゾンの各地に散らばる直営開拓地に、半強制的に移住させられたというのだ。

ブラジル政府の言い分はこうだった。

「移住者はアマゾンの開拓民としてブラジルに受け入れると、日本国政府との取り決めにある。したがって政府直轄農場の雇用労働者として雇い入れるわけにはいかない」

ここまでくると悲惨を通り越して滑稽《こっけい》ですらあった。

そして四百人の移住者たちはかつての衛藤たちのように、在留邦人も住んでおらず指導員すら存在しないアマゾンの奥地に十家族から数十家族単位で入植させられた。

ふざけるな――。

この話を聞き終えたとき、外務省に対する衛藤の怒りは頂点に達した。驚くべき無策・無能ぶり――というより、国家ぐるみの詐欺《さぎ》に等しい。

彼らは自営農民として移住したわけではなかった。最初からゴム農園の雇用労働者としての条件で、この国に来ている。そんな彼らがブラジル政府から半強制的に移住させられ、未開の地に現地語もできないまま赤子同然の身で放り出されているとき、いったい日本の領事館の役人どもは指でも咥《くわ》えて見ていたのか。

そもそも、賃金にしろ入植地の条件にしろ、募集要項とこれだけの開きがある移住者たちの現実を、彼らはどう思っているのだろうか。

その質問を荷役夫の男にぶつけてみた。

すると相手は諦《あきら》めきったような笑みを見せた。

「何も感じてないようだ」

「なぜ？」

「やつらにとっておれたちは、体よく国外に追い払った食い詰め者にすぎん。犬以下の存在なんだよ」

その言葉につい衛藤は反論した。

「なぜ、そういう言い方をする？」

男はふたたび笑った。

「ベレンの領事館に行けば分かる」

言うだけ自分がみじめになるとでも思っていたのか、それ以上は決して話そうとしなかった。

結局、衛藤はその男の紹介で荷役夫をやることになった。言葉の壁という現実——労働はきつく、日当も雀《すずめ》の涙だったが、それしか仕事はない。

風呂《ふろ》なしの掘っ立て小屋を借り、そこから毎日歩いて港に通った。仕事が終わればそのままネグロ河に浸《つ》かって汗と泥を洗い流し、屋台で一番安い定食を食い、とぼとぼと家路に着く。そんな毎日を繰り返した。

男は日本から連れてきた家族と一緒に暮らしているという噂《うわさ》だった。それが衛藤には不思議だった。自分一人が食うのもやっとの賃金で、どうやって家族を養っているのだろうかと思った。だが、男の素振りにはその質問を許さない何かがあった。代わりにブラジル人の仕事仲間に聞いてみた。

すると相手は、にやりと笑ってこう答えた。

「一度、仕事の終わったあとに尾《つ》けてみな」

男には悪いと思いつつ、ある夕方、そのあとを追った。

仕事が終わると、男はまっすぐに家路を急いだ。マナウスの中心街を通り過ぎ、トタン屋根を載せ板切れを張り巡らしただけの小屋が密集する貧民窟《ファベーラ》へと入った。赤土の剝《む》き出しになった路地には至るところに濁った水溜《みずたま》りが浮き、その上を裸足《はだし》の子供たちが無数にうろつき、大人たちも半裸の状態でぼんやりと地べたに腰を下ろしている。

その地区の中にあった男の住まいは、建坪が五坪ほど。衛藤の掘っ立て小屋に負けず劣らずのひどさだった。どぶの臭《にお》いだろうか、饐《す》えたような臭気が絶えず周囲から漂ってきている。家の中から鍋《なべ》の落ちたような音と子供の喚《わめ》き声が聞こえていた。引きつったような泣き声だった。

しばらく様子を窺《うかが》っていると、家人の出入りがあった。

鼻水を垂らした五、六歳の少女が裸足で家を出てきた。薄汚れた子供だった。明らかに黄色人種の顔をしている。

その少女が衛藤の目の前を通りかかったとき、褐色の肌の子供たちが、オーイ、マミ、プッタ、オーイ、マミ、プッタ、とはやし立てた。

衛藤にも多少その意味は分かった。オーイ、とは、偶然にも日本語の呼びかけ『おーい』とか『やーい』と、ほぼ同義語だった。マミ、とは母親のことだ。だが、プッタの意味が分からない。

少女はその呼びかけを聞くや否《いな》や、ふたたび家の中に逃げ帰った。何か侮蔑《ぶべつ》の意味が含まれていることはたしかのようだった。

ある晩、その意味が分かった。

寝苦しい夜だった。

それでなくとも衛藤の小屋は風通しが悪く、いつでもむっとするような湿気が籠《こも》っていた。ついに我慢しきれず、夜半過ぎに起き出して、深夜の町をぶらつき始めた。

市の中心部にあるセバスチャン広場を横切り、アマゾナス劇場の脇《わき》を過ぎて、裁判所の西側にある裏通りを波止場に向けて下っていった。

ブラジル人の夜は長い。いくつもの安酒場《バール》や定食屋の灯りが連なった通りの外れに、一軒の売春宿があった。その店構えからもいわゆる最低ランクの売春宿であることは容易に分かった。衛藤のような低賃金で働く港湾労働者や靴磨き、露天商——そういった微々たる稼ぎの男たちが、投げやりの性欲を満たす場所だ。

一人のずんぐりした男が、その宿の陰に立っていた。ほの暗い街灯に照らされたその横顔を見たとき、衛藤ははっとした。衛藤と一緒に働いている、あの日本人だった。

やがて売春宿の看板の火が消えた。一人の小柄な女が表に出てきた。女は明らかに東洋人だった。艶《つや》のない髪を後頭部でひっ詰め、その両目の下の隈《くま》が、遠目にもはっきりと見てとれた。

夫も妻も疲れきった様子でかすかにうなずき合い、肩を並べてファベーラの方角へと姿を消した。

プッタとは、売春婦のことだったのだ。

衛藤はその場に立ちつくしたまま思った。

夫はどんな気持ちであの場所に立っていたのか。仕事を終えた妻はどんな思いでその夫に近寄っていったのか。そんな彼らが帰る場所には、周囲のどんな目が待っているのか……何の罪もない彼らが、なぜこんな恥辱にまみれた人生を送らなくてはならないのか。

早く金を貯めたいと思った。

マナウスでは荷役夫以上の仕事に就けそうになかった。この国では、仕事を探すにも個人のつながり、つまりコネがものを言う。アマゾナス州自体、日系人の数が極端に少なく、同国人同士の伝手《つて》を辿っていい仕事を探すのにもおのずと限界があった。

隣接するパラ州にはトメアスをはじめ、アナニンデウア、カスタニャールなど戦前からの日本人入植地が無数にあり、その中には黒胡椒《ピメンタ》栽培で巨万の富を築いた日系人もいるという。その州都・ベレンにも多くの日系人が住み着いている。

やはり、行ってみるべきだと思った。

が、その二千キロに及ぶ河旅をするだけの金がなかった。

三度の食事を昼・夜の二度に切り詰め、空腹に耐えながら浮いた分を蓄えに回した。靴に穴が開き衣服にほころびができても、新しいものは一切買わなかった。たこ糸で縫い合わせ、なんとか身なりを繕った。

半年が過ぎた。

六四年の六月、衛藤はベレンにいた。

マンゴーの街路樹の並ぶ街――河船が桟橋に到着したとき、思わず笑った。なんのことはない。三年近く経《た》った今、すべてをなくし、振り出し地に戻ってきただけのことだ。

到着後、その足で鼻息荒く領事館に向かった。提示されていた入植条件と実態の食い違いを、とことんまで問い詰めてやるつもりだった。

が、館内に入ろうとすると、守衛に押しとどめられた。

一般人が領事に会うためには、事前の約束を取り付けてからだという。

カッときた。

「いったい誰のせいでこんな目に遭っていると思っているんだっ」

気がつけばそう喚き散らしていた。

この人殺し、人非人《にんぴにん》、能なし、詐欺師、大馬鹿野郎《おおばか》っ――守衛に抵抗しながらも、領事館の窓に向かって思い切り罵倒《ばとう》を繰り返した。

「おまえらの無能さで、裏切りで、どれだけの人が死んだのか分かっているのか！」

だが、結局はその叫び声も虚《むな》しく、衛藤は敷地から通りへと放り出された。突き飛ばされた挙句、濡《ぬ》れた石畳の凸凹に足を取られ、しりもちを着いた。

継ぎの当たったズボンの膝《ひざ》にふたたび穴が開き、そこから血が滲《にじ》んでいた。通行人たちが立ち止まり、そんな彼を胡乱《うろん》な視線で遠巻きにしているのが分かった。

情けなかった。

おれたちなど、犬以下だ——その言葉があらためて思い出された。

不覚にも涙がこぼれた。


どれくらい、そうしていただろう。

不意に腕を摑《つか》まれた。

あなた、立ちなさい——女の声だった。

驚いて顔を上げると、そこに大柄な混血女《ムラータ》が立っていた。まだ若い。二十六の衛藤より若干下に見えた。

「サムライが、泣くものではない」

そう言って、明るく女は笑った。

女の名前はエルレインといった。浅黒い肌と黒い髪、瞳《ひとみ》はモスグリーンで、その目鼻立ちには白人の血が濃厚に感じられた。

下町の定食屋に連れてゆかれ、〈タカカ〉というスープ料理を食べさせてくれた。

あなたはなぜあんなところにいたのだ、と彼女が聞いてきた。

衛藤は片言のポルトガル語でその理由を説明した。三年前にブラジルにやってきたこと。入植地での話。ジャプラ河の奥地からこうしてベレンまで流れてきた経緯を、簡単に話した。

女はそのグリーンの瞳でじっと衛藤の話を聞いていたが、やがてこう言った。

「あなたは、このベレンで仕事のあてはあるのか」

ない、とスープをすすりながら衛藤は答えた。だが探すつもりだ、と。

しばらく考えて彼女は答えた。

「じゃあ、その仕事が見つかるまで、あたしの家にいなさい」

その申し出に思わずスプーンを持つ手が止まった。

ある種のブラジル人は、よい意味でも悪い意味でも自分と他人との区別をつけない。特に北部アマゾン人《びと》にはその傾向が強い。金持ちの友達がいれば平気な顔をしてその一家にたかる反面、食うに困っている知人がいれば自分の晩飯を半分にしてでも相手に差し出す……そんな話を衛藤は聞いていたが、実際に目《ま》の当たりにするのは初めてだった。

彼女はプッタだった。当時ベレンには日本でいう赤線地帯があって、そこで毎晩のように客を取っていた。

古びたアパートメントに一人暮らしをしており、そこに衛藤は転がり込むようなカタチになった。

最初の晩のことだ。

水のシャワーを浴び小綺麗《こぎれい》になって出てきた衛藤に、いきなりエルレインは抱きついてきた。荒い息のまま接吻《ベージョ》を求め、舌を入れ、その指先が衛藤の股間《こかん》を激しくまさぐった。が、何度握り締められても、衛藤のモノは柔らかいままだった。

エルレインはやがて衛藤から身体《からだ》を離し、しげしげと彼の顔を覗《のぞ》き込んだ。

「あたし、魅力がないか」

と、淋《さび》しそうに笑った。

違う、と衛藤は懸命に首を振った。事実、彼女はいい女だった。こってりとした色気を熟れきった身体から発散していた。

だが、衛藤の脳裏にはいつも、自分が殺したに等しい妻の顔があった。どうしてもその一線を越えられそうになかった。

正直にそう告げた。

エルレインはそんな衛藤を穴の開くほど見つめていたが、しばらくして片手を衛藤の頬に伸ばし、

「日本人は、ややこしいね」と、つぶやいた。「ただ、楽しめばいいのに……」

その晩、衛藤とエルレインはたわんだベッドに身を寄せ合うようにして眠った。

衛藤は毎日職探しに出かけた。

が、いつも無駄足で帰ってきた。無理もない。国民の約八割が貧困にあえいでいるブラジルでは、同国人でさえなかなか割のいい仕事に就けずにいる。いくらベレンの日系人コミュニティが大きいとはいえ、そのコミュニティが網羅する範囲にはおのずと限界がある。ましてやぽっと出の日本人が、そう易々《やすやす》と職にありつけるはずもなかった。

日も暮れてアパートに戻ると、エルレインが食事を作って待っている。

今日も駄目だった、と衛藤がため息をつき、大丈夫《バレ》、大丈夫《バレ》、明日はいいことがあるよ、とエルレインがなぐさめる。その繰り返しだった。

晩飯を食べ終わると、エルレインはブラジル人好みのどぎつい化粧を施して夜の街に出かけてゆく。

帰りはいつも夜半過ぎか、遅いときは朝方近くになる。路上で客が取れるまで粘っているからだ。

衛藤はなんとなく帰宅まで寝ずに待っている。アパートに置いてもらい、しかも食事まで食わせてもらっている――今の自分にできることは、それくらいしか思い浮かばなかった。

逆にエルレインはそのことを気にした。いくばくかのクルゼイロ札を衛藤の手に握らせ、これであたしがいない間どこかのバールで気晴らしにでも飲んでいて、と言った。

だが、衛藤は外には出かけなかった。自分の稼いだ金ではない。そんな金で酒を飲んだところで気晴らしになるはずもなかった。

深夜にぐったりとしたエルレインが帰ってくる。シャワーを浴び、衛藤とベッドに入り、しばらく話をした後、眠りに落ちる。そんなとき、衛藤は長いため息をつく。

もしよかったら、いつまでもここにいてよ――同居して一週間ほど経ったとき、エルレインが照れながら言ったことがある。

衛藤という存在を得ることで、今の生活に張りを見出《みいだ》している。この大柄な女に対して愛《いと》しさに似た感情を持ちつつある自分を感じた。

やがてエルレインは半強制的に衛藤を夜の街へ連れ出すようになった。

「あたしが仕事している間、近くの酒場で待っていてよ」彼女は懇願した。「そしたら行きも帰りもあなたと話ができる。そうしよう」

どうやら本気でそれを望んでいるようだった。断りようがなかった。

赤線地帯の飲み屋まで毎晩彼女と一緒に行った。

驚いたことにその一帯の飲み屋はすべて、衛藤と同じような男で溢《あふ》れていた。つまり、プッタたちのヒモだ。

さらに仰天したことには、日本人の男も数多く存在した。陽気にグラスを傾けながら女の帰りを待っているブラジル人男性とは違い、彼らは一様に暗い目をしていた。カウンターでピンガを呷《あお》るその背中は、ひどくうらぶれ、荒《すさ》みきって見えた。衛藤と同様、奥地での開墾に失敗し、妻や子供を失った挙句、一文なしでこのベレンの地に流れ着いた男たちだ。

戦前からの日系人は、彼らのことを〈アマゾン牢人《ろうにん》〉と呼んでいた。

やがて、そんな彼らの身の上話を聞いた。

例えば、ある男はモンテ・アレグレという入植地から逃げ出してきていた。一九五三年から五五年にかけて計百二十八家族が入植したこの土地への、男は第一次の入植者だった。

だが、ここでも外務省の謳《うた》っていた入植条件は大いに違っていた。脱耕者が相次ぎ、一年後の五六年にはすでに八十家族にまで減っていた。この男が風土病で家族を亡《な》くし、入植地を逃げ出した六一年には、三十三家族にまで激減していたという。

またある者は、ベレン郊外六十キロの場所にあるグァマ入植地から命からがら逃げ出してきていた。入植地は湿地帯だった。たび重なる増水に遭い、何度耕作をしても農作物は水に流された。毎年脱耕者が相次ぎ、業《ごう》を煮やしたブラジルのＩＮＣＲＡ（国立植民農地改革院）は、ついに一九六三年、残る日本人入植者すべてからパスポートを没収し始めるという暴挙に出た。

移動の自由を奪い、死ぬまでその土地に縛りつける。まるで奴隷《どれい》の扱いだ。

それを事前に察知した男は、身一つでグァマを逃れ出たのだという。

「領事館は？」依然あれほどの屈辱を味わわされながら、それでも衛藤は聞かずにはいられなかった。「それを領事館の連中は、黙って見過ごしたのか」

「あの、馬鹿どもか」男は自嘲《じちょう》気味に笑った。「やつらが進んでやることといえば、逃げ出したおれたちを犯罪者として突き出すぐらいが関の山だ」

衛藤はあきれた。開いた口が塞《ふさ》がらなかった。

気の遠くなるような場所から流れてきた人間もいた。

南米大陸中央にある内陸国・ボリビアからアブニャ河を下って国境を越え、マデイラ河、アマゾン河を伝って約五千キロを旅し、このベレンに流れ着いたという。

「あの国も、地獄だった」

男はぽつりとつぶやいた。

それで、移民者たちの不幸がなにもこのブラジルに限ったことではないのを知った。

衛藤はすでに知っていた。ブラジル移民のみでも、一九五三年から六一年までの九年間だけで、約四万二千五百人の日本人が海を渡ってきている。

ろくに現地調査も行わないまま現地政府といい加減な取り決めを交わし、蜜《みつ》の誘い文句で移民者たちを未開の地に放り込んだあとは、知らぬ存ぜぬを決め込む。

いったい中南米全体で、どれほど多くの人間が路頭に迷い、虚しく土くれと化していったのか。眩暈《めまい》を通り越して吐き気さえ覚えた。

許せなかった。日本政府も外務省も、そしてブラジル政府もクソ喰らえだと思った。

と同時に、国家などという得体の知れぬものを妄信していた自分が甘かったのだと思い知った。

国家など、所詮《しょせん》は無数の利害が絡《から》み合った巨大な有機体にすぎない。そしてその利害は、いつの時代にも無知な大衆向けの甘ったるいオブラートに包まれ、そのときの情勢に応じて変化してゆく。押しつぶされてゆく少数の人間のことなど見向きもしない。

そんな甘言にまんまと乗った自分のおめでたさを呪《のろ》った。代償はあまりにも大きすぎた。

七月の下旬、衛藤は一つの決断を下した。

エルレインには感謝していた。だが、情の深い女ほど、場合によっては男を腑抜《ふぬ》けにしてしまう。

現に、彼女が自分の肛門《こうもん》と膣《ちつ》に男根を沈めて商売している間、衛藤はその彼女の稼いだクルゼイロ札で酒を呷っていた。そして、そんな自分にあまり違和感を覚えなくなっていた。

彼女がそれでいいと言ってくれている以上なにも卑屈になることはないと、おのれをごまかし始めていた。周りの男たちもそう思っているようだった。

腐りだしている自分が分かった。

彼女を連れてこの土地を出てゆくことは考えなかった。おのれ一人も満足に食わせられないのに、エルレインを連れてゆくということは、見知らぬ土地で彼女に売春を強要するに等しい。それではなんの意味もなかった。

むろん、彼女が今の状況に満足している以上、それがおのれの矜持《きょうじ》を保つためだけの自分勝手な考えであることも充分に分かっていた。

分かった上でエルレインに切り出した。

「すまないが、おれはベレンを出てゆく」

彼女はびっくりした顔で衛藤を見た。

私が嫌いになったのか、と大声で喚《わめ》き、テーブルを叩《たた》いた。皿を投げ、ベッドを蹴《け》り上げ、大暴れに暴れた。それから急に泣きだした。

「やっぱりプッタだから一緒にいられないのか」

いけないと思いつつもつい笑った。

その行動と同様、物言いも直截《ちょくさい》な女だった。思わず抱きしめたくなった。男としての機能も果たせず、金も稼げないおれをここまで好いていてくれる。

しかし、国に裏切られ煮え湯を飲まされた挙句、ボロクズのようになったままの自分が、どうしても我慢ならなかった。

復讐《ふくしゅう》しようという気があったわけではない。

だが、まず一人の人間としてちゃんと立つ。

それが、今の自分にできる国家という存在を見返す唯一《ゆいいつ》の方法のように思えた。

エルレインが鼻水を垂らし、べそべそと泣きながら聞いてきた。

もし成功したら、戻ってくるか、と。

「戻ってくる」

衛藤は答えた。


八月のある未明、衛藤はベレンを後にした。

出てゆくとき、エルレインはベッドの隅に腰を下ろしたまま、片手でじっとハンカチを握り締めていた。

赤黒く染まった暁の空に、薄雲がたなびいていた。

涼やかな小鳥の鳴き声の響くマンゴー並木を抜け、ベレン港の船着き場からトカンティンス河行きの汽船に乗った。

トカンティンス河を七百キロほど遡《さかのぼ》ったパラ州の奥地に、マラバという町がある。

そのマラバからさらに百五十キロほどジャングルの深奥に進んだところが、彼の目的地だった。

ベレンの日系人から聞いていた。

シェラ・ペラーダと呼ばれているその未開の土地から、最近になって金が出始めたという。誰も住んでいなかった場所に一夜にして町ができ、ブラジル全土から一攫千金《いっかくせんきん》を夢見た食い詰め者たちがアリのように群がってきた。剝《む》き出しの赤土から絶えず臭気が立ち昇ってくる泥炭地帯だった。まともな建物などなく、ほとんどの人間がテント暮らしをしていた。到着後、彼もその一人になった。野営地の採掘者《ガリンペイロ》たちはみな、ガンベルトを腰巻き代わりにしていた。身を守るためだ。

採れた金や売春婦との色恋を巡る殺人事件、買い付けの際の暴動などは日常茶飯事で、撃ち殺されるのを恐れて警官も巡回に来ないような無法地帯だった。

それでもここで金を掘り当てるしかない、と思っていた。それもなるべく早くだ。

野口のことを思い出した。

あのクロノイテに居つづけている以上、どこかでまだ外務省の対応を期待している部分もなくはないだろう。だが、そんな援助の手は永久に差し伸べられないことを、マナウスやベレンに滞在中、さまざまな戦後日系移民と接して痛感していた。もしそうなら、できるだけ早くあの入植地に戻って、野口一家を助け出す必要があった。

エルレインのこともある。

ずっとここで待っている、と彼女は言った。衛藤はその言葉を半分だけ信じた。男女の関係など移ろいやすいものだ。まして彼女は毎晩男を相手にする商売だ。が、同時にそう言ったときの彼女の気持ちだけは本物だということも分かっていた。

急がなければならない。

寝食を忘れたように砂金掘りに励んだ。川床で中腰になり、洗鉱鍋《せんこうなべ》を振るいつづけた。

「オーイ、日本人《ジャポネス》、働きバチ」

そんなからかいを何度も受けた。だが衛藤は平気だった。なんのために自分がここに来たのか分かっていた。言いたい者には言わせておけ——そう思った。

たしかに金は採れた。

しかし、その量は微々たるもので、月々の採掘権料、雑貨店から前借りした日々の食材や日用品の支払いを済ませると、あとにはほとんど残らなかった。

ここにも日本人がいた。

山本《やまもと》という名前のずんぐりとした体格の若者だった。暗い目をしていた。

山梨県の山間部出身だと言った。グァマ入植地からの逃亡者で、家族に連れられて七年前にブラジルにやってきていた。だがそこで両親を亡くし、ベレン、トメアスと流れてこの地に辿《たど》り着いたのだという。衛藤と出会ったときはまだ二十一歳だった。

ブラジル社会の最底辺には、常に自分たち戦後の日系移民がいる。そしてそのことを苦い笑いとともに噛《か》み締めた。すでにこのころの衛藤は、自分たちの境遇をある程度俯瞰《ふかん》できる心境になっていた。

二人揃《そろ》って素《す》寒貧《かんぴん》の状態のまま、一九六五年の正月を迎えた。新年とはいってもアマゾンに季節などない。あるのは永遠の夏だけだ。

衛藤は思い切って採掘の場所を変えた。誰も手をつけたことのない峡谷沿いの川だったが、結果的にはこれがよかった。

合金土砂の規模のごく小さな鉱床だった。飛躍的に、というわけではない。だが、じりじりと砂金の採れる量が増え始めた。

山本を誘い、一緒になって砂金を採った。一ヵ月が過ぎ、二ヵ月が経《た》ち、やがて三ヵ月目になった。

数年は遊び暮らせるだけの砂金がお互いの手元に貯《た》まっていた。

「おれと一緒にサンパウロに行きませんか」山本は衛藤を誘ってきた。「日系人のやっているクリーニング店がけっこう流行《はや》っているらしいんですよ」

この砂金を元手に自分もクリーニング店を開いてみるつもりだ、と山本は言った。

理由があった。そのころには砂金の採れる量が次第に減ってきていた。鉱床が枯れ始めたのだ。

だが衛藤はその誘いを断った。

衛藤にはこの国でできた繋《つな》がりが二つあった。野口、エルレインとの繋がりだ。彼らにもう一度会うためにはまだ金が足りない。最悪の場合、エルレインと野口夫婦の当座の生活を衛藤が一人で背負い込むことになる。

おれはここに残る。衛藤は言った。完全に鉱床を掘り尽くすまでは、と。

「そうですか……」と、山本はため息をついた。「残念だけど、衛藤さんがそう言うのなら仕方がない。一人で行きます」

あっさりと引き下がった。山本はいつもそうだった。若いわりに諦《あきら》めがいいというか、恬淡《てんたん》としているというか、どんなことにもさらりとしすぎていた。その言動におよそ熱というものが感じられない。衛藤と同様、過去に心のどこかが壊れてしまった人間の特徴だ。

四月の末に山本はシェラ・ペラーダを去った。

衛藤はまた一人で砂金採りに励んだ。

五月のことだ。不幸が衛藤を襲った。

衛藤のテントは採掘現場の違いもあり、他のガリンペイロたちの野営地より、かなり離れた場所にあった。

夜半過ぎの衛藤のテントに、突如、数人の男たちが押し込んできた。

バンダナを覆面代わりにした男たちだった。一人が衛藤に銃を突きつけ、ほかの男たちがテントの中を漁《あさ》り始めた。猿轡《さるぐつわ》を嚙まされた衛藤は恐怖に打ち震える一方で、その砂金を探す様子をじっと観察していた。命の次に大事な砂金だ。万が一のことを考え、砂金は五つの皮袋に小分けにし、テント下の地中に埋めていた。見つかってたまるかと思った。砂金はどこかと聞かれても一ヵ月前に相方が持ち出したと言えばよい。

だが、強盗たちは手練《てだ》れだった。

衛藤にリボルバーを突きつけている首領格の男が、テントを引っぺがしてみろ、と指示した。衛藤は一気に青ざめた。瞬《また》く間にテントが壊され、ペグごと地面から引き抜かれる。赤黒い地面が現れ、その中心部に土を掘り返した跡がはっきりと見てとれた。男たちは地面を掘り始めた。足首から力が抜けてゆく感覚をはっきりと味わった。

首領格の男が銃を仲間の一人に手渡し、皮袋の一つを開いて手を突っ込んだ。次いで引き抜いたその指先に、わずかに砂金の粒が貼《は》りついていた。

首領格は目尻《めじり》で笑い、ほかの仲間にうなずいてみせた。衛藤にリボルバーを突きつけていた男が、撃鉄を起こそうとした。だが、首領格は首を振った。衛藤の命を惜しんだというより、銃声が野営地で眠っているガリンペイロたちの耳に届き、騒動になることを恐れたのだろう。

結局、衛藤は両手首を背中で縛られ、猿轡を噛まされたままの状態で地面に転がされた。と、その首領格の男が、いきなり衛藤の右膝《みぎひざ》を踏み抜いた。

（――――！）

靭帯《じんたい》が切れ、関節の砕ける感触がはっきりと分かった。直後、想像を絶する激痛が右足を襲う。うめき声を洩《も》らしながら地面の上を転げ回った。

男たちは低い笑い声を残し、闇《やみ》の中に足早に消えた。

長い夜が過ぎた。

翌朝、倒れたテント脇《わき》で一晩中うめきつづけていた衛藤は、たまたま近くを通りかかった男に発見された。手首の縄を解かれ、ガリンペイロたちの手によって川べりまで運ばれた。

ブラジル人は物見高い。桟橋には大勢の男たちが群がり、強盗に襲われた衛藤を一目見ようとわいわい騒いでいた。その向こうに、小さな汽船が見えた。マラバからの物資を運んでくる定期船だった。

栈橋の男たちの中から、カウボーイハットを小脇に抱えた大男が担架の上に寝転がったままの衛藤に近づいてきた。その顔には見覚えがある。以前、自分をよく働きバチと呼んでからかっていた男だ。

「大変だったな」男は笑った。「ま、命が助かっただけでもめっけもんだ」

そう言って、その毛むくじゃらの腕をぬっと衛藤の前に突き出してきた。突き出されたカウボーイハットの底には、よれよれのクルゼイロ札が無数に折り重なった中央に、ごく小さな皮袋が一つ沈んでいた。砂金だ。

「おれたちからのカンパだ」男は言った。「マラバまで行って傷を治せ。そしてもう二度と、こんなところには戻ってくるな」

そして付け足した。ここはおまえみたいなマトモな人間のいる場所じゃない、と。

衛藤は驚いた。彼らのすべてが自分と同様の食い詰め者であることを知っていた。そして衛藤自身は、そんな彼らのことを一度も気にかけたことがなかった。

おれは、おまえらなんぞとは違うのだ——。

そう、いつも心のどこかで思っていた。

気がつくと、涙腺《るいせん》が緩みかけていた。

おっ、という顔をして、男はほかのガリンペイロたちを振り返った。

「この日本人《ジャポネス》、泣きそうだぜ」

男たちがげらげらと笑い始めた。

初めて、このブラジルの大地に感謝の念を覚えた。

3

六五年の後半から六七年いっぱいまで、衛藤はブラジル東北部《ノルデステ》の三千キロに及ぶ沿岸地帯を放浪していた。サン・ルイス、フォルタレーザ、ナタル、レシフェ、サルバドールと、海岸部の主要都市を職を求めて渡り歩いた。

フォルタレーザの浜辺では底引き網の漁師になり、ナタルではサトウキビ畑の日雇い人夫に、レシフェでは護岸工事の作業員になった。だが、どこも半年かそこらで契約を切られた。ノルデステはブラジルでも最貧の地域だ。事実、レシフェなどの都市部では、朝の八時から売春婦が目抜き通りにずらりと並んでいた。昼の辻々《つじつじ》には生ゴミを漁《あさ》る物乞《ものご》いが溢《あふ》れ、夜は同じ場所に追い剥《は》ぎが跳梁《ちょうりょう》する。男も女もその日の飯にありつくのが精一杯の日々を過ごしていた。

地元のコネもなく、ポルトガル語もちゃんとした発音では話せず、しかもシェラ・ペラーダで負った怪我《けが》の後遺症で片足を引き摺《ず》るようにして歩く日本人。そんな男を長期間雇いたがる酔狂な人間など、誰もいなかった。

テレビというものを初めてサルバドールで目にした。

店先に展示してあるのを見たのだ。衛藤は暇さえあればその店の前に行き、飽きもせずその画面に見入った。日本のニュースがどこかで流れないかと期待していた。だが、このブラジルでは地球の裏側にある国のことなど誰も関心を持っていなかった。

国外のニュースだとアメリカのものをよく流していた。ベトナム戦争がらみのトピックだった。制服姿の若者たちが無数の歓声と星条旗に見送られて出兵してゆく様子――アメリカの政治家がブラウン管の中で声高にまくし立てていた。

アカの脅威から世界の秩序を守るため、わが軍は出動するのだ。

嘘《うそ》っぱちだ、と衛藤は思った。

彼ら若者は、軍需産業やオイルビジネスのために戦場へと駆り立てられるのだ。ウォール街の株価を維持するために、終わりのない泥沼の戦いの中で虚《むな》しく死んでゆくのだ。

兵士たちのまだあどけない横顔が、ブラジルに来た当時の自分と重なって見えた。彼ら若者も衛藤と同様、国策により海の向こうへと吐き出されてゆく棄民だった。

六八年、衛藤はリオ・デ・ジャネイロまで流れてきていた。市の運営する清掃会社の臨時雇用員になっていた。

リオ・デ・ジャネイロは、複雑に入り組んだ美しい入り江を無数に持つ大都会だ。そして、アマゾンとはまるで別世界だった。

メインストリートであるリオ・ブランコ通りやプレジデンテ・バルガス通りには高層ビルが立ち並び、その風景をコルコバードの丘という標高七百十メートルの高台から遠望すると、一つの巨大な摩天楼を形成しているのが分かる。

都市の規模といい、その街並みが海岸沿いの硬い岩盤の上の狭地にびっしりと集約されているところといい、香港《ホンコン》のようなものといえば分かりやすいのかもしれない。

通りにはカラフルな衣裳《いしょう》を身にまとった女性が溢れ、海岸ではリオっ子《カリオカ》たちの陽気な笑い声がこだましている。オープンカフェのレストランからは、サンバの躍動的なビートやボサ・ノヴァの軽やかな旋律が流れ出てくる。

これが同じ国の中にある風景とはどうしても思えなかった。

南半球でも有数のこの大都会で、衛藤は今の日本がどういう経済状態にあるかを知った。

というよりは思い知らされた。

舗道のダストボックスからゴミを回収して回るのが仕事だった。すぐに作業服は汗臭く薄汚れた。その道路脇《わき》をホンダやスズキ、カワサキの小型バイクが無数に走っていた。国民車のワーゲンに混じって奇妙なカタチのボクシーなセダンを見た。ダットサンのブルーバードというクルマだった。ニコン、オリンパス、キヤノンなどという電飾の看板もよく目にした。高層ビルの屋上や大通りの辻で誇らしげにネオンを放っていた。気がつけばこの国の街中に日本製品が溢れていた。

コパカバーナやイパネマ海岸といった観光地には、同じ旅行会社のワッペンをつけ、首からカメラを下げた日本人の団体がぞろぞろと歩いていた。

衛藤が日本を出るのと相前後して、世界史上でもまれな空前の経済成長が始まっていたのだ。

実際、日本からやってきた観光客は、現地のブラジル人と比較してもとても裕福そうに見えた。それら団体客の横で、同じ日本人と分からぬよう目深《まぶか》に帽子を被《かぶ》り、ダストボックスから黙々と生ゴミを回収している自分がいた。

消えてしまいたい気持ちだった。アマゾンの奥地で死んでいった妻や弟のことを思った。野口を思った。無数のアマゾン牢人《ろうにん》たちを思った。

今の自分と、今ここにこうしてやってきている日本人観光客——同じ時代を共に生きてきた中で、どこで、どう、ボタンを掛け違ったのか。

太った中年女の甲高い笑い声が衛藤の心に突き刺さった。そのいかにも楽しげな笑い声は、自分と同じ時代を生きてきた日本人の声とは到底思えなかった。

おれはもう、彼らと同じ舞台にはいない。同じ人種ではない……。

クロノイテの入植地で死んでいった自分の心の一部に加え、これまでの衛藤を支えてきた日本人としての矜持《きょうじ》までが粉々に砕け散ってゆくのを感じた。

衛藤は酒におぼれるようになった。


六九年、衛藤はサンパウロにいた。

清掃会社の仕事などとうの昔に馘《くび》になっていた。金もほとんどなく、家畜や穀物を積んだ南行きの無蓋《むがい》貨車に無賃乗車を繰り返し、南回帰線上にある、当時でさえ人口一千万以上を抱えるこの巨帯都市《メガロポリス》まで辿《たど》り着いた。

シェラ・ペラーダで知り合った山本の消息を求め、日本人街《リベルダージ》をさ迷った。

だが、そんな名前の男がやっているクリーニング屋など誰も知らなかった。来て早々、商売に失敗したのかもしれなかった。あるいはこのサンパウロに到着する以前に、どこかでトラブルに巻き込まれた可能性もあった。つまり、強盗に襲われ有り金を巻き上げられた挙句、命まで奪われる――ブラジルではそう珍しくもないことだ。

行き場をなくした足は、いつしかふらふらとサンパウロの中心部《セントロ》へと向いていた。リベルダージ通りから二キロほど北、ダウンタウンの中心に『プラサ・ダ・セー』という大きな広場がある。

日本でいう、ちょうど日本橋のような場所だ。サンパウロ州全土の方位起点になっている。市内のほとんどの道がここを通って、また別な方面へ抜けてゆく。

衛藤はこのセー広場まで来て、ベンチに腰を下ろした。

腰高の街路樹が密集した広場を『カセドラル・メトロポリターナ』と呼ばれている巨大なゴシック様式の教会や、高層ホテル、マンションが取り囲んでいた。

ポケットの中の小銭を探った。コインが数枚あるだけだった。

舗道にある屋台からパンの耳を少し分けてもらうと、すべての金はなくなった。

三日ぶりの食事だった。

それをゆっくりと齧《かじ》っている間に、夕暮れが訪れた。

巨大な商業都市のラッシュアワー——広場脇の道路を大勢の通勤者やクルマ、バスが無数に行き交う。

夜になった。

サンパウロは南回帰線上にある都市とはいえ、海抜七百メートルの高原地帯に栄えた街だ。六月（日本でいう十二月）ということもあり、夜半になると過ごしやすい気候なのが、唯一《ゆいいつ》のなぐさめだった。

ベンチに横たわり、夜を過ごした。浮浪者となんら変わらなかった。

翌日の昼間も、小便と噴水の縁まで水を飲みに行くとき以外は、衛藤はそのベンチから一歩も動かなかった。ぼんやりと足元の鳩《はと》を見つめたまま、物思いに耽《ふけ》っていた。

空腹で胃腸が背中に張りつきそうだった。動かなければいけない、職を探さなければいけない、という気持ちはわずかに残っていた。

だが、そんなことをしてどうなる、という投げやりな感情のほうがはるかに勝《まさ》った。

思えば、クロノイテの入植地を飛び出してから丸六年——仕事を求めてアマゾン河を下り、ブラジル東北部《ノルデステ》の大西洋岸に沿って南米大陸を南下し、このサンパウロ州まで一万キロ以上を流れてきた。

だが、その結果はといえば、穴だらけの汚れ切った衣服を身にまとい、骨と皮だけの身体《からだ》に成り果てた自分が今ここに存在するだけだった。

思わず一人、力なく微笑《ほほえ》んだ。

苦労して仕事に就いたところで、また同じことの繰り返しだ。なんの喜びも意味も見出《みいだ》せないその日暮らしがつづき、その仕事もいつ馘になるかもしれない。

自分一人でさえ食うや食わずの六年間だった。野口やエルレインとの約束などまるで夢物語だ。

生きる気力が萎《な》えかけていた。

二日目の夕暮れを迎えた。

おい――。

最初、その呼びかけが自分に向けられたものだということに気づかなかった。

「おい」

再度の声に、虚《うつ》ろな視線を上げた。

衛藤の目の前に一人の男が立っていた。歳《とし》は四十前後、チェックの開襟《かいきん》シャツとスラックスに固太りの身体を包んでいる。濃い眉《まゆ》の下にある漆黒の瞳《ひとみ》が、冷たい光を放って衛藤を見下ろしていた。

アラブ系のようだった。その岩盤のようないかつい顔には、どういうわけかうっすらと見覚えがあった。

思い出した。

広場の向こうにあるマンションの一階に雑貨屋があった。その店内に同じ顔が昨日から見え隠れしていた。

しかめ面《つら》のまま男は口を開いた。

「食うに困っているなら、なぜ施しを求めない」

広場の至るところに襤褸《ぼろ》をまとった物乞いがいた。片手に持った紙コップをジャラジャラと鳴らしながら、通行人の多い舗道の脇にうずくまっていた。ごくまれに、そのコップの中に小銭が放り込まれる。そんな光景を顎《あご》で示して、相手は言葉をつづけた。

「みんな、そうしている」

衛藤はかすれた声で答えた。

「おれは、乞食《こじき》じゃない」

アラブ系の男は、もう一度衛藤を見下ろした。

「ふん……」そう、鼻で唸《うな》った。「おまえ、日本人だろう」

「どうしてだ」

「餓死寸前なのに物盗《ものと》りになる度胸もない。かといって乞食にまで落ちぶれるにはちっぽけなプライドが許さない……中国人とも韓国人とも違う。馬鹿《ばか》正直に生きるだけが取り得の黄色人種だ」

こんな場合ながら衛藤はかすかに笑った。そのとおりだと思った。性根が甘くできているのだ。

「あんたの言うことが正しいのかもしれない」逆らわず、答えた。「だが、それも生き方だろう。ほうっておいてくれ」

しかし、相手は衛藤の腕を摑《つか》んだ。

「飯を、食わせてやる」そう言って、無理やり衛藤を立たせた。「ついてこい」

相手はハサン、と名乗った。雑貨屋のオーナーだった。

近くにあった騒々しいレストランに連れてゆかれた。

なぜおれを助けたのか、と飯を食いながら衛藤は聞いた。

「十五年前、この国にやってきた。飢えていた時期がある」器用にフォークを使いながら、ハサンは答えた。「そのとき、ある男がおれを救ってくれた。その借りを返したい」

その言葉に、衛藤は首を捻《ひね》った。

「だが、その相手はおれじゃない」

「それでいいんだ」平然とハサンは返した。「おれは、その相手から受けた恩をおまえに返す。おまえも、このおれから受けた借りをいつかは誰かに返す。そういうふうにして、世界は繋《つな》がってゆく」

あっ、と思った。

思わずスプーンを取り落としそうになった挙句、おそらくはこれなのだ、と感じた。記憶の中でエルレインをはじめとしたベレンの娼婦《しょうふ》や、シェラ・ペラーダのガリンペイロたちが激しく動き、笑い転げた。

そうか。そうなのか――。

レストランの風景が一変したように思えた。

ずっと個人だけの世界にこだわってきた。周囲に広がってゆく世界を見ようともしなかった。

考えていたのは自分と自分の身の回りのことだけだ。三十過ぎにもなって、いかにおのれがつまらぬ存在であったかを痛感させられた。

ハサンはレバノンの出身だと言った。

地中海に面した中東の小国だ。

むろん、この国におけるレバノン人の絶対数は、ブラジルの少数民族・日系人のさらに下をいく、超マイノリティな存在でしかない。

しかし衛藤はこの人種の噂《うわさ》を耳にしたことがあった。

義理堅く、勤勉なのは日系人と同じだが、難しい商売上の交渉に関しても実に粘り強く、軽々しく腹を立てたりしない。必要とあれば腹芸も寝技もできる。

反面、アラブ社会に独特の〈俠気《おとこぎ》〉という感覚を濃厚に受け継いでいる民族だとも言われている。滅多なことでは他人に胸襟を開かない一方、いったん相手を信用したとなればとことんまで面倒を見る。しかも人種に関わりなくだ。

アマゾン牢人である衛藤の身上を理解したこのレバノン人も、そうだった。

単に晩飯を食わせてやっただけではなく、数日後、自らの人脈をフル回転させて彼にある職を見つけてきた。

「この仕事はきつい。危険も伴う」レバノン人は説明した。「だが、アマゾンにはおまえの同胞が残っている。自分一人のみを養えばそれでいいという立場ではない。万が一の場合は彼らを助けてやる義務が、おまえにはある。その日暮らしの仕事では駄目だ。この商売で金を貯《た》め、やがて彼らに会いに行くしかない」

ハサンの言うことはもっともだった。衛藤と同じ目線に立ち、その背景を見て物事を考えてくれていた。

サンパウロ郊外に、約八千人の労働者が働く巨大青果市場——セ・アーザがある。二十アールケル（英語でいうエーカー。サンパウロ州の基準では約五十ヘクタール）の壮大な敷地には、内部が吹き抜けになった超弩級《ちょうどきゅう》のドームが無数に立ち並び、その屋根の下で八千人におよぶ労働者が忙しく立ち働いている。

衛藤はそこで果物の仲買人見習いになった。

パラ州やアマゾナス州、アマパ州……サンパウロとは五千キロも六千キロも隔たったブラジル北部から、長距離トラックにより毎日大量の物資がこのセ・アーザに運び込まれてくる。仲買人によるセリが行われ、その日の適正な価格に落ち着いた物資はふたたび別のトラックに載せられて、地元民《パウリスタ》たちの底なしの胃袋を満たすため、サンパウロ州全土に散らばってゆく。

マンゴーやパパイアの甘い香りと鼻を突く香草の匂《にお》いの中、値付けする男たちの怒号と掛け声が渦巻き、漆黒の肌に汗がとめどもなく流れている。売り場の境界線を巡る争いや、値付けのトラブルからくる喧嘩《けんか》など日常茶飯事だった。

殺人事件も頻発した。ションベン臭い旧式のトイレの中で首を掻《か》き切られている労働者や、トラックの荷台に半殺しにされたまま転がっている仲買人もよく目にした。暴動もあった。蒸し風呂《ぶろ》のような環境と低賃金にあえぐ労働者たちが何かのきっかけで、数千人規模の手のつけられない騒ぎを引き起こす。木箱に入った商品は軒並み叩《たた》き壊され、各商店の持ち主が襲われる。

セ・アーザの敷地内にサンパウロ警察の分署が作られ、ショットガンを持ち防弾チョッキに身を固めた警官たちがパトカーで絶えず敷地内を巡回する――そんな世界だった。

仕事自体もきつかった。

市場の取引は朝の四時から始まる。その準備のため三時には現場に入っていなくてはならない。売買は午前中に峠を迎え、午後に入ると次第に収束に向かう。最終的な取引が終わるのは、日暮れ前だ。それから現場の整理や明日以降の手配と確認作業に追われ、市場を出るのが九時か十時ごろ。アパートには帰って寝るだけだった。日々の睡眠時間は四時間前後しか確保できなかった。

手を抜かずに三年つづけられたら、おまえは独立できる――ハサンが言ったのも道理だった。これだけ過酷な労働条件に耐えられる人間が、そういるとも思えなかった。

だが、踏ん張るしかなかった。いつの間にか三十三歳になっていた。

少しでも将来の展望の感じられる仕事に就けるのは、おそらくはこれが最後だ——。

同じセ・アーザに日系人が多数いた。彼らもまた、見習いから始めて独立した商店を持った仲買人たちだった。このことが、結果的に衛藤に有利に働いた。当時の衛藤に、苦労したころの自分を重ね合わせていたのだろう、なにかと彼の世話を焼いた。

ブラジルに来て、初めて明るい将来というものを感じた。

七二年の初め、衛藤は独立を決心する。セ・アーザにいる日系人の伝手《つて》を辿《たど》り、コチア産業組合から運転資金を借りた。恩人のハサンにもその旨《むね》を伝えた。すると彼は追加資金の援助を衛藤に申し出た。

衛藤が断ろうとすると、

「金はあるに越したことはない」そう言って首を振った。「商売というものは何があるか分からないものだ」

これはと思える従業員を数人雇い入れ、セ・アーザに売り場を構えた。

仕事は順調だった。むしろ、順調すぎるぐらいに取引高は右肩上がりに伸びていった。

理由があった。

衛藤には三年間必死になって覚え込んだ仲買人としてのキャリアの他に、アマゾン奥地で農業をしていたという前歴があった。これがものをいった。

パラ州やマットグロッソ州、パラナ州などの農場主たちは、アマゾンでの農業がいかに過酷なものかを知っていた。そして、そんな過酷な農業体験をしてきた仲買人ならば、自分たちをそう無下《むげ》に扱わないだろうという気持ちを抱いていた。

それが結果的に衛藤の信用に繋がった。

衛藤もその期待を裏切るような真似《まね》はしなかった。売値・仕入れ値ともに常に妥当なラインで売買を行い、商品の売れ残りが出ないように努めた。

信用が信用を呼んだ。わずか一年で取引先は倍々ゲームのように増えていった。

商売が完全に軌道に乗った彼は、利子をつけて追加資金をハサンに返しに行った。

レバノン人は元金だけは受け取ったものの、利子は頑としてはねつけた。

「おまえが成功すればおれだって嬉《うれ》しいんだ。だから、こんなよそ行きの真似ごとはするな」

そう言ったときのハサンには尊敬を通り越して凄《すご》みさえ感じた。

「おまえにはまだやるべきことが残っている」レバノン人は念押しした。「そのために力を貸した。この利子でアマゾンへ飛べ」

4

そして、今、衛藤は十年前に出てきたアマゾンの支流を遡《さかのぼ》っている。

鏡面のように静かな川面《かわも》を見つめながら、昨日のベレンでの出来事を反芻《はんすう》している。

……サンパウロからベレンに降り立った衛藤は、まっすぐに昔エルレインの住んでいた住宅街に向かった。

懐《なつ》かしい、と思うには、あまりにも年月が経《た》ちすぎていた。心のどこかで、もう住んでいるはずがない、と囁《ささや》く自分がいた。

マンゴー並木の生い茂った通りの外れに、その煉瓦《れんが》造りの建物はあった。

ただし、黒焦《くろこ》げになった焼け跡としてだ。

屋根は無残に崩れ落ち、空洞になった建物の窓から、ベレンの青空が透けて見えていた。

近くで立ち話をしていた地元民を捕まえて、いつ焼けたのだと聞いた。

「五年前の火事だよ」その男は気軽に答えた。「一階の玄関脇《わき》から火が出たんだ。階上の住人はほとんど焼け死ぬか窒息死して大騒ぎだった」

エルレインの部屋は三階だった。万が一生き残ったにせよ、これでは探しようがない。

衛藤はその焼け焦げた建物に足を踏み入れた。

黒ずみ、廃材の折り重なった階段を用心して上り、三階に着いた。

かつてエルレインの部屋だったその場所は、扉が焼け落ちたままで、通りに面する窓まで素通しになっていた。焦げ跡の残る室内には天井から雫《しずく》が垂れており、それが床に淀《よど》みを作っていた。

「………」

しばらく佇《たたず》んでいたあと、衛藤はその場所をあとにした。通りに出て、もう一度建物を仰ぎ見た。

抜け落ちた屋根の縁に、目にも鮮やかな若草が生い茂っていた。

旦那《セニヨール》──。

衛藤の背中に呼び声がかかった。女のものにしては妙に野太いその声音──ぎくりとして振り返った。

通りを挟んだ向かいの舗道に、ビニールの天蓋《てんがい》に覆《おお》われた、一坪に満たないバハッカがあった。バハッカとは、〈店・バラックの小屋〉という意味で、路上にある小さな簡易式の出店のことだ。煙草《たばこ》やチューインガム、スナックなどの小物を売っている。

その店の中で大柄な女が笑っていた。

浅黒い肌の女——肩回りや二の腕は、九年前には見られなかった丸みを帯びている。が、そのいかにも利《き》かん気そうな表情は昔のままだった。

気づいたときにはまるで仔犬《こいぬ》が駆けだすように小走りに通りを横切っていた。息を切らしたまま、店の前に立った。

「デルビ・アスルあるよ——」エルレインは青いラベルの煙草を指の間に挟み、緑の瞳《ひとみ》で笑った。「あなたの好きな煙草」

「なぜ、すぐに声をかけなかった」喜びのあまり、ついなじるような口調になった。

「さっきからおれに気づいていたはずだ」

彼女は鼻の穴を大きく膨らませた。

「九年だよ」口を尖《とが》らせて言った。言いだすと止まらなかった。「九年も待った挙句、ようやく姿を現した。少しぐらい黙って見ていたからって、なんであたしが責められるのか」

次いで、大粒の涙をこぼした。あまりにも待ちすぎたので、あんただとはにわかに信じられなかったのだ、と。

一晩だけ彼女と過ごした。

彼女はすでに売春婦の仕事をリタイアしていた。アナル・セックスが大好きなブラジル男を相手にできるのは、体力的にもせいぜい三十歳までだ。肛門《こうもん》の締まりが次第に緩くなり、最悪の場合、オムツ付きの生活を余儀なくされる。

アパートの火事を機に、この仕事を始めていた。

約束した場所に居つづけるにはバハッカしか思いつかなかったのだ、と彼女は語った。が、売春婦時代に比べて実入りは微々たるものだった。生活は苦しかった。あと一年が経ち、衛藤との約束から十年が過ぎたら、リオかブラジリアに行くつもりだったという。

衛藤は少し笑った。

この九年の間、おそらく彼がそうだったように、エルレインもまったく男なしでいられたわけではあるまい。ヒトは性欲から逃れられない。特にこの国の人間はそういう部分に関しておおらかだ。が、それでも衛藤は会いに来た。エルレインはしがない出店を営みながら待っていた。それで充分だと思った。

あと三週間だけここで待っていてくれ、と彼女に告げた。

「クロノイテまで行って、すべてにケリをつけてくる」

エルレインは不承不承ながらもうなずいた。

「きっとだよ」と、この大柄な女は念押しした。待つのはもう嫌だ、と。

カピタンの言ったとおり、テフェまでは七日の道程だった。

日が暮れてから岸辺に浮かんだカボクロの家を探し、人家が見当たらないときは船を浸水林の幹に結わえつけ、その船上で寝泊りした。

頭上に満天の星々が輝いていた。時おり、南米豹《オンサ》の唸《うな》り声が密林の奥で聞こえた。アマゾンの奥地では、昔も今も時間が止まっているようだ。サンパウロでの文明生活が嘘《うそ》のようだった。

テフェの村で一日だけ完全休養をとった後、ふたたび上流に向かって出発した。

四日後、遡っているジャプラ河の両岸におぼろげに見覚えのある風景が広がり始めた。

そのジャプラの鄙《ひな》びた集落で、クロノイテ入植地の情報を聞いてみた。だが、その集落の人間は何も知らなかった。

「あそこにはもう誰もいないはずだぜ」

一人の男が気の毒そうに語った。野菜を売りに来なくなってからもう数年は経つ。

それでは生活が成り立たないはずだ、と。

ジャプラから四十キロを遡り、クロノイテの支流に入った。

かつて入植者たちと共同で作った小さな桟橋は見事に崩れ落ちていた。

その向こうにあった小径《こみち》も、こんもりとした密林と青々とした下草にびっしりと覆われ、跡形もなくなっていた。

入植者たちの夢の、なれの果てだ。

「ヒデェもんだな」船上からカピタンがつぶやき、衛藤を振り返った。「あいつらが言ったとおり、ここは無人のようだよ」

その口調には行くだけ無駄だという意味が暗に籠《こも》っていた。

「墓が残っている」ザックを背負いながら衛藤は答えた。「女房と弟の墓だ」

カピタンは軽く肩をすくめてみせた。

「ま、あんたがそう言うのなら、おれに異存はないがね」

二人して山刀《テルサード》を手にし、岸辺に降り立った。わずかな小径の跡に沿って、密集する小枝を払い落とし、草むらを掻《か》き分けながら熱帯林の奥へと進んだ。

と、その草むらを進んでいた先導役のカピタンが不意に転んだ。

カラ、カラ、カラカラカラ――。

木《こ》っ端《ぱ》の擦れ合うような無数の乾いた音がジャングルに響き渡った。野鳥たちが耳《みみ》障《ざわ》りな鳴き声を立てて梢《こずえ》から一斉に飛び立つ。それを受けるかのようなマカコの嬌声《きょうせい》が響き渡る。

衛藤は素早く身構えながら左右を見回した。カピタンも倒れたままの状態で、その視線だけを油断なく四方に散らしている。

――何も、起こらない。

暗い森の中に動くものは皆無だ。辺りはふたたび静寂に包まれ、地虫のかすかな鳴き声が戻ってくる。

どうした、と低くカピタンに問いかけた。

「トラップだ」

起き上がりながらカピタンは舌打ちする。その足元、下草の中に、縒《よ》り合わせた草の蔓《つる》が張ってあった。注意して観察してみると、その蔓の束は左右の密林の中へと伸びてゆき、無数の木片をぶら下げたまま、次第に緩やかな上りのカーブを描きながら大樹の木末《こぬれ》へと結わえられていた。

「インディオの仕掛けのようだ」カピタンはつぶやき、腰だめから古びた拳銃《リボルバー》――

自国製のインベルを取り出す。「襲われることはないと思うが、念のためだ」

　ふと疑問がきざし、カピタンに聞いた。

「インディオは異人種の入植地跡に住み着くものか？」

　カピタンは首を振る。

「聞いたことねぇな」

　なおも用心深く前方を窺《うかが》いながら、そろそろと密林の中を進む。

　原始林が途切れ、目の前に下草の生い茂った窪《くぼ》地が広がった。

　入植地の跡だった。そこかしこに今にも崩れ落ちそうになった小屋が見える。

　ぽっかりと開いた入り口から覗《のぞ》くと、屋内はどこも真っ暗だった。一番近い小屋の三和土《たたき》にびっしりと青草が生い茂っている。

　振り返ってあらためて周囲を見回すと、午後の陽光だけが燦々《さんさん》と降り注ぐ無人の集落に、ブヨのような羽虫が無数に浮遊している。

　人の気配というものがおよそ感じられない。完全に廃墟《はいきょ》と化していた。

　インベルを腰に戻しながらカピタンが首を捻《ひね》った。

「しかし、あの仕掛けは誰の仕業だ?」

　衛藤にも分からない。無言のまま、かつて野口の住んでいた小屋に向かう。その外観からも人の住んでいる気配は絶えていた。が、それでも周囲の家屋の朽ちようと比較すれば、ほんの数年前までは使われていたような印象を受ける。

薄暗い屋内に足を踏み入れた。

「……………」

土間にはスコップや鍬《くわ》、鋤《すき》などの農器具がシダ類に覆われたまま、壁に立てかけられている。一段上がった板張りの床には、うっすらと埃《ほこり》が積もっている。蜘蛛《くも》の巣にまみれたハンモックが二つぶら下がり、部屋の隅に茶碗《ちゃわん》類がまとめて重ねられたまま、これも綿埃を被《かぶ》っていた。さらにその脇に衣類の詰まったままの棚がある。

衛藤は無人の部屋奥に軽く頭を下げ、土足で床に上がり込んだ。反対側の隅にある木箱を覗き込み、その中を漁《あさ》る。あった。埃の積もった辞書や農業の本の下から、三冊の黒いパスポートが出てきた。野口夫妻と、その母のものだった。

それで初めて、野口たち一家がここを逃げ出してはいなかったことを確信した。

だが、どこに消えてしまったのか。

小屋を出て集落の外れに向かう。

腰まで生い茂った雑草の中をカピタンがついてきた。衛藤の心情を察してか、終始無言のままだ。

かつて墓地だった場所にはびっしりと蔓草がはびこり、無数に立つ墓標に絡《から》みついていた。野口の母親を埋葬した場所は覚えていた。その朽ちかけた卒塔婆《そとば》のすぐ脇に二つの土盛りが並んでいる。その位置関係からして、野口夫妻のものだと感じた。上部に小石が積まれていた。土盛りに生えている青草の色は、比較的鮮やかだった。ここ一年か二年のうちに埋葬されたものだということがわかる。

衛藤はしばらくの間、その土盛りの前に突っ立っていた。

涙は出なかった。あまりにも長い年月が流れていた。代わりに、深い自責の念がじわじわと心の中に広がっていった。自分がもう数年早く帰ってきていたら――そう思った。

両手を合わせて冥福《めいふく》を祈った。

直後、ある疑問が芽生えた。

……この状況は、何かがおかしかった。

十年前に衛藤がこの地を去ったとき、野口家を除いてまだ二家族が残っていたはずだ。松尾《まつお》家と久保田《くぼた》家だったと記憶していた。

ふたたび集落へと戻り、その二家族がかつて住んでいたそれぞれの小屋に向かった。

「無駄だよ、あんた」衛藤のあとを追いながら、カピタンが言う。「人のいる雰囲気が、この集落にはない」

分かっている、と衛藤は答えた。「だが、ちょっと確かめたいことがある」

最初に、集落の最も奥にあった松尾家の小屋を訪れる。一家はたしか広島の出身だった。

外観と同様、その屋内も荒れ放題だった。床の板が抜け落ち、その下から雑草が生えてきている。少なくとも野口家より前に無人になっているのは明らかだった。その屋内におよそ家財道具といえるものは一切残っていない。

松尾一家はこの土地を退去したようだ。ふと、当時の彼らの家族構成を思い出した。丸メガネをかけた理知的な印象の夫とぽっちゃりした身体《からだ》つきの夫人——夫婦揃《そろ》って穏やかな人柄だった。どこへ行ったのだろうと思った。

次に久保田家に向かった。が、ここも松尾家と同様だった。ずいぶん前に一家揃ってこの土地を出ていった形跡があった。……やはり、この状況はおかしい。

「何を調べているだ？」

衛藤の背中に、カピタンの声がかかった。

屋外に出たあと、衛藤は事情を説明した。

小屋の朽ち具合からしても、三軒のうち野口夫妻だけが最後まで残っていたのは明らかだ。他の二家族はとうの昔にここを逃げ出してしまっている。

「だから、そんな彼らが死んだとき、あの墓地まで運んで土盛りを作る人間はどこにも存在しなかったはずだ」

そう疑問を呈した。

カピタンは黙ったまま最初に衛藤の顔を、次いで午後の陽光の中で静まり返っている無人の廃墟を見渡した。

「あの仕掛けといい……ちょっと、薄気味悪《わり》ぃな」

衛藤も同感だった。小鳥のさえずりが森の奥から聞こえてきた。

嫌な予感がした。

何者かがじっと息を潜め、野原に突っ立っている自分たちを暗闇《くらやみ》のどこかから見つめている――ふと、そんな想像が心を過《よぎ》る。

ともかくも明るいうちに墓を掘り、遺骨を取り出す。そしてこの場所をなるべく早く立ち去る――それが一番無難なように思えた。

背負っていたザックの中から麻袋を取り出して、カピタンに持たせた。衛藤自身は野口の小屋から拝借したスコップを持った。墓地に向けて歩き始めた。

集落の中央を横切っていた、そのときだった。

（！）

不意に足元の重力が感じられなくなったかと思うと、視界が急激に落下した。周囲の草むらが陥没し、深い穴の中に衛藤とカピタンは吸い込まれた。落とし穴。罠《わな》――そう気づいたときには穴の底でしたたかに腰を打ちつけていた。痛《ドイ》……衛藤の脇《わき》でカピタンがひっくり返ったまま後頭部を押さえている。落ちたときに後頭部を土壁にぶつけたのだ。穴自体の深さは一メートル半ほど。咄嗟《とっさ》に立ち上がり、落とし穴から素早く抜け出ようとする。

地面すれすれの衛藤の視界に、密林の中から突如として転がり出てきた塊が映った。ゴム毬《まり》のように勢いよく飛び出てきた塊はすぐに立ち上がり、小さな人のカタチを成した。衛藤の方角めがけて一直線に向かってくる。上半身裸の少年だった。体格からしてまだ七、八歳。ほんの子供といっていい。くしゃくしゃの頭髪に木の葉がこびりついている。身体中に緋色《ひいろ》の染料を塗りつけており、身につけているものといえば腰巻き一つというありさまだった。裸足《はだし》のまま、青草の上を滑るような疾《はや》さで駆け抜けてくる。

「ヤッキニーン！」

不意に少年は叫んだ。次いで片手に持った黒い棒を振り上げ、もう一度意味不明の叫び声を上げた。口角に白い泡が吹いている。まるで狂人だ。だが、その狂人が持っている黒い棒は明らかに猟銃だった。そして少年の表情には剝《む》き出しの憎悪《ぞうお》が滾《たぎ》っている。冗談ではない。ぞっとした。叫び声に気づいたカピタンが素早く身を起こす。リボルバーを抜こうとホルスターに手をかける。が、拳銃《けんじゅう》はない。気づくと衛藤の右足の先に転がっていた。

衛藤がリボルバーに手を伸ばそうと屈《かが》み込んだのと、穴の縁まできた少年が銃を構えたのは、ほぼ同時だった。思わず動作を止めた。少年はくわっと大口を開け、衛藤に銃口を向ける。

「ヤッキニーン、しーね！」

思わず身を伏せる。直後、轟音《ごうおん》が衛藤の鼓膜を震わせた。

（――――！）

……が、身体のどこにも痛みが走らなかった。

「？」

目を開けて地上を窺うと、青草の上に少年がひっくり返り、その脇に銃身《バレル》の破裂した猟銃が転がっていた。おそらくはバレルの目詰まりで暴発を起こした。衛藤の傍らからカピタンが素早く穴を飛び出す。

「この――」

カピタンは一足飛びに少年に馬乗りになろうとした。が、我に返った少年の動きはそれ以上に素早かった。小動物のような身のこなしで真横に転がると壊れた猟銃を摑《つか》み、体勢を立て直しながら後方に飛びすさる。

カピタンと少年が互いに上半身を低くしたまま、衛藤の目の前で睨《にら》み合った。カピタンが一歩踏み出すと、少年は威嚇《いかく》するように銃を突き出し、一歩下がる。カピタンが右に移動すれば、左へ同じ距離だけ移動して、また正面に向き直る。ちょうど、野《の》良犬《らいぬ》同士が喧嘩《けんか》を始める前にぐるぐると円を描く動作に似ている。相手に、自分の真横を取らせまいとしている。

「うぃけ……うぃけ」

少年は壊れた銃を突き出しながら、ふたたび不明瞭《ふめいりよう》な言葉を喚《わめ》く。しーね、うぃけ――衛藤の脳裏でその二つの単語が激しく蠢《うごめ》く。少年の格好はインディオそのものだ。が、そのあからさまな攻撃性と獣性は一般のインディオには見られないものだ。しかし、明らかにモンゴロイドの血の濃厚なその顔立ち……。

銃を構え、「しーね」、相手を追い払うように、「うぃけ」。

…………。

まさか、と衛藤は思った。

死ね、行け、あっちに行け——この少年はそう言っているつもりなのか？

日本人なのか？

そう思い至った途端、心底ぞっとした。

ベレンのアマゾン牢人《ろうにん》から聞いたことがある。言葉というものはたとえそれが母国語であっても、日常的に使っていないとやがて風化し、まともな発音さえおぼつかなくなる。現に奥地には、そういう日本人の子供も多数いるという。

少年の振り回している猟銃のストックが目に入った。

瞬間、まるで目の前に雷《いかずち》でも落ちたかのような衝撃に見舞われた。その古びた木製のストックには見覚えがあった。十年前、野口が狩猟に使っていた猟銃に紛れもなかった。

ヤッキニーン。不意にその意味も理解する。つまりは、役人——この入植地にいつまで経《た》っても現れなかった外務省の役人のことなのではないか？

当時この入植地にいた人間はみな、骨の髄まで外務省の人間のことを恨んでいた。

理屈ではない、直感に近かった。だから少年は、自分と同じ人種と思《おぼ》しき衛藤にまずその銃口を向けた——。

「おいっ」

気がつくと、少年に向かって日本語で叫んでいた。

「安心しろ、おれたちは味方だ。役人じゃない！」

少年は明らかに動揺を見せた。言葉の意味は認識している——急いでポルトガル語でカピタンにも声をかけた。

「あんたもその子から離れろ。怖がらせるな」

衛藤がこの土地を離れて十年が経っていた。そして見たところ七、八歳のこの少年は野口の銃を振り回している。残っていた二家族は子供も引き連れて出ていったはずだ。推論を口にする。

「……おまえ、野口の息子か？」

ふたたび、びくりと反応した。次いでその瞳《ひとみ》に警戒の色が浮かんだ——当たり。

「大丈夫、だいじょうぶだ、バレ《ヽヽ》」衛藤はポルトガル語も織り交ぜながら早口で繰り返した。「おじさんは役人じゃない。おじさんは衛藤、エトウだ。父ちゃんの友達だ、トモダチ——パパイのアミーゴだ。分かるか？」

少年は探るような目つきで、じっと衛藤を見ている。だが、衛藤の言葉は間違いなく理解している。

少年がじりじりと後退し始めた。
そのときに初めて悟った。
この子は、最初から怯《おび》えていたのだ。
死ぬほど怯えつつも恐怖を押し殺し、毅然《きぜん》と自分たちに立ち向かってきた。だから
あんな狂人のような吼《ほ》え声を上げていたのだ。
思わず目頭が熱くなった。
両親が死んだあと、この子は空《す》きっ腹を抱え、食べ物を探して森や河を何日もうろ
ついていただろう。木の実を拾い、果物をもぎ、蛙《かえる》や小魚を獲《と》り、それでなんとか飢
えをしのいでいたことだろう。おそらくはそこをインディオに拾われた。ちょうどか
つての衛藤がそうだったように。
だが、インディオに助けられたあとも、この子は本当の両親のことは忘れられずに
いた。大人の間で話されていた外務省の役人の話も聞きかじっていた。そして、いつ
かやってくるそいつらに仕返しをしたい一心で、森に仕掛けを張り、こんな落とし穴
を掘った。
両頬を涙が伝った。
まだ年端《としは》もゆかぬ子供にここまで過酷な運命を背負わせ、憎悪の根を植えつける

——こんなことが許されていいのか。

少年は少しずつ衛藤たちの場所から離れていこうとしている。

ここで逃したら、もう二度と捕まえられない。なんとか阻止しなければならない。

「腹、減っていないか？」衛藤は必死だった。「腹だよ、ハラ……おなか空いていないか」

少年は足を止めた。背中のザックの中に、ビーフジャーキーの包みがあったのを思い出す。さらに言葉を重ねる。

「おじさん、うまい食べ物を持っている。おいしい干し肉だ。欲しくないか」

ためらったあと、かすかにうなずいたように見えた。

「返事は？」

うぁい、と小さな声が返ってきた。やはり濁った発音だったが、その意思ははっきりと確認できた。素早くザックを下ろすと、その中からビーフジャーキーを取り出した。

「こっちに取りにおいで」

そう言って、少年に中身が見えるよう、包み紙を開いてみせる。ジャーキーのこってりとした匂《にお》いが辺りに広がる。少年はぴくぴくと小鼻を膨らませた。

もう一度、衛藤は言った。

「さあ……取りに来るんだ」

そしてカピタンを振り返り、もっと少年から距離を置くように頼んだ。

カピタンは状況を理解しているようだった。衛藤の言ったとおり、すんなりと十メートルほど後退した。

「そう、そしてそこに座っていてくれ」

　カピタンは草むらの上に腰を下ろした。

　その様子をじっと見ていた少年は、ゆっくりと猟銃を下げた。衛藤のほうに近づいてきた。衛藤は包み紙を差し出したままだった。

やがて相手は目の前まで来た。

「………」

衛藤はジャーキーを一本摘《つま》み、それを少年に差し出した。少年はひったくるようにしてそれを奪い、数歩下がるや否《いな》や、口の中に放り込んだ。グッチャ、グチャと大きく口を開けて数回嚙《か》んだかと思うと、いきなり嚥下《えんか》した。その食べ方に、いけないとは思いつつも嫌悪に近いものを感じた。まるで獣だ。

衛藤は包み紙をそっと青草の上に置いた。

「ちゃんと座って食べたらいい」

そう言って手まねで座るように指示した。

少年はもう一度カピタンのほうを窺《うかが》った。両足を地面に放り出しているカピタンは興味深げにこちらを見たまま、依然じっとしている。

安心を覚えたのか、少年は包み紙の前に腰を下ろした。あぐらをかき、その固い乾物をがつがつと口に詰め込み始めた。原始人さながらの食べ方だった。飲み物がなくてもなんの痛痒《つうよう》も感じないようで、平気な顔をして食べつづけた。

「名前は、なんという？」

ちろり、と少年の目が衛藤を見上げた。それから口に含んだものをごくりと呑《の》み込み、「エ……」とつぶやく。

「エイ……ケイッチ」

「ケイッチ？」

思わず鸚鵡《おうむ》返しに問い返した。およそ日本人の名前でそんな奇妙な呼び名があるはずもない。案の定、少年はもどかしそうな表情を浮かべ、大きく息を吸い込んだあとふたたび声を上げた。

「ケイーチ、ケーイチ」

それで分かった。ケイイチだ。衛藤は暗然とした気持ちになった。自分の名前の発音にすら、かなりの劣化が見られる——。

「野口ケイイチ、か?」

そう衛藤が念を押すと、少年ははっきりとうなずいた。

「いつ、父ちゃんと母ちゃんは死んだんだ?」

これに対する答えは一瞬遅れた。少年は首を捻《ひね》りながら、唾液《だえき》まみれの人差し指と中指をしきりに動かしていた。やがて顔を上げた。

「いま、はーれ、まえ、あみ」少年は入道雲の沸き立つ天空を指差した。「まえまえ、はーれ」

その意味を取る。

今は乾季、その前は雨季、さらにその前は乾季——。

「おっとん、おっかん、しーぬ……」

そう言い終わった途端、少年は表情を歪《ゆが》めた。当時の感情が蘇《よみがえ》ってきたのだろう、瞳から涙がどっと溢《あふ》れ出たかと思うと、わんわんと泣きだした。

その吼えるような泣き声が、静まり返っている四方の密林に響き渡った。

第二章　生還者

［現在］the present in Japan

1

六月。成田空港――。

到着ロビーの電光掲示板は、ロサンゼルス発ユナイテッド航空の853便が定刻どおりの到着であることを示している。

到着ゲートの前は、出迎えの個人や添乗員などで黒山の人だかりだった。

その中に胡麻塩頭《ごましおあたま》の初老の男が混じっていた。

くたびれた灰色のスラックスに、なんの変哲もない白い長袖《ながそで》のワイシャツを開襟《かいきん》にしている。そんな冴《さ》えない格好の今年六十歳になる男に、誰も注意を払う者などいない。

二年前に日本に来たときからそうだった。

四十三年ぶりに母国に戻ってきた彼の目には、この国のありとあらゆるものが様変わりして映った。カーテンウォールのビルも、ショッピングモールも、遊歩道も、クルマの数も、人の歩く速度も、見るからに清潔そうな服装も、すべてが今は老いぼれとなった彼を圧倒した。

美しく垢抜《あかぬ》けていて、機能的で、それでいていてどこか冷たい。塵《ちり》一つついていない金属片に触れたときのような空々しさを感じた。

浦島太郎、という言葉を思い出した。

一度だけ、故郷の山梨を訪れたことがあった。

甲府市内から日に数本しかないバスに乗り、笛吹川《ふえふきがわ》沿いに四十キロほど山間部の道を遡《さかのぼ》ってゆく。昔は、鬱蒼《うっそう》とした山襞《やまひだ》を縫うようにして細々とした砂利道が一本走っているにすぎなかった。甲府盆地に降りてくるだけでも一日仕事だった。その同じ道が今では国道一四〇号と銘打たれ、アスファルトが黒々と敷き詰められていた。真新しいクルマが颯爽《さっそう》と行き交っていた。

長野県の県境と埼玉県の奥秩父《おくちちぶ》に隣接する三富《みとみ》村という村落がある。さらにその奥地の広瀬《ひろせ》という集落で、彼は生まれた。戸数わずか十七。一日のうち日照時間がわずか六時間足らずという寒村だった。

やがてバスの乗客は一人減り、二人減り、徳和《とくわ》という集落を過ぎた時点で、車内の客は彼一人となった。

終点で下車した。

巨大なコンクリートの壁が、その向こうにあったはずの暗い渓谷を遮断していた。

広瀬ダムだった。彼の生まれた集落は、黒々と水を湛《たた》えた湖面のはるか底に沈んでいた。

無人の堰堤《えんてい》の縁に立ち、かすかに乾いた笑い声を洩《も》らした。

来る前から分かっていたことだ。だが、ほかに訪ねる場所など思いつかなかった。

二時五十分——到着ゲートの自動ドアが頻繁に開き始めた。手押しカートに荷物を満載した帰国者が次々と吐き出されてくる。サーフボードを小脇《こわき》にかかえた茶髪の若者や、白い帽子に羽根をつけた熟年夫婦《フルムーンカップル》。どれもこれも彼とは無縁の世界。

やがてその流れの中に、目当ての男を見つけた。

色の浅黒い、がっしりとした骨格の男だ。やや色褪《いろあ》せたインディゴのジーンズに、朱鷺色《ときいろ》のTシャツといういでたち——よく発達した大胸筋が浮き彫りになっている。大きめのデイパックを左肩にかけていた。

彼の見るところ、それで持ち物は全部のようだった。

年齢を記憶していた。今年でたしか三十七のはずだったが、もっと若く見える。せいぜい二十代後半から三十前後ぐらい。全身に滲《にじ》む精気が、常人よりも多いせいだと感じる。それが男を歳《とし》よりも若く見せている。

男の顔が一瞬ロビーを見回し、彼の立っている位置で落ち着いた。

黒々とした短髪の下、すっきりとした鼻筋と、鋭く引き締まった顎《あご》のラインがある。一見、好男子といえないこともない。が、その太い眉《まゆ》の下にある鳶色《とびいろ》の瞳《ひとみ》だけは、ひどくとんきょうな表情を浮かべている。

彼は、その瞳に似た表情を知っている。

アマゾンのパラ州奥地にある金の採掘現場で働いていたことがあった。シェラ・ペラーダだ。剝《む》き出しの赤土から絶えず臭気が立ち昇ってくる泥炭地帯だった。そんな土地に一攫千金《いっかくせんきん》を夢見て、ブラジル全土の食い詰め者たちがアリのように群がってきていた。建物はなく、ほとんどの人間がテント生活だった。殺人事件や暴動など日常茶飯事で、撃ち殺されるのを恐れて警官も巡回に来ないような無法地帯だった。ガンベルトを腰巻き代わりにした採掘者《ガリンペイロ》たちが、よくこんな瞳をしていたのを思い出した。自分の内面に一切の関心を払わない男か、あるいは狂人に近いタイプによく見られる瞳の色だ。

男はちらりと笑みを覗《のぞ》かせると、彼のほうにまっすぐ歩いてきて、目の前で立ち止まった。

「待ったか」

いや、と彼は首を振った。

「ここに着いてから十五分も経《た》っていない」

男はふたたび笑った。

「そうか」

二年ぶりの挨拶《あいさつ》は、それで終わりだった。

「で、どうする？」男は聞いてきた。「リムジンバスか、それとも電車か？」

「電車で東京に向かう」

男はうなずいた。

「その前に、米ドルを換金させてくれ」

到着ロビーは一階だった。階上の出発ロビーにある銀行窓口で、男は四千ドル分の現金を円に替えた。四十八万三千四百十五円。

下りのエスカレーターに乗り、地下にあるＪＲと京成線の改札前まで来た。

京成スカイライナーで、ちょうどよい出発の列車があった。彼が乗車券と特急券を買い求めて振り返ると、男は窓口の脇にある時刻表の掲示板を眺めていた。

「日本語、読めるようになったのか」

「ああ」と、視線を動かさないまま男はうなずいた。

「漢字もカタカナも?」

「やさしいやつなら、なんとかな」

改札を通り、手前のエスカレーターを下り、地下二階のホームに着いた。真新しい御影石《みかげいし》のホームに人影はまばらだった。

ふと気づいて彼は口を開いた。

「なんていう名前で、アメリカから来たんだ?」

「ハロルド・石井《いしい》」男は答え、それからふと目尻《めじり》で笑った。「ありがちな名前だろ」

彼も少し笑った。

むろん、この男の本名はブラジルにいたときから知っている。

野口・カルロス・啓一《ケイイチ》——。

だが、誰もそのミドルネームでは彼を呼ばない。ブラジル人も日系人も、彼の身の回りにいる人間はすべて、ケイ、と呼んでいた。

ケイが問いかけた。

「あんたは?」

「タナカ、という名で仕事をしている」

彼自身の本名は山本正仁《まさひと》——四十年以上も前にこの国の戸籍から引き抜かれた名前

だ。

ブラジルは鷹揚《おうよう》な国だ。金さえ出せば何でも用意してくれる。

サンパウロに、日本に出稼ぎに行く日系ブラジル人を専門に扱う業者がある。裏では法外な手数料を取り、非日系人の違法な出稼ぎの斡旋《あっせん》もしている。身分を明かさないまま二万ヘアル（約百万円）の金を積み、アメリカ国籍のパスポートを手に入れた。精巧にできている偽造パスポートだ。

その上で、サンパウロ空港から赤道を横切りメキシコ・シティまでの空路は、ブラジル政府発行の正規のパスポートとその名義で買ったエア・チケットを使う。

イミグレーションを抜け、タクシーを拾って市内中心部にある駅のターミナルまで行き、そこからアメリカとの国境の街・ティファナまで長距離列車で移動する。この街でアメリカ国籍のパスポートに切り替え、ティファナ発ロサンゼルス行きの長距離バス《グレイハウンド》に乗り込む。

ロサンゼルスに数日滞在している間にそのパスポートで同国人に成りすまし、成田行きの航空機を予約する。飛行機以外、チケットの購入記録はどこにも残らない。そしてサンパウロ―メキシコ・シティ間と、ロサンゼルス―東京間のそれぞれの搭乗名簿に載っている名前も、違っている。

後日、国際刑事警察機構《インターポール》から追われた場合に完全にその足跡を消すためだ。ケイも山本も、この方法を使って日本にやってきていた。だが、この田中という名前は日本に来てからさらに手に入れたものだ。日本の出入国のためだけに、アレックス・藤井《ふじい》名義の偽造パスポートを使う。

二重のセキュリティということになる。

「それで」と、ケイは言った。「あんたの下準備で、やり残したことは？」

彼は首を振った。

「あとは最終のセッティングだけだ」

「なるほど」

暗いチューブの向こうから生暖かい風が吹いてくる。金属音が聞こえ、光が見えてきた。スカイライナーが到着した。二人はチケットに示された車輛《しゃりょう》に乗り込んだ。

「この国は電車が発達しているらしいな」

窓際《まどぎわ》のシートに腰を下ろしながら、ケイがのんびりと聞いてきた。

「ああ」と、山本は答えた。「しかも、どの電車も一分たがわず定刻どおりだ」

ケイは口笛を吹いた。

「器用なもんだ」

車輛内には、彼ら二人を除けば数組の若いカップルが離れた席に乗っているだけだった。会話を聞かれる心配はなかった。

山本は話題を変えた。

「衛藤さん、その後どうなんだ？」

「とは？」

「つまり、持ち直す見込みは」

「パーキンソン病だぜ」他人事《ひとごと》のようにケイが返してくる。「今さら、どうもこうもねぇだろ」

スカイライナーの路線が地上に出てきて、両側の車窓に明るい光が満ちた。

こんもりとした丘陵地帯の手前に、一面が緑の田園風景が延々と続いている。ところどころに瓦《かわら》の屋根が見える。

控えめな植生の国に特有の、穏やかな景色だった。二年前、この景色をふたたび目にしたときには懐《なつ》かしさに胸が締めつけられたものだ。

だが、隣のケイの感想は違っていた。

「土が黒いな」と、つぶやいた。「耕作にはいい土壌だ」

単に土壌の違いを述べているにすぎない。

ブラジルの大地はおしなべて赤い。航空機などからはるか地表を見下ろすと、特にそれがよく分かる。pH《ペーハー》値の違いだった。酸性の強い土壌では土に含まれる鉄分が赤くなり、その土壌に耐えられる地成りの作物しか育たない。山本が入植したグァマでは特にそうだった。アルカリ分を含む石灰を大量に撒《ま》いて中和したとしても、雨季に入れば洪水や豪雨で石灰分は洗い流される。あとにはまた酸性の強い土が残る。毎年のように繰り返された不毛な努力――防ぎようがなかった。あとには、年々ひどくなってゆく貧困と飢えが待っているだけだった。

佐倉《さくら》市に入ったとき、前の車輛からカートを押した売り子がやってきた。歳のころ二十五、六の、肉感的な娘だった。後頭部でひっ詰められた茶髪、くっきりと整えられた細い眉の下に、やや三白眼気味に切れ上がった瞳と、無愛想に引き結ばれた唇があった。どことなく蓮っ葉《はすっぱ》な色香が漂っている。

ふと気づくと、その娘のやってくる様子をケイがじっと眺めていた。

「ここはブラジルじゃない」と、たしなめた。「あまり見つめていると、変に思われるぞ」

男は苦笑した。

「そんなもんか」

売り子がすぐそばまでやってきたとき、ケイは手を挙げた。

「ビールをくれないかな」と、軽い口調で売り子に話しかけた。「喉《のど》が渇いた」

売り子は事務的に口を開いた。

「アサヒのドライと、サッポロの黒がありますけど」

「この国で売れているほうを」

そう言ってケイは二本指を立てた。売り子は黙ってアサヒを二缶差し出した。

ケイは分厚い財布を取り出しながら、ふと浅黒い顔をほころばせた。

「初日からついている」

その言葉に、かすかに売り子が怪訝《けげん》そうな表情を浮かべる。ケイはぬけぬけとつづけた。

「日本に来て早々、いい女を見た」

は――？

売り子は一瞬、あきれたような表情を浮かべた。むろんそれは山本も同じだ。命を賭《か》けた仕事が控えているというのに、この男は来日した早々から、こんな小便臭い小娘の気を引いている。

ケイは売り子に笑いかけたまま平然と千円札を差し出している。

「どうも、ありがとさん」

瞬間の呼吸のようなものだろう。その底抜けの厚かましさにさすがの娘も破顔した。おとがいの先がくびれ、かすかに二重顎になった。

札を受け取った彼女は先ほどまでとはうって変わった愛想のよさでつり銭を返した。

「名前は？」

ふたたびケイが聞いた。

娘は黙ったまま、ネームプレートに視線だけを落とした。

「酒の井戸……酒井《さかい》さん、ね」ケイは受けた。「いい感じだ」

娘は思わせぶりな笑みを残したまま、後ろの車輛へと去っていった。それを確認した山本はケイに向き直った。

「不用意な言動は慎め」と、わざと顔をしかめてみせた。「これからのこともある」

「あれぐらいで」と、ケイは鼻先で笑った。「女だって嬉《うれ》しがっていた」

ケイは缶ビールの一つを山本に手渡し、自らもプルタブを引いてビールを喉に流し込み始めた。

山本は笑った。

が、直後には変な表情を浮かべ、「水っぽいな」と、首をかしげた。

「日本のビールなんてこんなもんだ」と言った。「アンタークティカとは違う」

げふ、というおくびをケイは洩《も》らした。ついで鼻の穴をほじり始めた。

「機内がパリパリに乾燥していてな」

そう言ってこねくり上げた黒い塊をピン、と通路に飛ばした。

山本はふたたびあきれ返った。

こいつは好色な上に無作法でもある——骨の髄からのブラジル人だ。

2

そうねぇ、これもいいわねえ……。

どぎつい香水の匂《にお》いが、奥にいた彼の鼻腔《びこう》にまで漂ってくる。

ウィンドウケースを挟んで若い店員と対峙《たいじ》している小太りの中年女——店舗の中ほどにいる。匂いはそこから流れてくる。二人の向こうには夜の靖国《やすくに》通りが見える。タクシーのヘッドライトとクラクション。舗道を絶え間なく行き交う人々。

中年女の顔はドーランのような厚塗りだ。黒地のワンピースに重そうな身体《からだ》を包み、スツールに腰掛けている。脂肪のせり出した下っ腹からベルトのバックルがはちきれそうだ。

この豚が——。

とまでは思わない。だが、鬱陶《うっとう》しいことには変わりがない。寸詰まりのぷっくりとした指に大ぶりの石がぎらついている。そしてここは、その貴金属を売る店だ。対応している店員の優柔不断ぶりに苛立《いらだ》つ。テーブルを立つ。

ゆっくりと二人の元に歩み寄り、さりげなく店員に目配せする。店員が席を空ける。そのあとに腰を下ろした。

どうもこんにちは、と相手に笑みを見せ慇懃《いんぎん》に会釈《えしやく》する。「店長の松尾です」

「ねえ、どちらがいいかしら？」

嬉々《きき》として中年女が尋ねてくる。

松尾は陳列ケースの上に出された二つの宝石箱に視線を落とした。両方ともコロンビア産エメラルドの指輪だ。一方は四キャラの等級グッド、他方は一・五キャラの等級エクセレント。地金《じがね》は両方ともプラチナの９００……松尾はさりげなく中年女の手元を観察した。右の中指にオパール、左の薬指にダイヤモンド——それぞれ大きさはあるが等級は高くないと踏んだ。

「そうですねえ、お客様ならこちらの四キャラのほうがよりお似合いだと思いますが」

　得たりと婦人は笑った。

「やっぱり、そうよねぇ」

　松尾も笑みを浮かべた。最初から分かっていたことだ。ただ見栄《みえ》を張るためだけに、一・五キャラの石と迷ったふりをする。等級など素人《しろうと》にはまず分からない。反吐《へど》が出そうだ。笑みをいっそう深くする。

　十分後にカードで精算を済ませ、客を送り出した。

　ほかの客が店内にいないのを確認し、おい、と先ほど接客をしていた若い店員を呼んだ。

「あのお客さん、来店はたしか二度目だったよな」

　はい社長、と店員がうなずく。

「で、お買い上げは今日が初めて、と」

「はい」

「どういうお仕事の方だ」松尾は聞いた。「あるいは旦那《だんな》の仕事は？」

「ええと……」

　ほかの二人の店員も、松尾とその若い店員のやりとりを興味津々《しんしん》の様子で見ている。

相手の口籠《くちご》もっている様子を見て松尾は顔をしかめた。

「聞いていないのか」

すいません、と若者は小さく頭を下げた。

かすかにため息をつきながら呼吸を整えた。

怒るまい、と自分に言い聞かせる。

怒るとこの世代の若者はビビるだけだ。お気楽ご気楽なこの日本で目先の快楽だけを追い求め、何一つ自分で考えることをせずにぬくぬくと育ってきた。

そのなれの果ての世代が、この腑《ふ》抜《ぬ》けたちだ。

なぜ自分が怒られているのかも理解せず、ただ怖がる。

「いつも教えているだろう」ほかの二人にも聞こえるよう、諭すように言った。「会話の中から相手の素性を拾い出す。独り身なら何をやっている人間か？ 生保のセールスレディ、ＯＬ、ほかの何かか？ 旦那持ちなら、その旦那は何をやっているのか？ 国家公務員、自営業、大工？ 持ち家か借家か……そんな情報を聞き出しながら相手とのリレーションを築く。懐《ふところ》具合を探ってそれに見合うものを提供する」

言っていて虚《むな》しくなってくる。最後のほうは尻《しり》すぼみになった。こいつはそのうち馘《クビ》だ。二十四にもなって世の中の基本的なことが何も分かっていない。

「とにかく、しっかりしろ」

そう言って締めくくった。

二階にいるから、と店員たちに言い残し、売り場横のドアを開けた。ドアを抜けると、ビルのエントランス脇《わき》に出る。

この雑居ビルは繁華街のど真ん中にある。丸井も伊勢丹《いせたん》も目と鼻の先だ。一階を店舗に、二階を事務所にテナントとして借り受けている。コロンビア産のエメラルドを主体に、ブラジル産のダイヤモンドやオパールを販売している。石本体の研磨や台座の加工はすべて、人件費の安いコロンビア本国で行われる。指輪、ネックレス、イヤリング、アンクレット、ブレスレット……それら地球の反対側から運ばれてきた完成品を、小売りするためだけの店舗だ。

これと同じような店舗を池袋と恵比寿《えびす》にも一店ずつ、松尾は持っている。

正確に言えば、松尾個人の裁量により経営を任されている。従業員二十名を抱える宝飾品小売業の社長――それがこの国での松尾の商売だ。表の顔だ。

エレベーターは七階で停まっている。ボタンを押した。待っている間、その鏡面仕上げの扉に自分の姿が映っていることに気づく。

今年の秋には三十七になる、ひょろりとしたスーツ姿の男。両肩が落ち、両目の下にうっすらと隈《くま》が浮き出ている。

エレベーターに乗り込み、二階の事務所に着いた。

あ、おつかれさまでーす。

伝票に埋もれそうになった事務処理担当の二人の女の子が、明るく頭を下げた。

「特に問題はないか？」

「あ、はい」

その言葉を聞き、さらに奥の社長室に入った。

一階の店舗と同様、社長室もまた靖国通りに面している。窓ガラスの向こうに、極彩色のネオンがちりばめられている。

社長用のデスクが中央に位置している。部屋の隅にはもう一つの小さなデスク。そのデスクで、受話器を摑《つか》んだ男がさかんにスペイン語をまくし立てている。ブランコ、という言葉が何度か聞こえる。彫りの深い顔に太い眉《まゆ》――生粋のコロンビア人。松尾より三つ年上の三十九歳。組織上は、コロンビアからの仕入れを担当する彼の秘書ということになっている。従業員たちにもそう説明してある。事実そうだ。

従業員との忘年会や新年会にも欠かさず顔を出し、片言の日本語で日本の従業員とも親睦《しんぼく》を図る温厚なラティーノ、パブロ。だが、それもむろん表向きの顔だ。

やがてパブロが電話を切り、社長デスクに座った松尾を振り返った。

「あの、社長《オイガ・プレジデンテ》」彼は口を開いた。「下期の仕入れ分、当座四十キロで手を打ちましたが？」

「大丈夫《バレ》だ」同じくスペイン語で松尾は答えた。「今期のブランコがおそらく五キロほど余る。もし不足したら、それを回す」

ブランコ——スペイン語で〈白い〉を意味する。精製コカインの隠語だ。反対に、まだ茶色い粉末段階の粗製コカは、バラートと呼ばれる。同じく母国語で、〈安い〉とか〈安物〉という意味だ。そして松尾はこのバラートは扱わない。ガサのわりには単価が安いからだ。

「運び出しはいつものとおり、カルタヘナから手配しておきました」

「分かった」

カルタヘナとはコロンビア北部海岸のカリブ海に面する国内最大規模の港湾都市だ。私設港ばかりの港町で、そのエリアには令状でもない限り、ポリスも税関も踏み込めない。つまり港の所有者のやりたい放題ということになる。コロンビアという国の状態がよく表れている。

パブロは言葉をつづけた。

「『エイコーマル』というマグロ漁船です。二ヵ月後に、チバのチョーシ港に入港します」

「受け渡しの手筈《てはず》は？」

「これもいつもどおりです。カルタヘナ側アテンドの、息のかかった乗組員がいます。入港し、陸に上がったあと、そいつがすぐに船倉の合鍵《あいかぎ》を作る手筈になっています。で、私たちがその合鍵と隠し場所を書いた見取り図を受け取ります。夜を待って船の曳航《えいこう》された無人のドックに忍び込み、ブランコを持ち出すという算段です」

松尾はうなずいた。

社長室での二人の会話はいつもスペイン語でなされる。万が一、ほかの従業員がドアのすぐ外にやってきたとしても、何の話をしているのか分からないようにだ。表の顔と裏の顔。この国に渡ってきてからの七年間、二人は頑《かたく》なにこの線引きを守りつづけた。

コロンビアはアンデス山系の盆地に、カリという街がある。

国内で二番目に大きい商業都市で、南米音楽〈サルサ〉の発祥の地でもある。

日系二世のコロンビア人である松尾もパブロも、このカリにある同じシンジケートに所属している。つまりは、カリ・カルテルの一員だ。

麻薬の密輸販売——この異国で漏洩《ろうえい》したら、そしてカルテルの構成員ということが露見したら、一生ムショで臭い飯を掻《か》き込むことになる。

不法就労外国人として警察に目をつけられないためにも、表の顔は必要だ。

そのための宝飾小売店でもあった。コツコツと商売を行い、その利益もほとんどごまかすことなく税務署に申告している。法人税や消費税を納め、その上で残った純益をシティバンク経由、本国の法人化されたシンジケートへと送金している。エメラルドの採掘から貴金属への加工までを受け持つ親会社への仕入れ金というカタチでだ。

そしてその金が、表ルートではこの店で売る宝石に、裏ルートでは密輸されてくる麻薬へと化ける。

雑務をあらかた終えたのが十時。従業員をすべて帰したあと、店を出たときには十一時を回っていた。

パブロと二人、区役所通りを北に進む。ヤクザの巣窟《そうくつ》である風林会館の前を横切り、爛《ただ》れた性風俗の街・歌舞伎町《かぶきちょう》二丁目へと入った。

約束は十一時半だ。

「今夜は何人集まる？」

松尾は聞いた。

「十三名全員です」

松尾はその人数に満足した。

月に一度の例会――池袋、新大久保、錦糸町《きんしちよう》、六本木、渋谷……あるいは横浜、市川、大宮、柏《かしわ》……首都圏一円に散らばっているシンジケート直轄《ちよつかつ》の売人が、一堂に会する。

「しかし、前と同じ値付けじゃ、やつらもいい顔しないでしょうね」パブロがつぶやいた。「中国《チーナ》や、最近は北朝鮮《ノルテ・コリア》からも安いコカが大量に出回り始めてますし」

東北アジア産の粗悪品――中国人のクソ野郎。遠慮や謙譲という美徳をおよそ持たない人種。松尾はため息をついた。

「質のいいものを妥当な値段で売ってゆく。表の商売と同じだ。安さに惹《ひ》かれて去った客も、やがては戻ってくる」

現在、カリ・カルテルやメデリン・カルテルなど非合法の麻薬シンジケートは、コロンビア国内では往年ほどの勢力はない。

カリブ海を挟んでアメリカ合衆国がある。毎年流入してくる大量の麻薬に業《ごう》を煮やしたステーツが、コロンビア全土にわたる麻薬撲滅作戦のために、ついにその重い腰を上げた時期があった。十五年ほど前のことだ。ステーツの潤沢な資金に後押しされたコロンビア政府軍ならびに警察が、アマゾン流域にあるコカの畑や精製工場を空爆したり、北米への輸出ルートを断ったりと、かなり徹底した摘発を行った。

結果、シンジケートはその多くが収入基盤を失った。壊滅状態になっていた畑や工場を再建し始めた組織もあれば、その原料先を人件費の安い国外に求めた組織もあった。松尾の所属するシンジケートは後者の方法をとった。隣国のペルーやボリビアにある地下組織に委託し、コカを栽培させる。委託された相手は採集したコカの葉を磨《す》り潰《つぶ》し、その成分〈コカ・アルカロイド〉をアルカリ溶液で抽出したあと、いったん乾燥させる。するとコーヒー色の粉末が出来上がる。これが〈バラート〉だ。

ここまでの比較的容易な加工工程を国外で済ませ、荷をコンパクトにしたあとでアマゾンの支流経由、コロンビア国内に運び込む。バラートはさらに熟練した職人の手で硫酸に浸され、再度アルカリ溶液で抽出される。精製コカ〈ブランコ〉が出来上がる。

この方法だと、国内のシンジケートは小規模の精製工場だけを自国に持てばいいことになる。撲滅運動が再開されたときにも工場を閉鎖すればいいだけで、畑が焼き討ちに遭う心配もない。一方で、デメリットもあった。その川上の工程を国外に委託する関係で、どうしてもバラート段階での仕入れ値に融通が利《き》かなくなる。はるか太平洋を横断してくる船賃もある。当然それは、末端価格に反映されてくる。いくら質の高いコカを提供したところで、需要はなかなか広がりを見せない。

松尾はふたたびため息をついた。

「ま、気長にやるさ」

そう、締めくくった。

話しながら歩いているうちに目的の店まで来た。

職安通りにほど近い歌舞伎町二丁目の裏通りに、雑居ビルの群がった一角がある。同じ二丁目でもコマ劇場脇やハイジアビル周辺ほどの交通量もなく、街灯も薄暗い。ロシアや東欧、中国系などの外国人パブが密集する地域でもある。

そこに、今夜の待ち合わせ場所であるディスコティカ『スル・アメリカーナ』はある。

そのアルファベットで綴《つづ》られたピンクのネオンを初めて拝んだとき、松尾は思わず笑った。

スルはスペイン語で南。なんのことはない、〈南米女〉という意味そのままの店名だ。

店内に入った。腹に響く重低音のビートが通路奥から伝わってくる。

受付に立っていた浅黒い顔のラティーノが最初にパブロを見て微笑《ほほえ》み、ついで松尾の顔を見てやや警戒気味の表情を浮かべる。松尾は内心苦笑した。内面はともかく、外見だけは誰が見ても純然たる日本人だ。そして、このテの店を日本人が訪れることはほとんどない。店内はいつも出稼ぎ売春婦やその女衒《ぜげん》、ヤクの売人などの巣窟だ。警察の内偵ではないかと疑っている。

彼もコロンビア人だぜ、とパブロが笑った。

次いで松尾自身も財布を出し、「十日ほど前に予約したマツオだ」と口を開いた。

「奥に別室の手配がしてあるはずだ」

松尾の完璧《かんぺき》な発音のスペイン語に、相手はようやく愁眉《しゅうび》を開いた。

「大変失礼しました《ロ・シエント・ムーチョ》。旦那《セニョール》」

そう言って二人に先立ち、ホールへのドアを開けた。途端に襲ってきた両耳を聾《ろう》する大音量と、天井から降り注いでくる極彩色のレーザーに思わず目を細める。

チリ、ベネズエラ、ブラジル、コロンビアから、はるばる太平洋を渡って出稼ぎにやってきた生命力旺盛《おうせい》なスル・アメリカーナたち――左半分のフラットな踊り場では、女たちが豊満な肢体を惜しげもなく晒《さら》してステップを踏んでいる。右半分にあるブースでは、見るからに濃い顔つきの男たちがどっかりとソファに腰を下ろし、踊り疲れた女たちの腰に手を回している。

サルサの甘ったるいビート。陽気な高笑い。野卑な嬌声《きょうせい》。安っぽい香水と、汗の匂《にお》い——ここに来るたび、松尾はほんの少しだけ故郷に戻ったかのような錯覚を覚える。が、そんな一瞬の幻影もすぐにしぼむ。

ホールに入ってきた松尾に、あからさまな敵意を向けてくる男が必ず数人はいる。おれたちの世界に何しに来たんだ。そう、彼らの視線は物語っている。

オールラティーノの牙城《がじょう》に、一人の東洋人が紛れ込んでいる。女たちもチラチラと松尾の顔を窺《うかが》っている。

が、むしろそれでいい。放牧地に紛れ込んだ黒い羊——明らかに場違いな存在。ここでは日本人というだけで異様に目立つ。万が一、警察や公安関係の人間が内偵に来た場合、彼らのその視線がセキュリティの役を果たす。集会場に使わせてもらっている所以《ゆえん》だ。

平然と男たちの視線を受け流し、入り口に突っ立ったままホール全体を見渡した。奥のテーブルから五、六人の男が立ち上がり、直後、また別の場所でほぼ同数の男たちが隣り合う女の腰から腕を引く。男たちの一団がホールを横切り、松尾のいる場所へ、ぞろぞろと歩を進めてくる。松尾はそんな彼らに向かって、かすかにうなずいてみせる。何事かと会場がざわめきに包まれる。

パブロを先頭にして、ホール脇《わき》にある個室に入った。二重になった細長いガラス窓から隣の会場が見える。

本来この店は、バブルの絶頂期に日本人相手のディスコとして開業したのだという。だが、『ジュリアナ東京』などの閉鎖とともにその狂乱のブームは去り、代わって新大久保のラブホテル街や二丁目の裏通りに屯《たむろ》していた外国人売春婦たちが、仕事がひけたあとにやってくるようになった。ユーロビート専門のDJを解雇し、選曲分野もサルサ、レゲエ、サンバのみに絞ってラティーノ相手のディスコティカに改装し、その後の長いポスト・バブルを生き抜いてきた。

このホール脇の細長い個室も、開店当時にVIPルームとして造られたものだ。足しげく通ってくれる客を目当てに、防音設備を施した個室でくつろいでもらおうという構造になっていた。

が、本来がざっくばらんな南米系の人間は、そういうこれ見よがしの区別を嫌う。この有効利用されないスペースを、松尾をはじめとしたコロンビア・マフィアたちが時おり会合に借り受けていた。むろん有料だ。

「さて、と――」挨拶《あいさつ》もそこそこに、松尾は本題に入った。「下期の仕入れ分は四十キロで手を打った。純度は九十九・五パーセント。いつもどおりの品質だ」

四十キロのコカ――日本市場の末端価格に換算すると、約二十二億。隣に座ってい
るパブロ以外、十三人の男たちが無言でうなずいた。

「本国からの仕入れ値はグラム二百五十ドル。都合一千万ドル分だ。むろん送料と本部のマージン込みの値段だ。これに日本での組織活動維持費をグラム当たり百五十ドル上乗せ。つまりおまえらへの卸値は四百ドルだ」

途端に、男たちが口々に喚《わめ》き始める。そんな値付けではとてもほかの組織に太刀打ちできない、というのが主な言い分だった。だが、松尾はその苦情を敢《あ》えて撥《は》ねつける。

「不満があるなら、とっとと本国へ帰れ。代わりはいくらでもいる」

決して店舗では見せない裏の顔。わざと冷たい口調で一喝し、男たちを黙らせた。

「よく聞け。グラム当たり五・五万円――約四百五十ドルが、今の売りの相場だ。差引五十ドルがおまえらの懐《ふところ》に入る。売り値から仮に五パーセントを値引きしても、差引二十七ドルにはなる。それが一人当たり三キロのコカで、半期に八万一千ドルの儲《もう》けだ。一年で十六万二千ドルの粗利《あらり》――混ぜモノの代金とか、客との連絡に使う通話料、交通費、ブツを隠しておく別アパートの維持代……必要経費もいろいろとかかるだろ

うが、それでもおまえら一人一人の手には毎年十万ドルからの純益を摑《つか》ませている。いったいこの中の誰がそれだけの金をコロンビアで稼いでいたっていうんだ、え？」

　そして最後に付け加えた。

「おまえらの言い分も分かる。だが、しばらくはこの値付けスタートで踏ん張ってもらうしかない」

　松尾は分かっている。彼の言葉に男たちが従うのは、必ずしも彼個人に承服しているからではない。シンジケート内でのヒエラルキーは、松尾のほうがはるかに上だからだ。

　誰もがみな、本国の上層部を懼《おそ》れている。

　彼の所属するシンジケートのドン――アンドレス・パストラーナ・バルガス。仮に松尾がこの国でへまをしでかし、本国にいるあの男《ドン》の不興を買ったとする。ここにいる男たちはみな、なんのためらいもなく松尾に匕首《あいくち》を向けてくる。

　やがて話はその仕入れ量のうち、誰にどれくらいを配分してゆくかという話になった。ここから先はパブロの役割だ。裏の仕事では、松尾はいわばプロデューサー役に徹している。怪しまれないための表の組織をしっかりと維持し、コカの定期的な仕入れの段取りと、その売れ行きと残量の管理を行う。

対してパブロは、売人たちに対するディレクターのようなものだ。いわば実働部隊のチーフだ。実際に入港した船から、売人たちを指揮してコカを持ち出す。保管場所である池袋のパブロのマンションに運び込む。後日、ほかの売人たちにも随時配分してゆく。その際に売上の集金も行う。日本にやってきた当初は、松尾がそのすべてを仕切り、パブロは単にその補佐役ということになっていた。

が、この七年の間に、いつの間にかそういう住み分けになっている。彼ら売人たちは、松尾がそうするより、パブロが接したときのほうが、よりリラックスして和んで見える。売人同士の調整もよりスムーズになる。同じ血の人種として馴染《なじ》むからだろうと感じていた。

人はその肌の色から、頭蓋《ずがい》の骨格から、永久に逃れることはできない。たとえコロンビアで育ち、コロンビア国籍を持ち、同国人同様に流暢《りゅうちょう》なスペイン語を話せたとしても、日本人の二親《ふたおや》から生まれてきた松尾は、彼らコロンビア人から見れば、所詮《しょせん》はいつまで経《た》っても遠い島国の東洋人なのだ。

最近の松尾は密売に関してはガイドラインをおおまかに示すだけで、細々《こまごま》とした直接の作業はパブロに一任するようになった。

会合は、午前一時半に解散となっていた。

売人たちは、その半数が今夜の相手を見つけるためにホールへと戻り、あとの半数が店を出て、路上で束《つか》の間《ま》の立ち話を始めた。

松尾は構わずその場を離れた。

「じゃあ、おれは先に帰る」

「ブエナス・ノーチェス、セニョール」

「ブエナス・ノーチェス」

裏通りを一人、大久保方面に向かう。

夜半過ぎの職安通りは空車のタクシーばかりが目立っている。

西武新宿線脇の月極駐車場に向かって歩を進めていると、後ろから売人の一人が急ぎ足で駆け寄ってきた。

「冷たいですね、ボス」愛想よく笑いながら松尾の横に並びかけ、歩く速度を緩めた。

「帰るんなら声をかけてくれれば、おれだってこれから持ち場に戻るところだったんだし」

この縮れ毛の陽気な若者は今年二十五になる。名前はマリオ。新大久保駅の界隈《かいわい》が商売のエリアだ。

「月に一度しか会えないんだ」松尾は言った。「おまえら同士、積もる話もあるかと思ってな」

　するとマリオはまた笑った。

「売人風情《ふぜい》に、いったいどんな積もる話があるっていうんです」

「さあな」言葉を濁した挙句、単に自分が彼らの輪から離れたかっただけなのだと思った。「おれにも分からんが……」

「せいぜい新しい女の自慢話ぐらいですよ」

　それでふと思い出した。

　四年ほど前、このマリオとともにある日本人の女を嵌《は》めたことがある。定期的に松尾の店にやってくる厚化粧デブの中年女——今夜応対した女に少し似ていた。旦那《だんな》にはまともに相手にされない女の典型だったが、金払いはよかった。松尾も丁重にその四十女を扱っていた。

　ある日のことだ。夫は役人なのよ、と、その女はのたまった。外務省の経済協力局に所属するキャリア……その口調に優越感が滲《にじ》み出ていた。

　じわりと憎悪《ぞうお》が湧《わ》いた。それを押し殺そうとした。が、三日経っても憎しみは消えなかった。

アマゾンでの遠い記憶——いつか母国に帰ることを夢見ながらも、虚《むな》しく果てた両親——。

このマリオを呼びつけ、手間賃として五十万円と十グラムのコカを掴ませた。

あんな雌豚じゃあ、おれのディックがかわいそうだ。そうマリオは苦笑したが、それでも五十万をすんなりと受け取った。

ま、頑張ってみますよ。

後日、松尾は得意客の女性十人ほどをホストクラブに招待する。日ごろのご愛顧の御礼、という名目だった。その中には当然、目当てのこの女も混ぜていた。ホストにさんざんその情欲を煽《あお》らせた挙句、残った数人の女性を西新宿の静かなバーに連れていった。そのバーに客として待機させていたマリオに、この中年女に声をかけさせた。むろん松尾とは会ったこともない他人としてだ。

最初は尻込《しりご》みしていた中年女も、松尾がそれとなく間を取り持つことにより、やっと重い腰を上げた。

松尾には分かる。マリオが気に入らなかったわけではない。むしろその粘つく視線はマリオを求めていた。肉欲に飢えていた。単に臆病者《おくびょうもの》だっただけだ。周囲の目を気にしていた。どこまでもくだらぬこの女——貧乏臭い根性に怠惰な精神のワンセットが、その脂肪の塊に詰まっている。

あとは簡単だった。数日後の昼間、松尾の要請どおりマリオはこの雌豚と寝た。三度目の密会で、それと知らずにコカの成分を性器に塗りつけられたこの女は激しく身もだえした挙句、大量の潮を噴いて失神した。

二ヵ月後、一度だけ女は店にやってきた。その肩口からは早くも甘ったるい体臭が漂っていた。動脈から直接薬物をきめたときに毛穴から発散される臭《にお》いだ。

女はドラッグなしではいられない身体《からだ》になっており、マリオは当然のように、そのドラッグを高値で売りつけ始めた。むろん、すでに肉の交わりはなかった。薬物の快楽に目覚めた女は、男よりもクスリを優先する。完全な中毒者《ジャンキー》の出来上がりだ。女は一家の預金通帳に手をつけ、それも底を突くと、サラ金に手を出し始めた。

その時点で、マリオに女との商売を切るように指示を出した。

もう少し引っ張れますよ、と渋るマリオに、松尾は首を振った。

「ごくろうだった」さらに五十万の謝礼を上積みし、松尾は言った。「あとはイランの売人にでも売ってしまえ。おまえの小遣い稼ぎにもなる」

歌舞伎町ではよくあることだ。支払い能力のなくなりかけたジャンキーの個人情報を、安い粗悪品を扱う売人に売り渡す。その売人は相手からなけなしの金を搾《しぼ》り取り、実入りが悪くなってくると、さらに格下の売人に売り飛ばす。サラ金から闇金《やみきん》へと客を回してゆく紹介商法と同じようなものだ。

一年後、松尾は女の自宅に電話を入れてみた。

電話は不通になっていた。マリオに女の家を見に行かせた。浜田山にあるその建て売り住宅には、売家、という立て看板が出ていたという。それは、松尾の目論見《もくろみ》どおり一家の崩壊を意味していたが、不思議と高揚感はなかった。ただ、唾《つば》でも吐き捨てたいような後味の悪さが残った。

松尾には分かっていた。

おれのやっていることなど、単なる代償行為だ。ごまかしに過ぎない……。

マリオを引き連れたまま職安通りを横切り、大久保一丁目に入った。

街灯もまばらな路地の両側に、貧相なラブホテルが軒を連ねている。そしてその連れ込み宿の前には、お決まりの立ちんぼが十メートルほどの間隔を保ってひっそりと佇《たたず》んでいる。タイ人や中国人もいるが、南米系の女も多かった。二人が通りかかると、決まって彼女たちは松尾の連れに声をかけてくる。

「あら《オラ》、マリオ」長時間路上に立ちづめにもかかわらず、そう陽気に顎《あご》を上げる。

「調子はどう？《ケ・タル》」

「まあまあさ《ブエノ》」

ニコニコとして、隣の若者は答える。ラティーノ——特に南米系の人間は数回顔を合わせ、そのうちの一度でも立ち話をして互いに笑い合うと、もうアミーゴだ。広く浅い人間関係——だが、それもお互いの利害が絡《から》み合わないうちだけだ。

ホテル街を西に抜け、西武新宿線沿いの通りに出る。ところどころに水銀灯の浮いた暗い世界。コマ劇場まで五分足らずの場所にあるとは到底思えない。

そこに、松尾の借りている砂砂利《すなじやり》の駐車場がある。月額三万五千円。コロンビアにいた当時から日本の地価の高さは知っていたつもりだったが、それでもこの金額には目の玉が飛び出しそうになった。

駐車場の隅に、ルーフの低いぺったりとしたクルマがうずくまるようにして停まっている。

「ボスの年収なら、ポルシェでもコルベットでも選り取り見取りでしょ」キーを取り出す松尾を見ながら、マリオは聞いてきた。「なんで、このクルマなんです」

つい松尾は笑った。

ガンメタリックのマツダ・Ｒ・Ｘ《アール・エックス》‐７《セブン》。通称ＦＤ《エフ・ディー》。車輌《しやりよう》価格が四百万円したこのクルマに、さらに七百万以上の金を注ぎ込んで、エンジン本体から足回りからボディ本体の構造補強まで、すべてにチューンナップを施した。無数のスポット補強。新しく載せ替えた13Bエンジンへのｔ‐88タービンの追加。実走を積んだデータの、ロムの読み込み。ガスケットやパッキン類の交換。徹底したポート研磨。特注品のエグゾースト。コクピット内にも鳥籠《とりかご》のようにロールケージを張り巡らしてある。コルベットはおろか、ポルシェの９１１でも軽く買える値段だ。

だが、この男はそれを知らない。

「気に入っているからだよ」とだけ、答えた。「これからも仕事か」

「ええ、二時に近くの焼肉屋で待ち合わせしている水商売の女が数人」マリオは明るく言った。「どこにでもいそうな、カスですよ」

松尾はこの男の裏の顔を知っている。今はこの日本で、しがない売人として暮らしてはいる。だが、その本当の役割は違う。

五年前、ドン・バルガスが松尾に付けてくれた殺し屋《シカリオ》だ。日本のマフィアとトラブルになったときはこいつを使えばいいと、ドンから預かった若者だ。が、幸いにもまだ、そういう事態は起こっていない。

この口数の多い男も、必要があれば笑っておれを刺すだろう。だが、それがコロンビアの悪党というものだ。むしろ、その酷薄さに満足を覚える。

この職種の悪党――つまりシカリオには、外交的で陽気な人間が多い。テレビや映画によく出てくる陰湿な殺し屋など、見る側の恐怖を煽るためだけの嘘《うそ》っぱちの代物《しろもの》だ。プロのシカリオの世界ではまずお目にかからない。狂的なタイプもいない。

本当の意味でのプロは、仕事を作業として割り切って、事後も滅多にその処理のことを思い出すことはない。その陽気な性質が過去を振り返ることをさせない。外向的な性格が、事実が自分の心の奥に沈み込むことを許さない。相手の恐怖が、苦痛が、その内面に沁《し》み込んでゆくことはない。

だから、いつまで経っても心の平衡を失わずに仕事をつづけることができる。

不意に思い出し、ポケットの中の煙草《たばこ》を放り投げてやった。赤の太陽《ソル・デ・ロッホ》――コロンビア産のいがらっぽいシガリーリョ。日本ではほとんど手に入らない。

「ムーチョ・グラシアス」マリオは器用に片手で受け取ると、ふたたび笑った。「お帰りは、お気をつけて」

ロールバーで固められたFD《セブン》のコクピットに乗り込み、エンジンに火を入れた。

T-88タービンで特別過給された二基の13Bロータリーが、静かに回りだす。松尾はこの音色が好きだ。レシプロエンジンと違い、あくまでも滑らかに、控えめに回転しつづける。

水温計の針が上がってくるのを、じっと待っている。

完全に一人きりの時間が訪れる。一息つく。心の底に淀《よど》んでいる闇が、じわりと頭をもたげてくる。

今夜もどこか苛立《いらだ》っている。満たされない自分がいる。

ふたたび軽いため息を洩《も》らし、時計を見た。水曜の、午前一時四十五分——。

一時間だけだ。

そう自分に言い聞かせ、クルマを出した。

税務署通り経由、西新宿の公園通りを南下する。

パークタワーを横目に見ながら首都高速新宿ランプを上がっていく。

代々木ランプ、外苑《がいえん》ランプと四号新宿線を上がってゆく。本線に合流し、四速、五速とシフトアップしてゆく。

赤坂トンネルに潜り込み、都心環状線外回りにとっつく。トンネルを出た時点で、さらに速度を上げる。

少し、笑う。いつもどおり、平日の深夜は空《す》いている。

箱崎《はこざき》ジャンクションから六号向島《むこうじま》線を経由する。
堀切《ほりきり》ジャンクションからの中央環状線を一気に海まで下っていく。
平井大橋《ひらいおおはし》から船堀橋《ふなぼりばし》にかけてのごく緩いカーブを、時速二百二十キロで駆け抜ける。夜が音を立ててしなっている。もっと空気をおれにくれと、暗闇から叫んでいる。

夜が笑い始める。

葛西《かさい》ジャンクションからは、湾岸線横浜方面へ。

長距離トラックやタクシーの間を駆け抜け、新木場《しんきば》から辰巳《たつみ》へ。

有明《ありあけ》にかけての約七キロの直線道で、ブースト計が1・1まで立ち上がってくる。エンジン回転数は七千三百。速度計は二百七十キロから八十キロの間を示す。Aピラーに大気の粒子が叩《たた》きつけられ、盛大な風切り音となって砕け散ってゆく。ゆっくりと周囲の世界が変わり始める。松尾の身体から、現在の自分から、ゆっくりと過去が流れ出そうとしている。

十三号地から東京港トンネル——海の下に潜り込む。と同時に、ゆっくりとペースダウンさせてゆく。少し現実に引き戻される。地上に上がり、大井ジャンクションからUターンする。ふたたび都心環状線へ戻ってゆく。

あとはその繰り返しだ。

都心環状線・六号向島線・中央環状線・湾岸線――信号も交差点も料金所もないノンストップの深夜のサーキット。時間の許す限り、同じコースを延々と回りつづける。現実と過去との狭間《はざま》をふわふわと漂いつづける。

それで楽しいというわけではない。二百キロオーバーの狂ったペースで、タイトに曲がりくねった都心環状線に突入してゆく。ふたたび赤坂トンネルを抜け出す。赤坂プリンスが、サントリービルが、瞬《また》く間に後方に飛び去ってゆく。

狂気の沙汰《さた》だ。それでもやめられない。

熱いわけではない。むしろ心は冷え切っている。いつものことだ。

シンジケートに所属する、日系コロンビア人……。

半端者《はんぱもの》として、これ以上の取り合わせはないだろう。コロンビア本国にもこの日本にも、どこにも安住の住処《すみか》を見出《みいだ》せない自分――こうしてぐるぐると深夜の高速を回っているときだけが、唯一《ゆいいつ》の安らぐ時間帯だ。

過去が、自分の身体からぬるりと這《は》い出そうとしている。

＊

松尾の記憶は、森の奥から始まる。

肌にまとわりつくような湿気に包まれた熱帯雨林。バナナ、マンゴー、スターフルーツなど、果実がたわわに実る密林の奥地で、松尾はその生を享《う》けた。

夜ともなると、南米豹《オンサ》や吼え猿《マカコ》の咆哮《ほうこう》が聞こえてきた。地図にも載っていないようなアマゾン上流の僻地《へきち》だ。物心がついたとき、その集落には松尾の両親を含めて数家族しか残っておらず、文明社会から打ち捨てられたも同然の状態だった。

もっとも、当時の松尾がそんなことを感じたわけではない。

幼かった松尾には、その小さな世界だけがすべてだった。当然のこととして受け入れていた。擦り切れて継ぎの当たった服を当然のように着て、裸足《はだし》で狭い入植地の中を駆け回っていた。腰布一枚のときもあった。原始人のようななりだったが、恥ずかしいと思ったこともない。大人たちも少年の松尾と似たり寄ったりの格好だった。

飢えた経験はない。木の実やフルーツや魚は、森や河に無尽蔵にあった。数家族が食える分ぐらいなら、ひねこびた畑から野菜も取れる。時おり、同じ入植地の人間が狩りで得た獣をおすそ分けしてくれた。ノグチ、という人だった。

ああ、米が食いたいのぅ——それでも松尾の両親は、たびたびそうつぶやいていた。真っ白に光り輝く銀シャリが食いたい。

松尾は、それがどんな食べ物かを知らずに育った。

集落の外れに墓地があった。下草も刈り取ってあるその場所は松尾のお気に入りの遊び場だったが、一度、土盛りの上に立っている板をいじっていたとき、父親にこっぴどく怒られた。

「何をしよるんか、おまえ」そう広島弁を丸出しにして、父は激怒した。「子供の来る場所やないぞ。ほかで遊べ」

そのあと、母親から諭された。

「あそこはね、うちらと一緒に来た人が、ようけ眠っとる場所なんよ。うちらもいつそうなるかも分からんし、遊び場にしたらいかん」

土の中で眠る、ということが死んでいることと同じ意味だということは、当時の松尾にもなんとなく理解できた。

松尾は聞いた。

どうしてこんなにたくさんの人が死んだのか、と。

病気なんよ、とため息をつきながら母親は答えた。みんな病気で死んでまったんよ。

松尾が五歳半になったとき、両親はその土地から離れる決心をした。

このままでは駄目だ、と父親は言った。単にその日を食ってゆけるだけだ。それもだんだんひどくなってゆく。

その何が駄目なのかは、松尾には分からなかった。松尾はこの狭い入植地の世界しか知らずに育った。比較のしようがなかった。

両親の話では、この地から西へ三百キロほどジャプラ河を遡《さかのぼ》った地点に、コロンビアという国との国境があるという話だった。その国のカリという街に辿《たど》り着きさえすれば、数多くの成功した日本人が暮らしているという。

成功って何？ と松尾は聞いた。

うまいものが食えて、いい服が着られて、いい家に住めることだと、父親は説明した。

それ以上説明されても、おそらく当時の松尾には分からなかっただろう。いつかかるとも分からない風土病に怯《おび》えながらの、原始人さながらの生活——おそらくは、そんな暮らしが果たして自分たちの望んでいたものか、と言いたかったのだろう。

上流に向けての出発当日、残る二家族が川岸まで見送りに来た。

その中に、松尾と同年の少年の姿があった。

歳《とし》のわりに大人びた少年だった。松尾と一緒に歳相応の遊びをすることもあったが、その父親が狩りを好む影響からか、釣りをしたり、森の中に小動物用の罠《わな》を仕掛けたりすることをより好んだ。気が合うとか合わないという以前に、松尾のただ一人の遊び友達だった。大人たちが涙ぐみながら名残を惜しんでいる間も、この少年だけは眉《まゆ》一つ動かさず、なぜか憮然《ぶぜん》とした表情をしていた。

ジャプラの集落まで行き、そこで三日間、上流行きの船を待った。

運よくコロンビア側の国境に近い街ラ・ペドレラまで行く商船が通りかかった。商船、とはいっても、河船に毛が生えた程度のゴム運搬船だったが、吹き抜けの二階デッキ部分には客を乗せるためのスペースも少しはあった。松尾一家はなけなしの金をはたいて、その船に乗り込んだ。

五日間、平穏な船旅がつづいた。船は昼夜を問わず、河を遡りつづけていた。非番になった船員たちは、眠るとき以外はデッキの上でぶらぶらと時を過ごしていた。彼らはそんなとき、幼い松尾を捕まえて、あれこれとポルトガル語を教えた。

日本人《ジャポネース》、食べる《コメール》、寝る《ドルミール》、おれ《エウ》、おまえ《ヴォセ》——要は、身の回りで目についた事象を思いつくままに並べただけのことだが、それでも松尾にとってはポルトガル語に直接触れた最初の機会になった。

六日目、国境を越えた。

とはいっても、無人のアマゾン奥地には国と国とのはっきりした境目などない。見渡す限り、浸水林《イガポー》の水域が存在するだけの世界だ。ここらあたりがおおよその国境地帯だと言われれば、ああ、そういうものかと思うだけのことだ。当然ながら入国審査の検問所もない。国境警備隊もいない。ブラジル・コロンビア両国の行政機能のまったく及ばぬ辺境地帯だった。

その夜のことは、三十年以上を経た今でも昨日のことのようにはっきりと覚えている。

夜半過ぎだった。階下のデッキから突然船員の喚《わめ》き声が聞こえてきた。ゴム運搬船の両舷《げんそく》側後方から、無数のカンテラが迫ってきていた。階下の当直たちの喚き声がさらに大きくなった。その言葉が何を意味するものか松尾には分からなかったが、仮眠をとっていた数人の船員も何事かを口汚く罵《ののし》りながら、ホルスターからハンドガンを抜いた。

二艘《そう》の短艇が完全に両舷側に並びかけていた。その船上に、山刀《テルサード》や短銃、軽機関銃を携えた髭面《ひげづら》の男たちがカンテラに照らし出され、ゆらゆらと浮かび上がっていた。ジャングル奥地の浸水林《イガポー》を住処として跳梁《ちょうりょう》する河賊《かぞく》――その船首に立っていた大男が何かを呼びかけた。直後、松尾のいる二階デッキの縁に腹這いになっていた船員の一人が、男に向けて拳銃《けんじゅう》を発砲した。

一声うめいて男が倒れた。瞬く間に銃撃戦は始まった。闇夜《やみよ》に軽機関銃が火を噴き、応戦するように単発の銃声がゴム運搬船上から響く。硝煙の匂《にお》い。男たちの叫喚《きょうかん》。圧倒的な火器の差で、本船上にいる乗組員たちは次第に倒れてゆく。右側の短艇がさらに本船に寄り添ってきたかと思うと、舷側に戸板を渡し始めた。乗り込んでくる気だった。

と、それまで中腰になったまま松尾を後ろ手で庇《かば》っていた父親が、デッキ上に転がっていた拳銃を手に取った。明子《あきこ》、と父親は震える声で母親を振り返った。

「やつらが上がってきよったら、信彦《ノブ》の手を取って河へ飛び込め」

「あんたは？」母親が答えた。「あんた、何するつもり？」

生き残っている船員と賊たちの単発的な撃ち合いの音が、階下でつづいている。

「一瞬でも、ここでやつらを足止めするけぇ」絶望した面持ちで、父親は言った。

「その隙《すき》に飛び込め」

「いけんよ」すかさず母親は返した。「逃げるんなら、今ここで一緒に飛び込みまっしょ」

だが父親は首を振った。

「ボートには人が残っとる。今飛び込んだら水際《みずぎわ》から狙《ねら》い撃ちされるだけじゃ」父親は早口に状況を並べ立てた。「階下の船員たちを皆殺しにしたら、この船に全員が乗り込んできよる。そのときを見計らって飛び込む。それまでに誰も二階に上がってこなかったら、わしも飛び込む」

不意に銃声が止《や》んだ。父親は素早く両舷側に視線を飛ばし、右舷側の短艇が無人になっているのを確認した。

「あの向こうに飛び込め」

言うや否《いな》や母親と松尾をデッキ端の手すりに押しやった。どかどかと階段を上る音が聞こえてきた。なおもまごついている母親と松尾に、父親の怒声が響く。

早《はよ》う、と銃を階段に向けながら父親は叫んだ。「早う飛ばんか!」

意を決した母親が、松尾の手を引いて手すりを跨《また》ぎ、デッキから飛んだ。黒い川面《かわも》に向かって落ちてゆく背中で、軽機関銃の速射音を聞いた。おっとん!――そう叫ぼうとした途端、水面に全身が叩きつけられていた。母親の手が離れたのを感じた。真っ暗な水中でもがき、無我夢中で浮かび上がった。

「おっかん、おっとん!」

目の前の水面に、機関銃の弾がステッチ状に着弾した。軽い水しぶきが跳ね上がった。それでも松尾は顔を上げたまま、必死に左右を見渡した。左手の波間に、ぽっかりと白い背中が浮かんでいた。その表面に赤黒い染《し》みのような点が三つ見えた。母親だ。ピクリとも動かず、ゆらゆらと波間に揺れていた。本船の二階デッキ手すりには、父親が片腕をかけたままだらりとぶら下がっていた。その傍らで数人の男がこちらに銃を構え、さかんに喚き声を上げている。

と、彼らの影の中から火柱が立ち、ふたたび松尾の目の前に無数の弾が着弾した。

殺される――そう思った。

ためらってはいられなかった。大きく息を吸い込んだ松尾は、ふたたび水中へと潜った。息のつづく限り、平泳ぎで潜水をつづけた。水面に上がるのを我慢しつづけた。肺が苦しくなり、頭の中に白い靄《もや》が漂い始め、これ以上は無理だという時点で、初めて水面に浮いて大きく呼吸をした。

後方を振り返ると、数十メートル先の水面に、ぎらついた光の輝きが見えた。デッキ上から放たれている発熱灯の光――その光の下で、賊たちが大声を上げて走り回っている。浸水林《イガポー》の川岸まで、あと少しだった。

＊

午前二時二十分——FD《セブン》は、二周目の湾岸道に突入している。新木場ランプ通過時点で、時速二百四十キロ。周囲を走っている貨物トラックが、まるでパイロンのように後方に飛び去ってゆく。

過去の経験から知っている。暗闇の中から亡霊が立ち上がり始めるのは、時速二百五十キロ前後から。

辰巳ジャンクションを過ぎた時点で、前方がオールクリアになる。さらにアクセルを踏み込む。お台場の大観覧車が見る間に迫ってくる。一瞬、計器類に目を走らせる。ジャスト八千百回転。フルブーストの１・２。速度計の針は三百十五キロを示し、まだじりじりと上がってゆく。臨界点が近づいてくる。スピードが亡霊を捻《ね》じ込めようとする。フェンダーミラーの彼方《かなた》に置き去りにしようとする。過去が暴れる。押しつぶされまいとのた打ち回る。

目に見えない路面の凹凸と圧倒的な風圧に、ギ、ギギッとフレームが軋《きし》む。ボンネットの下で、毎分十万回転を超える速さで回転するT‐88タービンが甲高いソプラノを奏《かな》で、ロータリーエンジン本体も、ゆっくりとあえぎ始める。

次第にステアリングの感触が軽くなってくる。このFDにはチン・スポイラーも装着していない。リアウィングも思い切り取っ払ってある。抑力《ダウン・フォース》と引き換えに、最高速を手に入れる。車体の底に絶え間なく流れ込んでくる大気が、ＦＤを路面から引き離しにかかる。

一歩間違えば、車体は宙に舞う。

狂気のスピード。前方の視界も、限りなく点に近づいてゆく。それでも亡霊は振り切れない。置いていかないでくれと耳元で喚き立てている。

異常だ。このおれは。どこか狂っている……。

＊

……六日間、鬱蒼《うっそう》とした密林の中をさ迷い歩いた。湿地帯に溜《た》まった泥水を四つん這《ば》いになって飲み、木の実やフルーツが見つかればそれをもいで食べ、夜になれば巨木の下で落ち葉を拾い集め、その上で眠った。

明け方ともなれば夜露が衣服の表面にびっしりと降りてきたが、寒さは感じなかった。代わりに慢性的な飢えと暗闇への恐怖が、幼い松尾の心を悩ませた。時おり見つかる木の実とフルーツだけでは、到底腹を満たすことなどできない。かといって道具も何もない着《き》の身着《みき》のままの状態では、魚も獲《と》れず、小動物を捕まえることもかなわなかった。

真昼でも薄暗いジャングルの中に、時おり獣たちの吼《ほ》え声が響き渡る。それが松尾の心を怯えさせた。

自分はやがて野垂れ死ぬのか、などとは思わなかった。両親が死んだ悲しみも、そう感じなかった。目の前の現実に対応するだけで頭の中はいっぱいだった。想像力の欠如ともいえるし、抽象概念の未成熟ともいえる。もし松尾が大人だったら、その重圧と悲しみに精神を押しつぶされていたかもしれない。ジャングルの六日間を乗り切れた理由は、ひとえに松尾の心が幼すぎたからだ。

七日目の昼過ぎのことだ。

不意に遠くから爆音が響いてきた。内燃機関に特有の規則的な爆音は次第に大きくなり、ついには松尾の歩いていた一帯の密林を、轟音《ごうおん》が包み込んだ。直後、樹冠の間から垣間見《かいまみ》えていた青い天空を、さっと大きな影が過《よぎ》った。

軽飛行機《テコテコ》だった。

大農園主や州政府の高官——そういった富裕層が、陸路の未発達なアマゾンで日常の足代わりとして使っているものだ。テコテコは周囲の梢《こずえ》に触れんばかりの低空飛行で、滑るようにして松尾の視界から消えた。エンジン音は遠くに離れてゆきつつも、明らかに回転数が落ちてゆく音色へと変わった。やがて、パラパラ、パラという断続的な爆発音になり、次第にその間隔が離れ始め、ついには止んだ。

気がつくと、密林の中をしゃにむに走り始めていた。木の根に足を取られて転び、泥炭にしりもちをついた。それでも駆けることをやめなかった。無自覚の行動。テコテコ――人の匂い、文明の香り。それが、何日も原始林の中をさ迷っていた松尾の心を鷲掴《わしづか》みにした。

どれくらいそうして駆けつづけていたのだろう――ふと前方を見ると、原始林の先が明るい光に満たされていた。

ジャングルが途絶え、その向こうに青々とした草原が広がっている。

白いテコテコは、その草原の真ん中に停まっていた。テコテコの向こうに、コンクリート平屋建ての真新しい建物が見えた。

ピカピカと光り輝く、綺麗《きれい》な建物。心臓がドキドキした。五年半の人生で、そんなに立派な建物を見たのは初めての経験だった。無人のジャングルの中で、明らかに場違いなその光景――気が臆《おく》した。それでも直後には駆けだそうとしていた。

が、建物めがけて数歩進んだその足が、思わず止まった。

テコテコの陰から、数人の男たちが出てきた。問題は、その彼らのなりだ。四人の男のうち、二人はてかてかと光り輝く革靴に一分の隙もないダーク・スーツ姿だった。都会ではない。電気も水道もないこのジャングルの中でのことだ。異様な光景だった。さらに松尾を警戒させたのは、残る二人がそれぞれ腰元にぶら下げている拳銃だった。拳銃──わるもの。悪者……。

松尾は茂みの陰からじっとその四人の様子を窺《うかが》った。やがてスーツ姿の二人はテコテコに乗り込み、草原から飛び立っていった。残った二人組の一人が空を見上げながら銃口を突き上げ、空に向かって銃声を轟《とどろ》かせた。

テコテコがジャングルの彼方へ見えなくなると、二人組は建物へと引き返し始めた。いつの間にか夕暮れが迫ってきていた。松尾は依然としてその位置を動かず、草原の奥にある建物をじっと観察していた。

建物の窓に明かりが灯《とも》ったころ、ようやく松尾は動き始めた。

用心深く草原の縁を密林の茂みに沿って回り込み、建物の真横へと出た。周辺に歩哨《ほしょう》の気配はなかった。勇気を振り絞り、薄闇に紛れて忍び足で建物へ近づき始めた。心臓が早鐘を打った。

窓枠の下からそろそろと顔を上げ、内部の様子を窺った。

今まで松尾が見たこともない奇妙な空間だった。

塵《ちり》一つ落ちていなさそうな清潔なコンクリート敷きの床の上に、巨大な金属製の蒸し器のようなものが何基もあり、その間をベルトコンベアーのようなものが繋《つな》いでいる。大勢の人間も目についた。大部屋の片隅に山積みになったジュート麻の袋を粉砕機のような装置のある場所まで運ぶ者、茶色い粉末の入ったバケツを荷車に載せて運んでいる者、そして、白い粉が入ったトレイを、小さな透明の袋に小分けにしている者――その作業が何を意味するのかは、幼い松尾には分からなかった。分からなかったが、警戒心はいっそう募った。

人里離れた工場、銃器を持つ男たち、明らかに食べ物とは思えぬ白い粉を大事そうに扱っている作業員――やっぱり、すごく怪しい。

どこからか肉の焼ける匂《にお》いが漂ってきた。

かすかに腹が鳴った。うまそうな匂いに誘われるまま、松尾はフラフラと建物の裏側に回り込んだ。

軒下に穴が開いており、その中でファンが回っていた。匂いは、その換気扇の中から白い煙と一緒に出てきていた。裏口のドアの軋む音がした。松尾ははっとして左右を見回し、物陰に身を潜めた。上下とも白い服を着た縮れ毛の白人が出てきた。両手に透明なビニール袋を提げている。中身は野菜の切れ端や河魚の内臓、頭――そういった食材の余りもののようだった。男は鼻歌を唄《うた》いながらジャングルのほうに歩いていった。

食べ物をちょうだい――一瞬その声が出かかったが、やはり言えなかった。男の鼻歌は、明らかに松尾の分からない言語のものだった。日本語しかできない松尾が話しかけたところで、理解されるはずもなかった。

男は相変わらずのんびりとした歩調で、茂みに向かってゆく。残飯を捨てに行っているのだ。

束《つか》の間《ま》迷ったあと、松尾は裏口のドアに向かって走りだした。

中にはきっと、おいしい食べ物があるはず。

開いたままのドアをすり抜けると、中は厨房《ちゆうぼう》になっていた。無人だった。松尾は急いで周囲を見回し、食べ物を探した。奥のテーブルに、料理を盛った皿が何枚も並んでいた。急いでそのテーブルに駆け寄り、一番大きな腿肉《ももにく》の皿に手を伸ばしかけた。と、隣の皿に盛られたケーキのようなものが目についた。とろりとしたこげ茶色のチヨコが、松尾の好奇心を誘った。腿肉の皿はあまりにも大きかった。持って逃げられるのは、これ一つだ。

一瞬迷ったあと、そのケーキの一部を手摑みで毟《むし》り取り、口に放り込んだ。

甘かった。今まで味わったこともないとてつもなく甘い味が、口の中に広がった。うっとりとし、つい二口目に手を伸ばした。まだ五歳半の子供のことだ。あとはもう夢中だった。がつがつとケーキを口に詰め込んでいた。

はっと我に返った。背後で怒鳴り声がしたのだ。

振り返ると、大男がずかずかと松尾のほうに迫ってきていた。奥の部屋につづくドアが開いたままだった。大男はそこから入ってきていた。咄嗟《とっさ》に腿肉を両手で摑み、松尾はそのテーブルからぱっと飛びすさった。男はそんな松尾を睨《にら》みつけ、さらに大声を出した。開け放った廊下の奥からさらに数人の男が顔を覗《のぞ》かせた。肉塊を丸抱えにした松尾を目にして最初は驚きの表情を浮かべ、次には一様に怒気を膨らませた。

厨房に寄せてきた男たちの間を、松尾は必死に逃げ回った。フライパンが飛び、皿が音を立てて砕け散った。インジオ！　と誰かの喚《わめ》き声が聞こえた。危うく捕まりそうになったところで、腿肉を相手の顔めがけて投げつけた。腕を摑まれた。その手を振りほどこうとして必死に身を捩《ねじ》り、毛むくじゃらな手首に嚙《か》みついた。相手が悲鳴を上げ、松尾の腕を放す。が、抵抗もそこまでだった。厨房の隅に追い立てられた松尾は、一斉に襲いかかってきた男たちに袋叩《ふくろだた》きに遭った。男たちは口々に何かを喚きながら松尾を殴り、蹴《け》った。閉じていた視界に火花が散り、鼻腔《びこう》につんと痛みが走った。身体《からだ》中に何度も鈍痛を覚える。たまらず松尾は日本語で叫んでいた。

「やめて、ごめんなさい、やめて、やめてっ!」

直後、全身を襲っていた痛みが止《や》んだ。

恐る恐る目を開けてみると、びっくりしたような男たちの顔が松尾を覗き込んでいた。

ノ・インジオ、とその中の一人がつぶやいた。チーノ、チーノ——。

松尾はふたたび訴えた。

「ごめんなさい、ぼくが悪い。だから、やめて……」

言った直後、鈍痛が頭部にぶり返した。そのまま気を失った。

それから数日間、松尾は左足首を鎖で繋がれたまま、建物の軒下で過ごした。

鎖の先は、コンクリートの壁に突き出した配管にしっかりと固定されていた。半径二メートルほどの行動範囲。眠るときは軒下の芝の上に転がり、夜露をしのいだ。朝、昼、晩と決まった時間に、金盥《かなだらい》に入った食事を与えられた。まるで犬のような扱いだったが、それ以外の部分では、この建物で寝起きする男たちは、むしろ松尾に優しかったといえる。

一つにはこのジャングルの中での生活はあまりにも変化に乏しく、そんな彼らにとって、松尾は格好の興味と暇つぶしの対象だったからだろう。

仕事の合間を縫っては松尾のいる軒下にちょくちょく顔を覗かせ、左右を見てそっと飴玉《あめだま》をくれることもあった。

松尾を最初に発見したあの大男は、ここの集団のリーダーと思《おぼ》しかった。軒下に繋がれた松尾のもとに最初にやってきたとき、大男は口を開いた。

チーノ……コリアーノ……ハポネス？

その最後の単語には、かすかに聞き覚えがある。そんな松尾の様子を感じ取ったのか、もう一度大男は口を開いた。

ハポネス……ジャポネース？

あとから思い出してみると、相手はスペイン語からポルトガル語に切り替えて同じ意味を言っただけなのだが、その二番目の言葉は知っていた。今度ははっきりとうなずいた。

ふむ、というように男は軽いため息をついた。それから、パパイ、ママイ？　と問いかけてきた。

おっとん、おっかんのことだと分かる。男の腰にある拳銃《けんじゆう》が目についた。それを指差し、パパン、と発砲音の口真似《くちまね》をする。口真似をすると同時に、あの夜の出来事が心中に蘇《よみがえ》ってきた。鎖に繋がれているとはいえ、食べ物の心配はない。森の中のように身の危険も感じていなかった。安心も手伝っていたのだろう、初めて涙がこぼれ出た。ぽろぽろと両頰を伝った。

大男は少し驚いたようだった。

慌《あわ》てた様子で松尾の周りをうろうろした挙句、屋内に取って返したかと思うと、しばらくたって表に出てきた。

その手には、松尾が初日にたらふく詰め込んだケーキの皿が載っていた。

悪い人間ではない——むろん、子供の松尾はそんなことを思わなかった。ただ持ってきてもらったケーキに気をとられ、涙が止んだだけの話だ。

捕まってから四日後のことだ。

テコテコとともに、一人の男がやってきた。

地味なスーツ姿の、三十代前半の男だった。銀縁のメガネをかけている。あとから考えてみれば、まるでどこかの銀行の若頭取といった風情《ふぜい》だった。それがこの建物とテコテコの持ち主、つまりはシンジケートの若き首領《ドン》——アンドレス・パストラーナ・バルガスだった。

ドン・バルガスは、鎖に繋がれたままの松尾の前に立ち、静かな視線を向けてきた。

その横に例の大男が立って、さかんに口を開いている。ジャポネース、という言葉が何度か聞こえた。

ドン・バルガスは松尾を見つめたまま何度もうなずいた。大男の話が終わったとき、背後に控えていた男たちを振り返って、何かを命令した。

松尾は足首から鎖を解かれ、建物の中へ連れてゆかれた。シャワー室に放り込まれた後、真新しい服に着替えるよう身振り手振りで指示された。

草原に待っていたテコテコに手を引かれていった。テコテコの後部座席にはドン・バルガスが座っていた。松尾を見ると少し微笑《ほほえ》んで、自分の隣に座るよう、手のひらで呼んだ。松尾はそのとおりにした。相手はふたたび少し笑うと、西の方角を指差して口を開いた。

カリ――。

それから自らと松尾を指で示し、乗っているテコテコの座席を軽く叩《たた》いてみせる。

その言わんとすることは、幼い松尾にも理解できた。つまり、この男と自分は、今からそのカリへと向かうのだ。たったそれだけのことに、ひどく安心を覚えた。自分に危害を加えようとしている相手が行く先を教えるはずもない。なによりもカリという言葉には聞き覚えがあった。おっとんと、おっかんの目指した街――そのことに松尾は満足した。相手に向かって大きくうなずいた。

＊

ダッシュボードの時計を見る。午前二時三十五分。六号向島線から堀切ジャンクションを右に折れ、三周目の中央環状線へ突入。

百キロ前後で流れている車輛《しゃりょう》を、次々とスラロームでパスしてゆく。

平井大橋を過ぎた時点で、前方に二台のクルマが現れた。赤いフェラーリ348と、白いポルシェ911。二台が並走したまま、車線を塞《ふさ》いでいる。速度は百七十前後と思えた。FDを依然二百二十キロに保ったまま、二台にパッシングを浴びせかける。

一瞬遅れてポルシェがフェラーリのテールに付き、一車線を空けた。そのままFDのノーズを突っ込み、二台を抜き去る。と同時に、ルームミラーを覗く。

案の定、フェラーリがぴたりとFDのケツ《ヽヽ》に食いついてきている。その横からポルシェがぬるりと姿を現す。いったんは譲って背後《ケツ》に付く。その気の相手——思わず微笑み、アクセルを踏み込む。

二百三十、二百四十、二百五十……船堀橋手前から始まる、ゆったりとした高速カーブが迫ってくる。ブースト1・1。時速二百七十で、船堀橋の高速S字コーナーを駆け抜ける。

サイドミラーの中、二台はじりじりと遅れてゆく。当然だ。このフルチューンド・FDは、マックスパワーで五百八十馬力を絞り出す。そのコンパクトなボディと相まって、パワー・ウェイト・レシオもコーナーリング性能も、並みのフェラーリやポルシェなど、その比ではない。

世界を席巻《せっけん》するメイド・イン・ジャパンと、それを裏から支える職工たちの熟練した技術……しかしその内実は、ゆっくりと内部から蝕《むしば》まれ、落日へと向かう黄金の国《ジパング》

――だが、それがどうした？

ここは、松尾の故郷《ふるさと》ではない。

＊

カリ――コロンビア山岳部、アンデス中央山系と西部山系の間にある、海抜千メートルの大盆地に拓《ひら》けた都市。とはいえ、南緯三度に栄えたこの街は、寒さとはおよそ無縁だ。一年を通して初夏のような陽気がつづく。穏やかな雨季と乾季が半年ごとに

訪れ、その気候に微妙なアクセントをつける。

国内第二の商業都市であり、サンバやボサ・ノヴァと並び称される南米音楽〈サルサ〉の発祥の地でもある。自然、その風土は享楽的《きょうらく》だ。市内には政府公認のカジノやディスコティカ、ナイトクラブ、売春宿がわんさとひしめき合い、夜の通りには男女が一夜の踊り相手、あるいは床の相手を求め、うろつき回る。そのおこぼれに与《あずか》ろうと、コールガールやオカマたちも夜の辻《つじ》に立つ。国内最大規模の麻薬シンジケートの集合体である、カリ・カルテルの本拠地。

この土地で、松尾は大人になった。

ドン・バルガスの邸宅は、カリ市の北部に位置する新市街《ユニ・セントロ》にあった。メイドやコック、運転手、ボディガードなど、常時十数人の使用人が屋敷の中に詰めている。

その広大な屋敷の中に、松尾は一室をあてがわれた。

男が一人、松尾のために雇われた。佐藤《さとう》という名の、五十前後の日系コロンビア人――戦前に移住してきた日本人の二世だった。地元の小学校に上がるまでの一年半、松尾はこの佐藤に、スペイン語の日常会話をみっちりと仕込まれることとなる。

「勉強することが、ノブくんを育ててくれるセニョール・バルガスへの恩返しになるのだよ」幼い松尾に対しても、佐藤は終始丁寧な口調だった。「だから、頑張らねばね」

午前は九時から十二時まで、午後は二時から五時までの会話練習が、計六時間。それが土日もなく毎日つづいた。

松尾は懸命にスペイン語を覚えた。それを苦痛とも思わなかった。いい洋服を着て、うまいものを食べ、夜も風雨や獣に怯《おび》えることなく、安心して眠ることができる生活。おっとんの言っていた言葉。その生活のすべてを、本来は他人であるはずのドン・バルガスが与えてくれている。

期待に応《こた》えなくてはいけない――幼年ゆえ明確な言葉にならなくとも、なんとなくそういう感情は抱いていた。

松尾の話し言葉は驚くべき速さで上達した。当然だろう。屋敷にいる人間との会話もすべてスペイン語だった。授業外の時間でも語彙《ごい》は増える一方だったし、系統だてた文法は佐藤が分かりやすく理解させてくれた。

小学校に上がったころには、周囲のコロンビア人の生徒たちとほとんど不自由なく会話ができるレベルにまでなっていた。

とはいえ、その学校生活自体は、松尾にとってあまり楽しいものではなかった。

コロンビアの学校は、午前と午後の二部制授業になっている。つまり、午前中に授業のある生徒は、午後の授業はないし、午前中に授業のない生徒は、昼過ぎから学校に通学すればよい。自然、空いた半日は子供同士の遊びの時間となる。だが、松尾にはその時間は与えられなかった。授業のない半日は、佐藤との勉強に充《あ》てられる。

小学校に上がってからの佐藤との個人授業の時間は、スペイン語から日本語への授業に切り替わっていた。それ以上の現地語の習得は、学校の授業で充分だろうという判断からだ。佐藤は、古い日本語の教科書をどこからか手配してきた。ごく少数入ってきた戦後日系移民が、郷里から持ち込んだものだった。

漢字、ひらがな、カタカナ。読み書きを主に、日本という国の歴史と社会を学んだ。佐藤によると、それがドン・バルガスの要望だということだった。

同年代の子供と遊びたい気持ちがなかったわけではない。実際、学校の教室では、子供たちが放課後の遊びの予定を楽しそうに打ち合わせしたり、あるいは前日の出来事を笑い転げながら話したりしていた。だが、そんな様子を松尾はいつも横目で眺めているだけだった。

クラスメートたちも、入学当初は松尾を誘ってくれたものだ。だが、彼がいつも首を横に振っていると、次第に相手にされなくなった。

松尾はゆっくりと、そんなクラスの輪から外れていった。こちらから口を開くことはあっても、相手から松尾に話しかけてくることはなくなった。

淋《さび》しい――そう思わなかったといえば、嘘《うそ》になる。

中国人《チーノ》、チーノ。

口さがない生徒の中には、そう言って松尾の容貌《ようぼう》をからかう者もいた。とはいえ、そうからかっていた子供たちに、べつだん滲《にじ》むような悪意があったわけではない。この国での日本人は圧倒的な少数派で、東洋人といえば中国人を指すものだと相場が決まっている。彼らはその限定的な知識の中から、松尾を単純にそう呼んだにすぎない。

松尾は、その言葉が嫌だった。自分は日本人――いつもそう思っていた。長じるにつれ、中国人自体を嫌悪《けんお》するようになった。

だが、こういった悩みを松尾は家人にはむろん、佐藤にもドン・バルガスにも話さなかった。

養われている、という引け目がどこかにあった。それが松尾の口を重くした。

ドン・バルガスは忙しい男だった。

今日は東へテコテコを飛ばし、明日は運転手付きのクルマで南に向かう。週のうちの半分は、それら現地への泊りで家にいなかった。在宅のときも絶えず来客が訪れ、この養父の食事は彼らとの会食を兼ねて行われていた。

「セニョール・バルガスは、たくさんの会社を経営されているんだよ」佐藤はしばしば松尾にそう言った。「だから、とても忙しい」

それでもドン・バルガスは忙しいスケジュールの合間を縫って、週に一、二度は必ず松尾と食事をした。昼食のときもあったし、夕食のときもあった。

食事の際、ドン・バルガスはいろんな質問をしてくる。日本の首都はどこだ？　人口はどれくらいだ？

あるいは、目の前にある料理――例えばペスカード・フリートスなどを指差し、これを日本語で何と言う？

「魚の揚げ物」

松尾は淀《よど》みなく答えた。

ドン・バルガスは日本語を知っていたわけではない。だから松尾がもし間違えた答えをしても、それは分からなかったろう。要は、その答え方の速度と反応の仕方で、松尾の理解力を感じていたのだといえる。

事実、松尾がはきはきと答えるたびに、ドン・バルガスは少し笑った。

ごくまれに、松尾の日常について触れてくることもあった。学校は楽しいか？　家の使用人たちはみな、おまえに親切か？

勉強はできたが学校を楽しいと思ったことなど一度もなかったし、ドン・バルガスの使用人たちも松尾に特に親切というわけでもなかったが、松尾は肯定的な答え方をした。

自分の個人的なことに関心を持ってもらえるということ——それが無性に嬉《うれ》しかった。その好意に報いるためにも、よけいな心配はかけまいと思った。

学校は楽しいです、セニョール。

家の人たちも、みんな優しいです、セニョール。

はい《シ》、セニョール。いいえ《ノ》、セニョール。セニョール、セニョール……。

その松尾の答え方が、ドン・バルガスとの関係のすべてを物語っていた。養父ではあっても、父親ではない。たとえ優しげに笑ってはいても、それ以上の距離に立ち入らせない何かを、ドン・バルガスは持っていた。

松尾は中学に上がった。

依然として勉強はできた。そして、仲のよい友達もできなかった。

この精神的に多感な時期も、松尾は単におとなしい子供として乗り切る。反抗期、などというものは、松尾には存在しなかった。そういうものは、所詮《しょせん》は甘える対象があって初めて成り立つものだ。

ドン・バルガスの傍らには、いつも美しい女がいた。長いときで数年、短いときは半年たらずでその女は入れ替わった。今まで屋敷の中で恭《うやうや》しく使用人に傅《かしず》かれていた女が、ある日突然いなくなる。しばらくすると新しい女がやってきて、前の女の後釜《あとがま》に座る。その繰り返しだった。

まるでクルマや電化製品を買い換えているような気安さだ。

たしかにドン・バルガスは松尾には一貫して優しかった。声を荒らげたこともない。だが松尾は、自分もいつそうなるかもしれないと不安に怯えていた。そんな相手に甘えることなど、到底できなかった。

カリ市の西に、旧市街《セントロ》を一望できる小高い丘がある。

植民地時代からの旧《ふる》く狭い街並みを抜け、風化しかかった石畳を上っていくと、その緩やかな丘の上に、サン・アントニオ教会がある。石と煉瓦《れんが》造りの、四百年以上も前からの建物だ。

〈教会《イグレシア》の丘〉と、地元民は呼んでいた。

時おり松尾は、一人でその丘に登った。古い教会の前の石段に腰を下ろし、眼下に広がる市街地を眺めた。そのままぼんやりと物思いに沈む。

夕暮れが近づき、教会の高らかな鐘が周囲に鳴り響く。夕陽に映えていた黄金色の街並みはやがてゆっくりとくすみ、薄闇《うすやみ》に溶け込んでゆく。

暮れなずむ街並みに、サルサの陽気な調べがどこからともなく流れてくる。

当時の松尾に、もし青春の輝きのようなものがあったとすれば、それはここから見る景色にだけ集約されていた。あくまでも遠くから眺めるだけの青春。生粋のカリっ子ならば十歳にもなれば自然と踏めるサルサのステップもからきしだったし、一緒に踊る相手もいなかった。

誰を恨むわけでもない。これが自分の運命なのだと思った。

ハイスクールに通い始めたころ、ドン・バルガスは松尾にヴィデオデッキを買い与えた。まだコロンビアの市場に出始めたころで、相当に高価なものだった。

〈ノビー〉とドン・バルガスは松尾をそう呼んだ。

「これは、日本製だ。パナソニックのＶＴＲ。凄《すご》く性能がいいという話だ」

松尾はうなずいた。充分に知っていた。

そのころまでに邸宅内の電化製品は、松尾が住み始めた当時のＧ　Ｅ《ゼネラル・エレクトリック》やフィリップス、ブラウンなどの欧米ブランドから、ソニー、日立、サンヨーなどの日本製にすべて入れ替わっていた。

むろん、それはドン・バルガスの家に限ったことではなく、街のカメラ屋はいつしかニコン、オリンパス、キヤノン、フジフイルムなどの日本製品しか扱わなくなっていたし、道路を走るクルマもオペルやワーゲン、フィアットに混じって、マツダやダットサンがちらほらと見えるようになっていた。

「日本人は優秀な民族だ」ドン・バルガスは言った。「三十年前は連合軍に敗《やぶ》れて焼け野原同然の国だった。知っているな？　それが今では世界で二番目の経済大国だ」

松尾はもう一度大きくうなずいた。今にして思えば噴飯ものだが、当時はそれが自分のことのように誇らしかった。

そんな松尾の気持ちを知ってか知らずか、ドン・バルガスは数十本にのぼる録画済みのテープを手渡してきた。

「中身は、最近日本で流行《はや》っているらしいテレビ・ドラマだ。刑事モノや恋愛モノだ。何本分かシリーズで入っている」一息ついて、言葉をつづけた。「こういったドラマものを、これから定期的に日本から空輸してもらうことになっている」

「……ひょっとして、このデッキもテープも、ぼくのためにわざわざ？」

ドン・バルガスは笑ってうなずいた。

「楽しめて日本語の勉強にもなる。ちょうどいいだろう」

感動のあまり、思わず大声を出した。

「ありがとうございます。セニョール・バルガス」

まだ見ぬ憧《あこが》れの土地。おっとんとおっかんの母国・日本——。

学校が終わるや否《いな》やまっすぐに自分の部屋へと戻り、ぶっつづけでテープを見る。二週間かけてすべてを見終わり、それからも目を赤くしながら、繰り返し見た。テープが擦り切れるほどに、何度も、何度もだ。

そこには、彼の暮らすこの街とはまったくの別世界が広がっていた。

真新しいクルマ。清潔そうな家。コロンビアのように罅《ひび》や割れ目だらけではなく、綺麗《きれい》に舗装された道路。だが、なによりも圧倒されたのは、東京都心部のモダンな風景だった。乱立する西新宿の高層ビル街。渋谷の圧倒的な人込み。歌舞伎町のド派手な電飾、銀座の整然と並んだ街灯……。

アマゾンの奥地からカリへ連れてこられたとき、今までに見たこともない街並みの規模と圧倒的な人の数を目の当《ま》たりにして、思わず心臓がドキドキしたものだ。だがそれも、ブラウン管の中にある東京の風景に比べればまるで子供だましにすぎない。

いつか自分も東京へ。同胞のいる日本へ——次第にそう思い始めていた。

むろん当時の松尾は、そんな彼の志向こそがドン・バルガスの目論見《もくろみ》どおりに彼が成長していることを示す結果だということを、夢にも知らなかった。ただこの養父の期待に応えようと、必死に頑張っていただけだ。

このころになると、ドン・バルガスは頻繁に松尾を外に連れ出すようになる。

それも決まって夜だった。

彼の経営するカジノ、ナイトクラブ、ディスコティカ――そういった店へ松尾を連れ歩いた。各店舗を訪れると、すぐに支配人たちが飛び出してきて、ボディガードに守られたドン・バルガスと松尾を奥の部屋に通し、下にも置かぬもてなしをする。

当然だろう。彼らの雇い主でもあるこの銀行員風の男は、カリ・カルテルの中でも一、二を争う勢力を持つマフィアのドンなのだ。もし機嫌を損じるようなことでもあれば、即自分たちの首が飛ぶことはおろか、命さえも危うい。

ドン・バルガスは行った先々で、必ず二つの帳簿に目を通す。正規の帳簿と裏帳簿。その間、松尾はじっと彼の横に座っている。カジノでは、マジックミラーの向こうに見える賭場《とば》の様子を眺めていたりする。コロンビア人――特にこのカリ市民は、異様なほど賭《か》け事が好きだ。そして宵っ張りだ。平日の深夜でも、見るからに主婦と思える金髪の中年女や勤め人風の男が、ビショやルーレット、バカラ、スロットなどに興じている。

ドン・バルガスは気が向いたとき、その店舗の収益の仕組みなどを簡単に説明してくれる。例えばこの国での公認カジノの場合は、その席数に応じて、ある一定の税金を政府に納める決まりになっている。これがいわば基本税だ。その上で、店の規模に応じてある一定の売上を超えたら、追加税を納めることになっている。ドン・バルガスによれば、この二つの税金を常に念頭に置いた上で、お客への配当率を微妙に変えているとのことだった。

松尾はつい、言わずもがなの質問をした。

「つまり、カジノはどう転んでも儲《もう》けが出るようになっているのですか？」

トータルとしてみれば、そうだ、とドン・バルガスは笑った。そうでなければ、こんな手のかかる商売などできない、と。

何がどう手がかかるのかは松尾には分からなかった。きっと自分のまだ知らない商売上のカラクリがあるのだろうと思った。

商売といえば、当時のドン・バルガスは、その裏の仕事を松尾には決して見せようとはしなかった。

つまり、東部アマゾンでのコカの精製状況の視察や、カリブ海に面した港町・カルタヘナでの積み出し業務、メデリンでの各シンジケート同士の会合——そういう場所へは、一切松尾を連れていかなかった。

まず表の顔に馴染《なじ》ませてから徐々に……どうもそう思っていたふしがある。

自然、ドン・バルガスが連れ回す場所は、カリ市内の、それもユニ・セントロの目抜き通りであるAv. 6《アベニーダ・セイス》に集中していた。

アベニーダ・セイス、六番街通り……通称『ピンク・ロード』と呼ばれている。

この通りのことを思い出すたびに、松尾は今も甘酸《あまず》っぱい感情のようなものを覚える。

なぜそこがピンク・ロードと呼ばれているかは、最初にそこを訪れた晩に、すぐ分かった。

雨季の終わりというせいもあり、シャツがべったりと肌にまとわりついてくる夜だった。

平日夜の零時過ぎだというのに、通りにはたくさんの男と女が溢《あふ》れ、街路樹の両脇《りようわき》にはカジノ、ディスコティカ、安酒場《バール》など、夜の店がずらりと軒を連ねている。どぎつい電飾のネオンがあちらこちらで自己主張し、軒先から流れ出てくる甘ったるいサルサの大音量と女たちの嬌声《きようせい》に、ストリート全体が包み込まれている。

クルマのフェンダーに身をもたせかけたまま舌を絡《から》め合う中年の男女。路肩に座り込みアグア・ルディエンテを回し飲みしている若者たち。

ディスコティカから流れ出て、なおも路上で踊っている混血女《ムラータ》の汗が、夜目にもうっすらと光って見えた。

裏通りで客引きをしているオカマの群れ。電話ボックスに寄りかかっている物乞《ものご》い……一見、刺激に満ちた動的な世界のように見える。が、その路上に淀むものは、ぬめるような停滞感だ。けだるい、といってもいい。

ストリートの上をふわふわと漂っている歓楽街の人影。

まるで夜の刹那《せつな》だけがとめどもなくつづき、夜明けは永久に訪れてこないような、そんな錯覚さえ覚える。やがて朝日が差し込んできたら、ここにいる人間も街も、彼らの脳ミソも、通りに溢れるサルサも、まるでアイスクリームのように溶けだして消えてしまう。そんな印象すら持った。

ハイスクールも最終学年になった、ある晩のことだ。

いつものようにカジノからの帰りの車中だった。

「幸せな連中だ……」

ピンク・ロードに屯《たむろ》する人影を眺めながら、ドン・バルガスが物憂《ものう》くつぶやいたことがある。

「何も考えていない。そのときさえ楽しければいい」

自国民に対する皮肉とも、自嘲《じちょう》ともとれる。問いかけとも、独り言ともとれる。隣に座っていた松尾はなんと答えたらいいか分からず、黙っていた。

ノビー、とドン・バルガスはさらに言葉をつづけた。

「おまえの両親は、この町を目指してアマゾンを遡《さかのぼ》ってきたんだったな」

「……はい」

たしかにそうだった。が、カリに住んでみて分かったことだが、この人口二百万を超える街で、日系人はわずか二百人にも満たない。それでもコロンビアで最大の日系人コミューンだった。

もともとこの国に入ってきた移民の絶対数が、少なすぎるのだ。

そして両親から聞いた話とは裏腹に、今のカリ市では、日系人イコール数多くの成功者、という構図では必ずしもないようだった。物成りのいい土地であることには間違いなかったし、そこに入植して成功を収めた日本人もたしかに戦前から戦後にかけては数多くいたらしい。

自らは市内に邸宅を構え、郊外にある広大な田畑を数多くの使用人を使って耕作させていた、かつての成功者たち。

だが、それら羽振りのいい日系人の多くは、松尾がこの土地にやってきたころには跡形もなく市内から消え失《う》せていた。

第一、家庭教師の佐藤からして、治安の悪いセントロの安アパートに一人で住んでいる。

なぜなのだろう、と時おり思っていた。

そんな松尾の思いを知ってか知らずか、ドン・バルガスはふたたび口を開いた。

「私がまだ子供のころには、小金持ちの日本人がけっこういた」つぶやくように言った。「戦前に移住してきた一世たちだ。無一文の状態から土地を開墾し、小作人同然の暮らしの中から苦労に苦労を重ねて、多くの人間が財を成した」

「……はい」

「だが、その財産や土地を継いだ日系の二世たちは、このカリの街で瞬《また》く間に落ちぶれていった。なぜだか分かるか？」

その理由を考えてみた。何も思い浮かばなかった。

「分かりません、セニョール」

ドン・バルガスはちらりと笑みを浮かべ、横目で松尾を見た。

「彼らはすでに、単に黄色い顔をしたコロンビア人にすぎなかったからだ」と、言った。「売春宿、カジノ、ビショ、ディスコティカ……飲む、打つ、買うのすべてが、この街には揃《そろ》っている。ゆるい育ち方をすれば、とめどもなく堕《お》ちてゆける場所だ。身を滅ぼすのに、たいして時間はかからない」

「………」

「あのサトウにしても、そうだ。私がまだ組織内で駆け出しのころ、あの男はたいそうな羽振りだったものだ。両脇にブロンドの娼婦《しょうふ》を侍《はべ》らせ、一回の勝負に何百万ペソも張っていた」

十年来の付き合いにもかかわらず、佐藤がその過去についていつも言葉を濁していた理由が、ようやく呑《の》み込めた。

未《いま》だに過去の自分を羞《は》じている——そう思った。

「世の中には、二種類の人間しかいない」ドン・バルガスはやんわりと言葉をつづけた。「分かっていない人間と、分かっている人間——目に見えている世界の表層だけをなぞる人間と、その表層の集合体から本質を見極めようとする人間だ。言っている意味、分かるか？」

なんとなく分かるような気がした。そんな松尾の表情を見て、ドン・バルガスはふたたび微笑《ほほえ》んだ。

「表層だけをなぞる人間でも、世間並みの成功は収めることができる。事象のみを捉《とら》え、その対処法を経験値として蓄積してゆく。そして、その経験値を元に未来に対処してゆく。少し聡《さと》い人間なら誰でもやっていることだ。だが、あくまでも意識はその表層レベルにいる。いわば処世術にすぎない。それでは本当に分かっているとはいえない。住む世界や国が変わり、就く仕事が変われば、それまでの話だ。以前の対処法は通用しない。が、その表層の集合体から物事の理《ことわり》を導こうとする者は、違う世界でも生き残ってゆく」

「………」

「物事がなぜそうなるのかを考える。その上で、想像する。分かるな？」

「はい」

「現実社会は、欲望を商品に変える人間とそれに金を払う人間で成り立っている。この街では、私たちシンジケート側の人間と、その他多くの能天気なコロンビア人のことだ。金は当然、欲望の錬金術師に多く集まってくる。それが世の習いだ。だが、この国にやってきた最初の日本人は、このシステムの罠《わな》には嵌《は》まらなかった。頭でははっきりとは分かっていなくても、体感として分かっていたからだ。私が思うに、物事の本質を見ていた。自分が依《よ》って立つ場所をわきまえていた。だから、この異国の地でも成功できた」

そのころ、松尾はすでに大学に進むことが決まっていた。むろん、ドン・バルガスの意向だ。首都ボゴタにある、ハベリアナ国立総合大学――この国における最高学府で、日本語文化を専攻することに内定していた。

ドン・バルガスは、ふとため息をついた。

「……おまえには、その日本人の古い部分がちゃんと息づいている。何が罠かを見極められる頭と、物事の本質を捉えようとする意識がある。そうでなければ、おまえを大学へなどやらない」

日本人――だが、なぜかこのときだけは、その言葉が妙に空々しく聞こえた。

「ボゴタから帰ってきたあかつきには、組織内にしかるべきポストを用意しておく。ゆくゆくは、私の下で働くこととなる」

松尾はうなずいた。この養父がマフィアのドンであることは、分かりすぎるほど分かっていた。だが、そのドンが自分をここまで育ててくれた。普通のコロンビア人には夢にもかなわぬ教育を施してくれている。ほかに縋《すが》る者などなかった。

今もそうだ。

飼い犬と同じだ。鎖で繋《つな》がれた半円の中を、ぐるぐると回っている。逃げ出す先などない。ちょうど、この深夜のサーキットを飽くこともなく回りつづけるように。

湾岸線から東京港トンネルを抜けたところで、はっきりと集中の糸が切れ始めたのが分かる。

これ以上、今の走りをつづけることは危険だ。松尾はふたたび時計を見る。午前二時四十分――終わりだ。

大井ジャンクションからUターンし、羽田線を上ってゆきながら、ゆっくりと油脂系の冷却《クーリング》に入った。

天王洲《てんのうず》界隈《かいわい》の横を百キロ前後で流しているときに、電子音が鳴った。

クーラー吹き出し口のトレイの中で、携帯が青いダイオード光を発している。公衆電話――だが予感はあった。

通話ボタンを押す。

「はい」

くすりと笑った吐息が、送話口の向こうから聞こえてきた。

「この夜中に、どこをほっつき歩いている」

半年ぶりの挨拶《あいさつ》が、いきなりこれだった。

「いつ、着いた」松尾は聞いた。

「昨日の午後」相手は答えた。「連絡が遅くなった」

松尾はあきれた。遅くなったもなにも、あと一時間もすれば東の空が白み始める時間だ。

「まあ、いろいろとあってな」相手はそれ以上説明しようとしなかった。「で、いつ会う」

「明後日は、どうだ」松尾は答えた。「夜の八時以降なら、時間をとれる」

「場所は」

「――新宿って、分かるか」

鼻で笑う声が聞こえた。

「バカにすんなよ」相手は言った。「これでも知識は詰め込んできている」

東京の地理は、ということだろう。

「なら、その駅《エスタシオン》、東南口で、八時半だ」

「山本のオヤジにも連絡しておく。じゃあな」

それで電話は切れた。

浜崎橋《はまざきばし》ジャンクションを西に折れ、都心環状線外回りへと合流する。芝公園《しばこうえん》脇を通過するとき、右手の高速脇に、地上三十階建ての高層ビルがうっそりと浮かび上がって見えた。

思わず吐息を洩《も》らす。

日本国政府を敵に回すゲーム——初手の舞台は、この高層ビルだ。そのための準備も、ほぼ終わりに近づいている。

だが、今も本当にそれを望んでいるのか。自分でも分からない。いったんカードが配られれば、フォールすることなど不可能だ。相手の出方に応じてチップは上限なしで上積《レイズ》みされ、挙句にロストすれば、松尾はたちまち骸《むくろ》へと変わる。

それでも松尾は、このゲームに乗った。

死んだ親のためではない。

自分のためだ。

自分の過去に、どこかでケリをつけてしまいたかった。そうしない限り、松尾は一生、世の中への恨みを抱えたままの負け犬だ。

3

　ここ三ヵ月ほど、時おり後頭部に妙な鈍痛を覚える。

「………」

　山本はその日も定時に家を出た。

新富町《しんとみちょう》にあるビルメンテナンスの会社に、朝七時に出社する。同じような初老の同僚とともに、ロッカー室で冴《さ》えないブルーの作業服に着替える。

清掃道具を山積みしたマークⅡ《ツー》のバンに乗り込み、いつもの現場へ国道一五号線を芝公園二丁目まで南下してゆく。途中、銀座の中央通りを抜ける。和光《わこう》や三越、松坂屋がひしめくこの界隈――山本は以前、新聞で知った。ずいぶんと相場が下落したとはいえ、この周辺の地価は坪当たり数千万円もする。アマゾンの奥地なら、それこそ東京都の広さがすっぽりと買える。サンパウロの目抜き通りであるパウリスタ大通りでも考えられない値段だ。

　運転している相方は、大手の飲料会社を昨年定年退職した男だ。山本の勤めるビルメンテ会社へは、ハローワークから紹介されてきた。この男と組んでから、山本は自分で社用車のハンドルを握ったことがない。

「そういえば、田中《たなか》さん、ね」男は山本の偽名を呼び、のんびりと口を開いた。「私の初孫が、今年七五三なんですよ。お祝いに何かプレゼントしようと思ってましてね」

この男はいつも、そんな山本とは別世界の、彼にとっては愚にもつかぬ話題を振ってくる。ぎりぎりのタイミングで平成不況のリストラのあおりも受けず、同じ会社で生真面目《きまじめ》に四十年近く勤め上げてきた太平世代のなれの果て——それはむろん、長い人生の中では時おり苦悩することもあっただろうが、基本的にはおのれの過去を、そして自分の現在を取り巻く状況を、何一つ疑ってはいない。

そんなこの男のお気楽さ加減には内心ウンザリとしながらも、反面、その無防備さがありがたかった。

こいつに、おれの正体がばれることはない——。

山本は曖昧《あいまい》に笑ってその話題を受け流した。

山本は二年前に帰国後、この偽《にせ》の身分を手に入れた。新宿中央公園を数日うろつき、その界隈のホームレスの顔役から、田中伝三《でんぞう》という人間の戸籍を五十万で譲り受けた。田中という浮浪者は、一ヵ月前の師走《しわす》にダンボールの中で冷たくなっていた。中央公園の顔役は死体を無縁仏として区役所に届け出て、この男の情報を山本に売った。むろん、親族が二親等まで死に絶えているのも確認済みだった。

山本はまずその男に成りすまして、武蔵野《むさしの》市にある安アパートの仮契約を行った。

それから田中伝三の最後の住民票登録場所であった荒川区へ行き、役所で住民票の転出届を済ませる。そのまま武蔵野市役所に直行し、転入届を出すとともに、新しい印鑑登録も行う。国民健康保険に加入し、新しい身分でアパートの本契約を済ませた。同じくその名義の印鑑で、銀行に行って預金通帳を作り、家賃や電話、光熱費の自動引落しの手続きを行う。最後に、府中《ふちゆう》にある運転免許試験センターで何度か試験を受け、普通免許を取得した。

これで名実ともに、日本で活動する山本の分身が出来上がった。

霞が関にある外務省の庁舎が耐震工事と通信関係のインフラ整備のため、二年ほど閉館されていることは、新聞で読んで知っていた（二〇〇三年当時）。その移転先も調べ上げた。

芝公園二丁目にある三十階建てインテリジェントビルの、一階から二十四階までを仮庁舎として使用していた。ちなみに二十五階から三十階までは高額賃貸マンションとなっており、外資系企業のトップや各国の公使などが、その居住者名簿に名を連ねていた。

『芝NSビル』と銘打たれたその移転先は、旧財閥系の大手不動産会社が新築したものだった。

通常この種のディベロッパーは、その下部組織にいくつもの関連子会社を抱えている。

アオキで買った一張羅《いっちょうら》のスーツを着込み、その本社がある青山へと出向いた。美人受付嬢の鎮座したエントランス脇《わき》の棚の中から、事業案内のパンフレットを手に取った。パラパラとページをめくり、その末尾にあった関連会社の項目に目を通す。そこには案の定、山本が現在勤めているビルメンテ会社の名前があった。

あとは簡単だ。こういったビル管理や内外装の清掃を請け負う会社は、この不況下でも常に人手不足に悩まされている。無理もない。トイレを清掃したり、オフィスに溜《た》まったゴミ出しを行ったりするのが、その仕事内容なのだ。

最寄りのハローワークに行って、清掃業者の欄を探すと、すぐにこの会社の名前が見つかった。仕事先の場所も選択項目として出ていた。西新宿、渋谷、幕張《まくはり》、埼玉新都心、新横浜、そして港区の芝公園――どうやら間違いなさそうだった。

履歴書をでっち上げた。本籍地にあった岩手県花巻《はなまき》市の高校を卒業後、上京……ここまでは本当だった。上京後の勤め先は、今は潰《つぶ》れてなくなっている社名を列挙し、ここ一年ほどは職にありついていないカタチをとる。嘘《うそ》だと調べようがない。一次審査後の面接でも、その線に沿って受け答えをした。勤め先がこの不況下で倒産し、路頭に迷いかけている初老の男という演出。

結果は合格だった。勤務先希望を芝公園、と出した。

そこまで手配りをして会社に潜り込んだことを、この能天気な同僚は、まったく知らない。

「娘っ子だから、やっぱり気の利《き》いた服とかがいいんでしょうかね」

そんな善人丸出しのセリフを聞きながら、山本は内心苦笑した。

もしこの男が本当の目的を知ったら、腰を抜かすだろう。

新橋のガード下をくぐったクルマは、第一京浜沿いに浜松町一丁目の交差点を抜け、二丁目の交差点から脇道へと右折した。最初の十字路を左折し、さらにその先のT字路をふたたび左折することにより、この外務省の入った芝NSビルの区画を、ぐるりと回り込むカタチとなる。一方通行ばかりの小路ゆえ、こういったルートをとらざるをえない。

芝NSビルの正門にはゲートが設けられており、警視庁から派遣されている巡査が二人、そのゲート前に常駐している。

運転席の相方が入館証明書を警官に提示している間、山本はサイドミラーの中に切り取られた首都高速の高架を見ていた。

この芝NSビルは、ちょうど首都高速の高架に隣接するような位置取りで聳《そび》えている。その間の距離は、五十メートルもない。当初の計画どおり高速道路上からこの建物を標的にすることは、やはり不可能ではない。

束《つか》の間《ま》の入館チェックが終わり、ゲートが上がった。クルマはそのままNSビルの地下駐車場に降りてゆく。

この芝NSビルには、土日を除き毎日清掃業務に訪れる。

バンの荷台には、大きなキャンバス地の収納ボックスが二つ横積みされている。山本と相方の掃除道具だ。その収納ボックスを駐車場の床に下ろしたあと、滑車の付いている基底部を下にして、エレベーターまでゴロゴロと持ち手を押してゆく。

「………」

ふたたび後頭部に鈍痛を覚えた。軽く緊張すると、最近しばしばこうなる。

二人はエレベーター前で別れた。

三十階から清掃を始める山本は、十六階以上に直行するエレベーターに乗り込む。十五階から下を清掃してゆく相方は、下部フロア専用のエレベーターに乗り込む。

ドアが閉まり、最上階のボタンを押す。山本は、思わずほっと一息ついた。

実はそのボックスの中に、清掃器具にはまったく関係のない巻き筒が一本入っている。広げると、幅一メートル、長さ二十メートルほどもある細長いシートになる。ごく薄い、硬化ビニール製のシート。シートの両端には、それぞれ直径三十四ミリの鉄パイプを埋め込んである。掛け軸のような作りになっている。

同様の巻き筒を、山本はすでに二本、ビル内にこっそりと持ち込んでいた。

その緊張のせいで鈍痛がしているのだと感じる。後頭部に感じる明らかな痛覚。しかし、この日本では精密検査を受けることはできない。CTスキャンでは頭蓋《ずがい》のカタチがデータとして残る。採血で血液型とDNAまで調べられる可能性もある。事件発覚後の今後の展開を考えた場合、山本本人としての証拠を残すのはまずい。

「…………」

エレベーターが最上階の三十階で停まり、収納ボックスを昇降機の床から通路へと運び出した。

いつもの作業ローテーションでは、最上階から十六階までの共有スペースの清掃を終えて、相方とは正午ちょうどに、地下駐車場で落ち合うことになっている。山本は腕時計を見た。午前八時――あと四時間ある。それでもゆったりと構えている時間はない。

行き止まりの非常階段まで進んでゆく。ポケットからマスターキーを取り出し、屋上へと通じるドアを開ける。

収納ボックスを非常階段内部の踊り場へと移動させ、ドアをふたたび閉める。閉めたあと、尻《しり》ポケットから出した軍手を嵌《は》める。ボックスの中から巻き筒を抜き出し、それを抱えたまま屋上への階段を上っていく。

屋上出口のすぐ脇の壁に、配電室の大きな扉が埋め込まれている。さらに合鍵《あいかぎ》を使ってその扉を開ける。暗い内部には無数の配電盤があり、ビル内部の至るところから集まってきたダクトが集合している。

そのダクトの陰には、以前に持ち込んだ二つの巻き筒はむろんのこと、ほかにも隠している物品がある。

日曜大工店で買い求めたコンパクトな鼠色《ねずみいろ》の万力《まんりき》が二個。

大型釣具店で購入したカジキマグロ用のグラスファイバー製釣り糸が、一巻き二十メートル分ほど。アウトドアショップで手に入れた、直径三十ミリのカーボンファイバー製折りたたみ式ポール——ゴム紐《ひも》により、六本ある長さ九十センチのパイプが瞬《また》く間に繋《つな》ぎ合わされ、五メートルを超す一本の長いポールに早変わりする——それが二セット。

山本は今日運び込んできた巻き筒を、それらの脇に下ろした。

計三本——だが、もうあと二本、運び込まなければならない。さらに、山本が自宅で製作に取りかかっているタイマー付きの時限発火装置と、この装置に連動した市販の打ち上げ花火も必要だった。

次の行動に移る。二つの万力、ボール、釣り糸を両脇に抱えて、配電室を出る。合鍵で屋上のドアを開錠する。扉の開口上部に取り付けてあるセキュリティセンサーに、マグネット式のセンサー遮断装置をぺたりと貼《は》りつける。十五万円。秋葉原で買った。これで警備会社の電磁セキュリティシステムは、このドアに関する限り無力化する。ドアを開け、屋上へと足を踏み出す。

芝NSビルの屋上は、長さ四十メートル、幅二十メートルほどの巨大なスペースになっている。高さ一メートルほどのビル外壁の縁《へり》が囲んでいる。巨大なファンが何基もコンクリートの床に埋め込まれ、網の中でゆっくりとプロペラが回転している。その間を縫うようにして、ビル正面側に面する外壁の縁《ふち》まで歩いていった。

外壁の縁は、外側に向けてわずかに傾斜している。試しにゴルフボールをその上に置いてみたことがあった。ボールは幅四十センチほどの縁をコロコロと転がり始め、危うく地上に落下しそうになった。山本は満足を覚えた。

万力を設置する場所には、以前にマーカーで印を付けておいた。幅は五・一メートル。マーカーの痕《あと》に二台の万力を仮設置してみることが、今日の目的の一つだった。

まず一台目を外壁の縁に仮止めする。次いで二台目を設置する。

カチャカチャとドームテントのポールを繋ぎ合わせる。五メートル四十センチになったポールを、二つの万力の間に渡す。その両端をバイス可動部で軽く締めつける。

次の行動に移る。

ズボンの腿《もも》ポケットからS字になったフックを三本と、糸切りバサミを取り出す。釣り糸の両先端にワッカを作り、S字フックに引っかける。フックをポールの右端に引っかけ、釣り糸を後方の大型ファンの埋め込まれた場所まで引っ張ってゆく。ファンの表面を覆《おお》う金網に二つ目のS字フックを引っかけ、釣り糸を折り返すようにして通す。その釣り糸をふたたび外壁の縁まで引っ張ってゆき、三つ目のフックを使ってポールの逆側に引っかけた。

ファンの金網の目を起点にして、釣り糸がポールの両端でV字形に張られたカタチとなった。

ポールの両端を万力から外し、外側の縁まで軽く押し出してみる。ポールは外側に向けて転がる。ピンと釣り糸が張りつめ、ポールは縁の中ほどで止まる。

その結果に、山本はふたたび満足を覚えた。

時計を見た。八時二十分。

万力とポール、釣り糸を外すのに、五分とかからない。

束の間、屋上からの景色に見入った。

密集するビル群の先に芝浦《しばうら》桟橋が見え、その向こうに東京湾にぽっかりと浮かんだレインボーブリッジを望むことができる。

六月の明るい陽射《ひざ》しが燦々《さんさん》と降り注いでいる。空は抜けるように青い。

モダンで美しい景色だとは思う。だが、やはりそれ以上の感慨は湧《わ》かない。

二十一世紀になったこの国の様相は、いつも彼に対してよそよそしい。というより、彼の心はいつまで経《た》ってもこの東京の景色に馴染《なじ》もうとはしない。

彼が十五歳で日本を出たとき、郷里はまだ茅葺《かやぶ》き屋根と裸電球の世界でしかなかった。自家用車さえ滅多に走っていない時代だった。

そんなことを考えるとき、なぜかふと思い出されるのは、あのアマゾンの大地だ。

懐《なつ》かしい、というわけではない。

むしろ唾棄《だき》すべき、思い出したくもない過去だ。

苦い時間だけが詰まった、グァマ河のほとり——ヒルに身体《からだ》中の血を吸われ、大量の藪蚊《やぶか》に悩まされながら泥まみれになって腐食土の大地を開墾した。殺人的なまでの熱気と、暴力の気配さえ漂ってくる密林の緑の魔境《インフェルノ・ヴェルデ》。

入植者たちは次々と逃げ出し、残った者たちもアメーバ赤痢やマラリアに冒され、パスポートを取り上げられ、奴隷《どれい》同然の境遇で赤貧に苦しみながら死んでいった。

むろん山本の両親もそうだ……。

圧倒的な大自然の前では、ヒト一人の存在など明らかに軽いものだと思い知らされる。涙さえも出ない。

肌に光る玉の汗。泥の臭《にお》い。野鳥の鳴き声。逆流する大河の波音《ポロロッカ》……生々しいそれらの記憶に比べれば、今目の前にしている人工的な世界など、うすっぺらく取り澄ましているだけの、炭酸の抜けたソーダ水に等しい。

ふたたび時計を見る。午前八時二十五分——機材の撤収に取りかかった。

4

南回帰線の下、標高七百メートルの高原に、南半球随一の大都会が拡《ひろ》がっている。サンパウロだ。

現在、市内の人口だけで約千七百万人。グラン・サンパウロという周辺の商圏人口も含めると、約二千八百万人という途方もない巨帯都市《メガロポリス》に膨れ上がる。なだらかな丘陵地帯にカーテンウォールの高層ビル群が乱立し、ビルの谷間を高速道路が縦横無尽に駆け抜けている。

サンパウロの中心部から西に五キロほど行ったところに、高級住宅街であるブタンタン地区がある。

その高台に、衛藤の家はある。五百坪の敷地に塀を張り巡らし、地上三階、地下一階の邸宅は、外壁にミナス・ジェライス産のエッジストーンを惜しげもなく使っている。

野菜御殿《カステーロ・デ・ヴェルドウーラ》、と近隣の住人は呼んでいた。

事実、巨大青果市場――セ・アーザでの成功がもたらしたものだ。

彼の寝室は邸宅の三階、北東の角部屋にあった。

ベッドに横たわったまま、右手に持っていたリモコンのスイッチを触れるようにして押した。電動ベッドの半分がゆっくりと持ち上がり、その力を借りてようやく上半身を起こす。

首だけを窓のほうに向けた。

開け放った窓枠の両側で、レースのカーテンが揺れている。窓の向こうに、朝靄《あさもや》に煙ったサンパウロの中心街が切り取られている。

枕元《まくらもと》の携帯《セルラー》が鳴った。三ヵ月前にケイが手に入れてきたプリペイド式。名義はサンパウロ郊外にある貧民窟《ファベーラ》の住人――金を摑《つか》ませてセルラーを買わせたという。むろん相手はケイの正体を知らない。セルラーを手に取り、小刻みに震える指で通話ボタンを押す。耳に当てる。

「親父《パパイ》か？」

「そうだ《シン》」

「明日、松尾と山本のオヤジに会う」ケイはすぐに本題に入ってきた。「何か伝えておくことはないか？」

「成功を祈っているとだけ、伝えてもらえればいい」

「分かった。用件はそれだけだ。今後おれからの電話はない。切る」

「待った。予定に変更はないのか？」

「第一段階は、七月の十日だ」ケイは答えた「夕方の衛星放送を楽しみにしてな」

計画を最初に思いついたのは、このケイだ。衛藤もそれに乗った。だが、その志半ばで、こんな身体《からだ》になってしまった。

「……少しでも不安要素があるようなら、ためらわず手を引いていいんだぞ」

受話口の向こうから、笑いを含んだ声が返ってくる。「悔いているのか？」

「九三年、下準備をしてきた。今さら不安もないもんだ」ケイは言った。

「それはない」弱々しく衛藤は答えた。「ないが、ただ憂鬱《ゆううつ》なだけだ」

ふたたび笑い声が聞こえる。

「ま、悩むのはあんたの勝手だ」ケイは、育ての親である衛藤のことをときどきそう呼ぶ。「後戻りはできない」

「分かっている」

「なら、考えるだけ無駄なことだろ」

「そのとおりだ」衛藤もつい苦笑する。「おれは、どうかしている」

「気が弱くなっているだけだ」ケイがわがことのように答えた。「食って寝て、よく養生しろよ。じゃあな」

それで電話は切れた。衛藤はセルラーを枕元に戻した。直後、メイドが衛藤の寝室に入ってきた。ころりと太った体格の、気のいい混血女《ムラータ》――。

昼食は何時に持ってくればいいか、と彼女は聞いた。いらない、と衛藤は答えた。腹が減っていない、と。

メイドはかすかに眉《まゆ》を寄せた。

「ちゃんと食べないと身体によくないですよ」

「分かっている」衛藤は答えた。「だが、いらない」

「でも、ケイさんにも言われているし」

「大丈夫《バレ》。もし腹が減ったら、そのときに呼ぶから」

「……分かりました。セニョール」

メイドが部屋から出てゆき、衛藤はふたたび一人になった。さらさらとカーテンが揺れている――。

＊

三十年前、クロノイテの入植地でケイを拾った衛藤は、まずはマナウスへと取って返した。

マナウスへ着くまでの一週間の船旅で、半ば野生化したこの少年の言語能力と社会性をある程度見極めることができた。

ポルトガル語は理解力ゼロ。最初の数日は、日本語も満足に喋《しゃべ》れなかった。が、言葉は使わないでいると忘れてゆく反面、あらためて使い始めると次第に単語を思い出し、発音も明瞭《めいりよう》になってくる。衛藤はそれに期待していたが、それでも結果的には五歳児ほどの語彙《ごい》しか持ち合わせていないようだった。

飯を食べるときも、フォークとナイフがあるにもかかわらず、手摑みで食べる。それもグチャグチャと音を立て、まるで獣のような食べ方をする。ひどいものだった。心が暗くなった。

ただ、健康面にはまったく問題がないように思えた。それどころか、走る、跳ぶといった運動能力は大人顔負けで、聴力や視力も非常に鋭敏だった。道理だと感じた。

両親が亡《な》くなってからの一年半——最初の一年はインディオに拾われてともに暮らしていた。だが、その後の半年は入植地に舞い戻り、たまにそのインディオに会いに行く以外は、ほぼ一人で暮らしていた。

インディオの森の知識を身につけ、食べ物を求めて小動物を追い、魚を獲《と》り、木の実を拾い、フルーツをもぐ——たった一人で密林の中を徘徊《はいかい》しつづけていたのだ。いつか来る日本人を待って——。そんな生活の中で、知覚や運動神経を自然に養ったのだろう。

マナウスに戻った初日のこの少年の様子を、衛藤は今もありありと記憶している。

鏡面のように広がったネグロ河の向こうに、マナウスの街並みが次第に浮かび上がってきた。少年は船首に突っ立ったまま、その光景に一心に見入っていた。初めて見る大都会の風景——それに、ひたすら驚いている。

やがて船が波止場に着いた。数多くの商船、無数の短艇。桟橋の上は、それら汽船に乗り込む客と人夫たちでごった返していた。

桟橋を抜けて陸地に降り立つと、アドウフォ・リスボア市場がある。肉や野菜、魚介類の巨大な市場《メルカド》——雑踏はさらにひどくなる。

それまで手を引いていた少年が不意にうずくまった。

どうした、と衛藤は問いかけた。だが、少年は膝小僧《ひざこぞう》を抱えるようにしてしゃがんだまま、反応を示さない。その肩が小刻みに震えている。

明らかにその様子がおかしかった。

どうした、おい——。

そう問いかけようとした瞬間、少年が嘔吐《おうと》した。その路上に何度も吐《と》瀉物《しゃぶつ》をぶちまけた。通行人たちが大げさな悲鳴を上げ、眉をひそめる。

酔ったのだ、と、あとになって悟った。

今までジャングルしか見たことのなかった少年が、路上を埋め尽くさんばかりの人の数と無数の建物、そして至るところから響いてくる騒音を、いきなり目《ま》の当たりにする。

その圧倒的な情報量を知覚が処理できず、結果、身体に拒否反応が現れる。タクシーに乗り、宿に向かっている間も少年は吐きつづけた。最後には胃液も枯れ、ただ苦しそうに胸を掻《か》き毟《むし》るだけだった。

少年がようやく落ち着きを取り戻した三日後、飛行機に乗ってベレンへと飛んだ。約束どおりエルレインは待っていた。

少年を引き合わせ、その履歴を語った。そして、この子を自分たちで育てていこう、と。

彼女は目を丸くして衛藤の話に聞き入っていたが、

「あんたが戻ってきた途端、子供ができた」

と弾《はじ》けたように笑った。

いかにもブラジル人らしい鷹揚《おうよう》さ――衛藤はほっと胸を撫《な》で下ろした。拒否はされないだろうと思っていた。それでも実際の反応を見るまでは、不安がなかったといえば嘘《うそ》になる。

エルレインは少年に笑いかけ、手招きした。が、少年は部屋の隅から二人の様子をじっと窺《うかが》ったまま、動こうともしない。小動物のように警戒していた。

エルレインは衛藤を振り向いた。

「名前は、なんていうの？」

「ケイイチ、だ」衛藤は答えた。「ケイイチ・ノグチ」

彼女はふたたび少年に向き直り、もう一度手招きをした。

「こっちへおいで《ベニャ・カ》、ケイイチ――ケイ、ケイ」

少年は身じろぎもしない。が、エルレインはケイ、ケイと何度もその名を呼んだ。

サンパウロに戻った衛藤は、新しい家族のため小綺麗《こぎれい》なアパートメントに移った。

会社はまだ軌道に乗り始めたばかりで、衛藤の日常は忙しかった。

自然、ケイの養育はエルレインに任せっぱなしとなった。むしろ、それでいいと思っていた。

この国で生きてゆく以上、まずはしっかりとポルトガル語を覚えなくてはいけない。

だが、衛藤自身はケイが日本語が多少分かることを知っているせいで、意思の疎通《そつう》についい母国語を使いがちだ。それではこの少年のためにならないと思い、意識的に教育を任せた部分もあった。

エルレインは予想以上によくやっていた。我慢強かった。ケイはままならないポルトガル語での意思疎通に苛立《いらだ》ち、しばしば暴れた。皿を割り、テーブルを叩《たた》き、獣のような唸《うな》り声を上げる。そんなとき、彼女は叱《しか》りつけるわけでもなく、暴れ狂うケイをただ抱きしめる。その癇癪《かんしゃく》が静まるまで、じっとその両腕の中に抱いている。そして唄《うた》うように何かを諭す。彼女のその態度は衛藤に接するときの野放図さとはまるで違う。いったいこの大柄な女のどこに、そんな辛抱強さがあるのかと密《ひそ》かに感心した。

ケイは徐々にポルトガル語に馴染《なじ》み、同じようにエルレインにも懐《なつ》いていった。

一年後、エルレインとの間に娘が生まれた。初めての自分の子供だった。

マリア、と名づけた。

嬉《うれ》しかった。人並みな幸せとはこういうことなのだろうと思った。と同時に、若干の気がかりもあった。

だが、衛藤の見る限り、エルレインのケイへの愛情は変わらなかった。

他人の子も自分の子も、等しく神から愛されて生まれてきたのだという考え方が、ブラジルにはある。

特に北部アマゾン人《びと》には、この傾向が強い。

赤貧洗うが如《ごと》き生活の中でも、よその子供を平気で引き取り、わが子同様に可愛《かわい》がって育てる——そんなおおらかさを、このエルレインも持っていた。

反面、その裏返しでもある欠点も彼女には多かった。

家の掃除は毎日のようにやっていたが、四角い部屋も丸く箒《ほうき》をかけるだけ。生活費を渡してもおよそ貯金という感覚はなく、それを毎月あるだけ使ってしまう。買い物に出れば近所の女たちと一時間も二時間も立ち話をして、いつまでも帰ってこない。万事に大雑把で、あまりにもこだわりがなさすぎる。そこが衛藤を時おり苛立たせた。

それでも総体としてみれば、幸せな生活だったといえる。商売も順調で先々の不安もなかった。そんな環境の中、ケイも下の娘のマリアも育っていった。

ケイはといえば、大きくなるにつれ、別の意味で手がかかるようになった。

十歳ごろから、近所や学校の悪童たちと頻繁に喧嘩《けんか》をするようになったのだ。

それも単に摑み合うだけではなく、殴り、蹴《け》り、挙句はブロックの欠片《かけら》や鉄のパイプまで持ち出して、血塗《ちまみ》れになるまでやる。そのやり口は、とても子供の喧嘩といえる代物《しろもの》ではなかった。身体中に生傷が絶えず、ときには頭部から血を流しながら帰ってくることもあった。そのたびにエルレインは涙をこぼし、幼い妹は怯《おび》えたような視線をこの兄に向けた。

喧嘩の原因ははっきりしていた。

移民国家ブラジルは、国民のほとんどを混血種が占める。白人、黒人、インディオの血が何代にもわたって雑多に交配した結果、その本来の純血種というものは、今や絶対的な少数に成り果てている。現に娘のマリアからしてそうだ。浅黒い肌に栗色《くりいろ》の巻き毛、長い睫毛《まつげ》に囲まれた薄いグレーの瞳《ひとみ》を持っている。

そんな社会の中で、もともと少数派である東洋人――それも日本人の純血種というのは、まるで異星人のように目立つのだ。

加えて、ブラジル社会における一般的な日本人のイメージがそれに拍車をかける。よく言えば勤勉で義理堅い。悪く言えば真面目《まじめ》一本槍《いっぽんやり》……サンバのステップもろくに踏めず、およそ人生を笑って生きるということを知らない。混血種特有の野育ちの逞《たくま》しさもなく、暴力沙汰《ざた》にはからきし弱い。

衛藤が言うまでもなく、ケイは顔の彫りが多少深いとはいえ、どこから見ても純然たる日本人だった。人種差別というほど大げさなものではない。が、当然のようにその容貌《ようぼう》は、同年代の子供たちのからかいの的となった。

ごく普通の日本人子弟なら、そんなからかいの言葉を無視する。あるいは無視できないまでも、我慢して受け流す。日本人に限らず、混血種が多数を占めるブラジル社会では、純血種を保ったままの新移民にはよくあることだからだ。

が、どういうわけかケイは、ほかの日本人子弟のように怒りを少しでも堪《こら》えるということができないようだった。

嘲笑《ちょうしょう》を受けるや否《いな》や、その相手に飛びかかる。言葉はない。いきなり暴力に訴える。腹を殴り、足払いをかけ、倒れた相手に馬乗りになって、その顔に何度も拳《こぶし》を浴びせかける。相手が泣いて許しを請おうとお構いなしで、気を失うまで殴りつづける。まだ子供とはいえ、そのやり口にはおよそ人としての寛容さというものがまったく感じられない。

そこに、この少年の異常な生い立ちを衛藤はどうしても感じてしまう。

幼くして両親を亡くし、暗いジャングルの中で一年半もの間——特に最後の半年は——人とほとんど交わることもなかった。役人への復讐《ふくしゅう》のみを考え、小動物を殺して生皮を剝《は》ぎ、果物をもぎ、木の実を拾って飢えをしのぎつづけた。その過酷な世界では、優しさやほかの者への思いやりという情感は、およそ不要のものだったのだろう。

のちに、一種の境界例だと悟った。一見常人となんら変わることはないが、ふとしたきっかけで内面にある暗い異常さが噴き出してくる。

子供の世界でも容赦のない暴力に和解などない。恨みを生み、新たな暴力を呼ぶだけだ。

徹底的にやられた子供たちはケイを憎悪《ぞうお》し、自分の兄や同じ悪童仲間の年長者に助太刀を頼む。挙句、集団に襲われ、足腰の立たなくなるまで半殺しの目に遭う。

それでもケイの心はおよそ萎縮《いしゅく》というものを知らないようだった。集団にやられたあとには、必ずその一人一人への報復を倍返しにしていった。それも、体格で勝る相手などにはいきなり角材などで殴りかかるという酷薄さだ。

学校の先生から、あるいは近所の知人からそんなケイの所業を知らされるたびに、衛藤はこの少年をこっぴどく怒鳴りつけた。

「ケンカをするなとは言わん」つい、日本語が出る。「だがおまえは、ほどというものを知らんのか」

そんなとき、ケイはうんともすんとも言わない。なぜか衛藤に対しては無口すぎる少年だった。底光りする瞳で突っ立ったまま、衛藤をじっと見ていた。反省の色など微塵《みじん》も感じさせない、まるで他人でも見遣《みや》るかのような冷め切った視線――ついカッときて手を上げることもあった。マリアは火がついたように泣きだし、エルレインが台所から飛び出してきて、その大柄な身体《からだ》でケイの身を庇《かば》う。

「叩くのはやめてよっ」と、泣きながら喚《わめ》く。それからケイを見て、「あんたもちゃんと謝りなさい」と、一喝する。

ブラジルでは母親が一家の中心だ。ケイも衛藤もその剣幕に押され、いったんはそれで場が治まる。

が、根本的な解決にはなっていない。一週間もすると、ケイはまた性懲《しようこ》りもなく新しい生傷を作って帰ってくる。衛藤はまた叱りつける。その繰り返しだった。

かといってケイに優しい部分がなかったかといえば、そうでもない。妹の面倒もよく見ていたし、エルレインが病気になったときなど、学校が終わるとすぐに家に帰ってきて、心配そうにそわそわとその様子を窺《うかが》っていた。

「…………」

衛藤はそこに、この少年の自分に接してくる態度と、エルレインやマリアに日ごろ接している態度の違いを見た。

ケイがこの文明社会に完全に馴染むまでの数年間、衛藤は意識的にこの少年に関わらなかった。放っておいた。日本人としてより、まずブラジル人としてこの世界に馴染むことが大事だろうと考えていたからだ。

少年が精神的に最も不安定だったこの時期に、衛藤はその心の中に分け入ろうとはしなかった。エルレインはそれをやった。ほんの子供だったマリアもごく自然な感情で、お兄ちゃん、と慕った。その違いだった。

この時期の衛藤のケイへの接し方が、それ以降の親子関係を決定的なものにした。加えて、衛藤のケイを見る視線もある。エルレインにとっては、ケイもマリアも等しく可愛いわが子だった。だが、衛藤は違う。むろんケイを愛していた。心底大切に思っていた。だが、その愛する気持ちの中には、常にあのクロノイテで果てた野口への感情が重なっていた。自分を自殺から救ってくれた恩人の忘れ形見——自然、わが子というよりも、そういう目で見ていた。

多少厳しすぎても、絶対に一人前の男として立派に育て上げなければならない。その使命感にも似た感情が、衛藤の心を強《こわ》ばらせた。空回りさせた。マリアに接するときのようにやわらかくではなく、つい厳格に接しがちだった。

衛藤の商売は順調に拡大しつづけていた。

毎年二割から三割増しで売上が伸び、ケイが小学校を卒業するころ、一家はそれまでの下町から現在のブタンタン地区に土地を買い、引っ越した。

ここの住民はよそよそしい、下町のほうが楽しかった、とエルレインは時おりこぼしたが、それでも衛藤はこのブタンタンでの生活に基本的に満足していた。戦後移民のおれもついにこれほどの家を持てるようになったかという感慨もある。周辺の治安も格段に良くなった。

だが、なによりも嬉《うれ》しかったのは、ケイの悪行がひとまず表面的には収まったことだ。

金持ち喧嘩せずとはよく言ったもので、この地区の住民は特に親しい近所付き合いもしないかわりに、礼儀もよくわきまえていた。当然、子弟たちもそうだった。学校へ行っても、人種のことでケイをからかう人間はそういなかった。からかうにしても、ごく控えめに、ちらりと匂《にお》わせるだけだ。ケイもそれくらいは我慢できるようになっていた。エルレインもひどく喜んだ。

死んだ野口の骨柄《こつがら》を受け継いだのか、中学を卒業するころには、ケイは衛藤の背を超え、肩幅も大人同様にがっちりとしてきた。頭も悪くないようだった。

血が繋《つな》がっているわけではない。言葉に出すわけでもない。だが内心、その成長ぶりがわがことのように嬉しかった。マリアは実の子だ。目の中に入れても痛くないほど、可愛いと思っているわが子だ。

だが、それと同じように、あるいはそれ以上にケイのことも気にかけていた。大事に思っていた。

　ケイは自分と同様、どこから見ても正真正銘の日本人だった。それも尊敬していた友人の血を分けた子供だ。日ごとに逞しくなってゆくケイに、ブラジルに来たばかりの若き日の自分をどこかで重ね合わせていた。

　そういう意味では自己愛の変形といっていい。

　事実、ブラジル人として完全に日常に馴染んだケイに、衛藤は日本語の家庭教師をつけようとさえした。漢字の読み書きを教え、日本の本を読むことによって、母国の文化を伝えようとした。

　ふざけんな、とケイは怒り、あなたナニ考えてる、とエルレインもあきれた。が、衛藤はその考えに固執した。大喧嘩になった。

　エルレインは口を尖《とが》らせて言う。

「ケイはこの国で生まれて、この国で育ったの。今からもここで生きてゆく。肌が黄色くても、もうブラジル人なのよ」

「…………」

「あたしは先祖がどんな人間だったか知らない。でも平気で生きていける。どうして日本人ということにこだわるの？　そんなに大事なこと？」

衛藤はむっとしたまま黙りこくっていた。エルレインを愛していた。だがこの気持ちは彼女には分からない。二十年近く前、日系一世としてこの異境の地に飛び込んできた。あのときの気持ちは分かるはずがない。だから黙っていた。

その意固地さが伝わるだけに、エルレインの怒りは激しかった。

「あんたのやろうとしていることは、押しつけよ」

そう、切って捨てた。

一瞬、我を忘れそうになった。思わずエルレインに一歩近づいた。なんでおれの言うことが分からない——彼女の両肩を摑《つか》んで思い切り揺さぶりたい衝動に駆られた。

エルレインがはっとしてわずかに後ずさるのと、ケイがぬっと間に割って入ってくるのとは、ほぼ同時だった。

「おれの話だろ」ケイは言った。「手を出すんだったら、おれに出せよ」

束《つか》の間《ま》、二人は睨《にら》み合った。

何をやっているのだ、自分は——不意にその肩から力が抜けた。

衛藤は当時、商用でブラジルの各地を飛び回っていた。セ・アーザへの安定供給を図るため、主にアマゾンから東北部《ノルデステ》にかけての大農場を頻繁に行き来していた。

農園主の中には、成功を収めた日本人の姿も数多くあった。だが、衛藤は知っていた。その成功の陰に、数多くの消えていった日本人がいることを。運命に翻弄《ほんろう》され、ブラジル社会の最底辺へと堕《お》ちていった同胞たち。

いつしか衛藤は、土地土地での商用の合間を縫って、そういった日本人たちの消息を訪ね歩くようになっていた。

土民《カボクロ》の住むようなバラックに住み、日雇いの仕事でその日その日を食いつないでいる者もいた。乞食《こじき》に身をやつしている者もいた。家族を失い、壮年期を過ぎ、身体にもガタがきている。未来になんの希望もない男たちだった。

衛藤が自分たちと同じ戦後アマゾン移民だと知ると、彼らの大半は平気で金を無心してきた。人間としての矜持《きょうじ》も恥じらいも、とうの昔にどこかに置き忘れてきている。一種の動物と化していた。

そのことを責める気持ちにはなれなかった。一歩間違っていれば、それは衛藤自身の今の姿でもあった。

彼らのブラジルに来てからの半生を聞いた。クロノイテ時代の衛藤と同じ、泥まみれ屈辱まみれの半生だった。その言葉の裏には、彼らを開墾もできない未開の土地に放り出し、顧みもしなかった日本国政府と外務省への怨嗟《えんさ》が満ちていた。

彼らに許可を取り、その話す様子をヴィデオレコーダーに収めた。

衛藤は分かっていた。

一九五〇年代から六〇年代にかけて、海を渡って移住してきた四万二千五百人の日系一世たち。結果的に成功した、しないは、この場合少し話が違う。生まれ育った国を離れ、いきなり自分とはまったく違う異人種ばかりの、しかも文明から隔絶された未開の地で一から生活を始める。

だが、彼らの意識の中には依然として日本が居座っている。その比較の中で不安定な半生を送ってきた。

初めてブラジルの土を踏んだとき、何を思ったのか。アマゾンの大地に何を感じたのか。

それは、この国で生まれ育った二世三世には完全に分からない。日本にいる人間にも分からない。衛藤たちの世代だけに息づいている感覚——それは衛藤も含め、彼らが死に至ると同時に時代の狭間《はざま》に埋もれ、この地上から永遠に消えてしまう。

つまりは、失われてゆく世代だ。

その足跡を留めておきたかった。

その延長として、ケイの心の中にも日本人としての何かを残したいと思っていた。

だから家庭教師をつけようとした。

が、ケイはそんな気持ちなど微塵も持ち合わせていない。むしろ内心では日本という国を心底憎悪《ぞうお》しているようだった。

実の父と母を捨て殺しにした国、自分と同じ日本人への軽い嫌悪へと繋がってゆく。

そしてその憎悪は、自分と同じ日本人への軽い嫌悪へと繋がってゆく。

ケイを日系人協会などにたまに連れていっても、大人はおろか同年代の子供たちとも滅多に打ち解けようとしなかった。それはまだいい。育ての親である衛藤に対してさえ、そういう面でどこかよそよそしかった。一つには衛藤自身があまりにも厳しく接しすぎたせいもあるのだろうが、エルレインやマリアの前で見せる開けっぴろげな笑顔を、彼の前ではほとんど見せない。淋《さび》しかった。

〈パライゾ〉という繁華街で、そんなケイの姿を偶然見かけたことがある。

夕暮れどきのラッシュアワー。衛藤の運転するボルボは渋滞に嵌《は》まっていた。

ケイに気づかせようとクラクションを鳴らしかけた腕が、不意に止まった。

ケイは同じような年恰好《としかっこう》の若者を、四、五人引き連れていた。クリッとした目つきの女の子《ムラータ》の腰にその腕を回している。エルレインの若いころに少し似た感じの少女だった。

よほど面白いことでも話しているのか、一団はゲラゲラとじゃれ合いながら歩いている。そんなに楽しそうなケイの笑顔を、衛藤は見たことがなかった。

若者たちのなりは明らかに下町育ちといった感じで、遠目に見てもあまり柄がいいとはいえない。引っ越してからも途切れていなかった小学校時代の付き合い……衛藤が知らなかっただけの話だ。まるで愚連隊さながらに歩道を練り歩いていく。

衛藤はその背中を黙って見送った。やがて彼らは裏通りへと入っていった。

パライゾ……楽園。

時間にして、十秒ほどもなかっただろう。このブラジルの風景の中に、すっかり溶け込んでいるケイの姿があった。

エルレインの言うとおり、日本語を解し、日本人の顔をしていても、やはりケイはブラジル人なのだということを実感した瞬間だった。

ケイにとっては、この国が楽園《パライゾ》なのだ……。

ケイが十八になり、衛藤の心の中で揺れ動くものがあった。

ケイの進路だ。

ほかの日系人の親と同様、衛藤はケイにも安定しており社会からも一定の尊敬を受ける仕事――できれば弁護士か医者になってもらいたかった。また、その頭もこの息子にはあると密《ひそ》かに思っていた。それが野口への恩返しにもなる、と。

反面、苦労して築いてきた商売を継いでもらいたいという感情もどこかにあった。

だが、そのどちらにしてもケイが嫌だと言えばそれでもいい。

衛藤のケイに対する接し方は、このころから微妙に変化していた。昔のように自分の意見を押しつけることなく、正直にその気持ちを打ち明けた。

ケイはあっさりとしたものだった。

「じゃあ、おれは八百屋だ」そう、衛藤の商売のことを言ってのけた。「親父《パパイ》も、本当はそうして欲しいんだろ？」

あまりにもあっけないその答えに、かえって衛藤は慎重になった。

「よく、考えてからモノを言えよ」衛藤は言った。「おまえの一生の問題だ。ほかにやりたいことはないのか」

「ない」

「本当か？」

「しつこいな」

不意に情けなくなった。自分で言いだしておきながら、つい、昔の地金が出た。

「おまえはそれでも男か」衛藤は口を尖らせた。「十八にもなって、うっすらとでも将来やりたいことが見えないようなやつは、ろくでなしだ」

ケイは苦笑した。

「おれは、あの場所《セ・アーザ》は好きだよ」と、言った。「それじゃあ、いけないのか」

結局、高校を卒業したケイは一年の兵役を終え、二十歳からセ・アーザで働き始めた。

稼業《かぎょう》を習うにしても、まず大学を卒業してからだと思っていたが、ケイは鼻先で笑った。

「八百屋になるのに、学歴なんぞいらんだろ」

そう言って、衛藤の会社ではなく、違う敷地にある野菜仲買の会社に勝手に就職した。ケイのそんな行動には若干不安を感じつつも、反面、頼もしく思えた。

セ・アーザは荒くれ男たちの巣窟《そうくつ》だ。仕事のきつさも半端《はんぱ》ではない。そんな世界でケイが二代目面《づら》をぶら下げて衛藤の会社に入ってきたとする。周囲から侮《あなど》られ、何かの拍子に袋叩《ふくろだた》きにされるのは目に見えていた。まずは、どこかの仲買商に弟子入りさせる。仕事の経験を積み、いったん自分で独立させる。商売人として充分やっていけるだけの経験と知識を積ませたところで、そのケイの会社ごと、自分の組織に迎え入れる――衛藤はそんな青写真を描いていた。

そんな衛藤の思いを知ってか知らずか、ケイは一人で就職先を見つけてきた。そのことに満足だった。ケイが自分の息子であることも、必要な場合を除いては、このセ・アーザではあまり口にしなかった。

だが、一年後の夏、思わぬ出来事からその親子関係が、あまねく周囲の知るところとなる。

うだるような暑さの午後だった。

ケイの働いている建物《ドーム》の下に、黒山の人だかりができていた。男たちが興奮して喧《けん》嘩《か》だと騒いでいる。

ひとつ《ウン》……、
ふたつ《ドィス》……、
みっつ《トゥレース》――

と、浮かれたような掛け声が聞こえてくる。

ふと嫌な予感がして、人垣を掻《か》き分けて中ほどまで進み出た。

群集の輪の中で、黒人の大男とケイが互いに身を低くして睨み合っていた。大男は口元から血を滲《にじ》ませ、ケイは片眉《かたまゆ》の上を大きく腫《は》らしている。値付けか、売り場の境界線を巡るトラブル——。

と、ケイが一瞬左肩をピクリとさせたかと思うと、直後には目にも止まらぬ速さで右拳《みぎこぶし》を相手の顔面に叩き込んでいた。完璧《かんぺき》なフェイント。鼻骨の弾《はじ》ける音が衛藤の耳まで届き、

四《クアートロ》つ！

という男たちの嬌声《きようせい》が辺りに響く。黒人の大男がよろめく。

思わず飛び出そうとしたところを、周囲の男たちに無理やり押し留められた。

あの東洋人、あんたの知り合いかい？　誰かが言った。

おれの息子だ。衛藤は吐き捨てた。

近くにいた爺《じじい》が笑った。

「心配《ナウン・プロブレーマ》ないって。あんたの息子とやらが、また勝つよ」

また？——その言葉に、衛藤は愕然《がくぜん》とした。

五《シンコ》つ！

その掛け声にふたたび顔を戻すと、ケイが大男の睾丸《こうがん》を思い切り蹴《け》り上げたところだった。たまらず相手はもんどりうって、コンクリートの床を転げ回った。一瞬ケイの顔が愉快そうに笑ったのを、衛藤は見逃さなかった。

カッときた。こいつはおれの目の届かぬところで、まだこんなことをやっている。しかもあろうことか楽しんでいる。昔の酷薄さをそのまま維持している。腸《はらわた》が煮えくり返った。

ケイ！

そう、ありったけの大声で喚《わめ》いた。思わず日本語が出た。

「この、馬鹿《ばか》もんがっ」

振り向いたケイの顔に、「チッ――」という舌打ちの表情が浮かんだ。反省の色など微塵《みじん》もない。怒りがさらに増幅する。気がついたときには男たちの静止を振り切ってズカズカと近づいていた。手に持っていたボードでケイの顔を思いっ切り殴りつけていた。その尻《しり》を力の限り蹴り上げた。

見物人の中には衛藤の顔見知りもいたらしい。そしてブラジル人は、この手の与太《よた》話《ばなし》が大好きだ。

噂《うわさ》は一夜のうちに、セ・アーザを駆け巡った。

セニョール、なかなかやりますね。

いやはや、まだ充分にお若い。

ブラジル人からも日系人からも、そう言ってからかわれた。

それまでの十五年、衛藤は温厚で誠実な日本人として、セ・アーザで顔を売っていた。暴力はおろか、口論さえもあまりしたことがない。商売を着実に成功させてきたという面もある。だからセ・アーザではかなりの信頼と尊敬を勝ち得ていた。それがこの件で、一気に地金がばれた。しばらくは周囲のからかいの的となった。まったくもって、いい恥さらしだ。

すべてあの馬鹿息子のせいだ——そう思うと、よけい腹立たしかった。

と同時に、ありがたい面もあった。

ケイが衛藤の息子だと知ったセ・アーザの友人知人から、それとなくケイの評判が入ってくるようになったのだ。

意外にも、そこそこ好意的なものばかりだった。

ここの男たちがなによりも嫌うのは、小狡《こずる》く計算高いくせに気取り、もったいをつけたがる人間だ。そのときどきの感情に嘘《うそ》をつく人間だ。相手の生《ナマ》な部分と関わろうとしない、と言ってもいい。

逆に開けっぴろげな相手なら、多少その言動が荒くても性格が悪くても、喜んで受け入れる。

時おり騒動は起こすものの、ケイはそういう空気に馴染《なじ》んでいるようだった。衒《てら》いがなく、思ったことをずけずけと口にした。

温厚で誠実な日本人——衛藤の仕事振りだ。成功した日本人——衛藤の実績だ。が、ケイはそういう仕事振りや実績以前に、その骨柄を周囲から受け入れられているようだった。

大事なことだ、と密かに感じた。

最近になって、ようやく衛藤は分かってきた。

人間、何か窮地に陥ったとき、最後に頼りになるものは、それまでの信用でも実績でもない。人間性がいいとか悪いとかいう問題でもない。最終的には、その本人から滲み出す愛嬌のようなものに、人は手を差し伸べる。

ケイは二十五のとき、十人ほどの労働者を雇い、一人前の仲買商として独立した。衛藤はその商売のやり方を黙って観察していた。本当に困るようなことがあれば、そのときは助け舟を出してやるつもりでいた。

だが、結果としてその心配は杞憂《きゆう》に終わった。

驚いたことに、このかつては野人《やじん》同様だった息子は、経営者としてはきわめて革新的だった。その日その日での行き当たりばったりの商売というものを決して行わなかった。

まずは売り物の安定供給を目指してブラジル各地を飛び回り、多くの農場と契約を結び始めた。

その上で、当時市場に出始めたばかりだったパソコンというものを使い、それら各農場からリアルタイムで送られてくる収穫予想を絶えず集計していた。そしてその予想に基づき、数ヵ月前から売り先を広げたり縮小したりする計画を立てていた。単に待ちの商売ではなく、そのための営業努力もしているようだった。

当然、先々の読み通せる損失の少ない商売となった。ケイの会社は年を追うごとに大きくなった。五年後には、百名ほどの従業員を使う組織へと膨れ上がっていた。

言葉に出したことはない。だが、そのケイの成功が、衛藤は内心、涙が出るほどに嬉《うれ》しかった。ケイは自分の息子であると同時に、野口夫婦の大切な忘れ形見でもある。どこに出しても恥ずかしくない人間に育てねば、という思いが常にあった。それだけに妹のマリアとは異なり、厳しい育て方をしたつもりだった。

それが性格的には必ずしも成功したと言い切れないことは、衛藤も分かっていた。それでも事業家として一人前になったケイの姿が、同じセ・アーザ内にあった。

エルレインも健康そのもので、マリアも日に日に美しく育ってきていた。衛藤は当時、六十の声を聞こうとしていた。幸せの絶頂にあった――。

＊

きらり、と陽射《ひざ》しが目の中に飛び込んできた。

その思わぬ刺激に、衛藤は思わず顔をしかめる。

室内の反射光だった。その光の元を辿《たど》って目だけを泳がせる。

窓際《まどぎわ》に置かれたテーブルの上に、小さな写真立てがある。そのガラスの表面で陽光が揺れている。

ベッドの中からいつでも見られるよう、メイドに命じて置かせたのだ。

今ではその写真の中にしか、エルレインも娘のマリアも存在しない。

5

松尾は約束の時間に少し遅れた。

靖国通りにある店を出たのが、午後八時二十七分。伊勢丹の脇《わき》を抜けて新宿通りを跨《また》ぎ、三越脇の路地を通って甲州街道へと出た。

フラッグスビル正面の階段を上りきったところが、新宿駅東南口だった。改札の間口が狭いため、乗降客と待ち人でごった返している。

そこに、相手はいた。

野口・カルロス・啓一——臙脂《えんじ》色《いろ》のTシャツに、色褪《いろあ》せたリーヴァイスを穿《は》いている。相変わらずよく日焼けしている。穏やかな笑みを浮かべ、じっと一点を見つめている。

松尾はその視線の先をたどった。二十代後半のきりっとした顔つきの女が、少し離れた柱のそばに佇《たたず》んでいる。会社帰りのOL——待ち人あり。いかにも勝気そうに引き締まった口元が、劣情を刺激する。

思わず顔をしかめる。

ブラジル男は、どいつもこいつもすぐこれだ。暇さえあれば、目で女を求める。夏しか季節のない国だ。セックスと食うことしか考えられない気温の中で、抜け作に育ってきている。好き者なのだ。

「ケイ——」

相手が振り向いた。近づいてゆきながら松尾は聞いた。

「山本さんはどうした?」

「三十分ほど遅れてくる」ケイは答えた。「あとで電話を入れればいい」

フラッグスビル前の階段を下り、ムサシノ通りから新宿三丁目へと戻ってゆく。呼び込みの声、軍艦マーチ、ティッシュ配りの女……狭い路地に、飲食店やカラオケ、パチンコ屋の電飾が激しい自己主張を繰り返している。

「どうだ、初めて来た東京は?」

ケイはかすかに鼻を鳴らした。

「メリハリのない土地だな」と、答えた。「どこに行っても、ビルの大小の違いだけ——すぐに見飽きた」

ひどいこき下ろしようだった。

「が、けっこうな都会だろう」

するとケイは、横目で笑った。

「おまえ、ブラジルに来たことは?」

「ない」

「だろうな」ケイは手の甲をひらひらとさせ、唄《うた》うように言った。「いっぺん来りゃ分かる。リオやサンパウロのほうが、ずっと大都会だ」

「お国自慢か？」

いや、とケイは首を振った。それからまた笑った。

「単なる事実だ。コロンビアくんだりの田舎モンには、分からんかもしれんがね」

つい苦笑する。借金踏み倒し大国の住人が何を言いやがる——。その田舎モンの国は、南米で唯一《ゆいいつ》ＩＭＦ（国際通貨基金）からの借入金を全額返済した優良国家だぞ。

「追い剝《は》ぎ国家のくせしやがって」

するとケイはあっさりと笑った。

「違いない」


死ぬほど腹が減っている、とケイは言った。

松尾はバーに行く予定を変更し、新宿三越の裏手にあるインド料理店に入った。

周囲の空いている奥のテーブルまで進み、腰を下ろす。

「あいにく、この界隈《かいわい》にはブラジル料理屋がなくてな」松尾は口を開いた。「四谷という場所に一軒あるぐらいだ」

松尾はブラジルにこそ行ったことはないが、コロンビアでもこの日本でもブラジル料理はたまに食べた。

黒豆と豚肉の煮物《フェイジョアーダ》やムケカ、ペーシャーダ——そういった肉や魚、野菜、豆料理のごった煮のスープを、細長いタイ米のような飯にかけて食べる。魚醤《ナムプラー》や香辛料《ピメンタ・デ・シェイロ》をふんだんに利《き》かせたエン・サラーダもある。どちらも同じ灼熱《しゃくねつ》の大地だ。料理のやり方が、インド料理に近いと思っていた。

ケイが椅子《いす》に腰を据え直す。

「羽振りよさそうだな」と、微笑《ほほえ》んだ。「パティック・フィリップを嵌《は》め、ブルックスを着込む——まるでどこぞの御曹司だ」

「おれのことか」

「ほかに誰がいるんだ」

松尾は笑った。別に好きでこの格好をしているわけではない。ただ、表の商売上、この程度の身だしなみは必要だった。高価な貴金属など、誰もしょぼくれた身なりの人間から買おうとは思わない。

相手のTシャツから覗《のぞ》いている日焼けした二の腕に目を留めた。

「しかし、おまえはまるで日雇い人夫だ」

今度はケイが破顔する番だった。

「実際そうだ」

松尾はこの男の仕事を知っている。サンパウロ郊外の巨大青果市場セ・アーザで、三百人からの荒くれ男を使っているという話だった。人足頭のそのまた親玉ということだ。

松尾はセカンドバッグの中から、フリップ式の携帯を取り出した。

「おまえ用に買っておいた」そう言って、充電器具とともにケイのほうに押しやった。

「おれとの連絡はこれを使ってくれ」

むろん松尾個人の名義で買ったものだ。ケイは携帯を手に取り、パカリとフリップを開いた。

「なんでこの携帯《セルラー》にはこんなバカでかい画面が付いている？」

「表を返してみろ」松尾は言った。「表面に小さなレンズが付いているだろ。小型カメラだ。撮った映像をお互いにやりとりできるようになっている」

日本でなら当然の常識だ。

が、ふーん、とケイは唸《うな》った。だけでなく熱心にその細部に見入っている。

松尾はおかしくなった。どっちが田舎モンだ、このへっぽこ。

腕時計に視線を落とした。八時四十分――三人揃《そろ》わないと会合が開けない。

その松尾のしぐさを見てケイが立ち上がった。

「電話を入れてくる」

そう言って、入り口脇にある公衆電話へと歩いてゆく。携帯はテーブルの上に放り出したままだ。疑問にも思わなかった。

海外国内を問わず、山本への連絡には公衆電話しか使わない。山本からも公衆電話からしかかかってこない——このプランを立案したときに、そういう決め事をした。三週間後に、計画の第一段階が実行に移される。移された数日後には、山本は間違いなく事件の重要参考人として全国に指名手配がかかる。正確には、山本が現在成りすましている田中伝三という実在しない男に。仕事の必要上、山本は田中の名義でアパートを借り、電話を引き、携帯の契約もしている。警察は当然その田中を追う。まず手始めにNTT東日本とNTTドコモに協力要請を出し、ホストコンピューターの発着信履歴から背後関係を洗おうとするのは、火を見るより明らかだった。

ケイがテーブルに戻ってきた。

「今、市ヶ谷って駅だそうだ」

「じゃあ、すぐに来るな」

「おれが駅まで迎えに行く」

「なぜ？」

ケイは軽く肩をすくめた。

「この場所を、うまく説明できなかったんでな」

松尾は笑った。駅からの道順は難しくない。が、来日間もないこの男にはそれが体感では分かっていても、言葉になるとうまく伝えられなかったのだろう。新宿三越の裏手にあるとか、ライオンビルの角を右にとか、そういった目印をうまく説明する地場の知識が抜け落ちているからだ。

「適当に料理をオーダーしといてくれ」

そう言い残し、ケイは店を出ていった。腰の軽い男だ。

手を挙げ、インド人のウェイターを呼んだ。コース料理を三人前、頼んだ。ワカリマシタ、とたどたどしい日本語で答え、ウェイターは去っていく。

束《つか》の間《ま》、一人の時間が生まれた。煙草《たばこ》に火をつけ、ぼんやりと前方を見つめた。気づくと、ミラー張りの壁面に気の抜けた自分の顔が映っている。

ケイが迎えに行った山本という男に、松尾はこの二年の間に数回しか会ったことがない。そして今回の下準備が終われば、もう永久に会わない。

もちろんケイともそうだ。この仕事が最終的に終わったら、おそらく二度と会うこともない。

むしろ、それでいい。同じ目的を持つ人間がその目的を遂げる間だけ、一緒に行動する——。

＊

ケイがその姿を松尾の前に現したのは、三年前のことだ。

松尾はシンジケートの定期会合のため、春と秋にそれぞれ二週間ほどコロンビアに足を運ぶ。国内各地、北米、ヨーロッパに散らばっている十五人ほどの幹部が、ドン・バルガスの邸宅内にある大会議室に集まり、業務報告を行うのだ。むろん、日本支部の代表である松尾も、半期ごとのコカの売上と宝石会社の経営状況を発表する。大会社の支部長会議と同じようなものだ。そんな会議が四、五日ほどつづく。

滞在中は、カリ市内にあるインターコンチネンタル・ホテルを常宿としていた。

生温かい小雨の降りつづく、ある夕暮れのことだった。

ドン・バルガスの邸宅からホテルに戻ると、フロントに一通の封書が届けられていた。

表には、〈Sr. MATSUO〉とだけある。裏を返した。差出人の名前はない。

不審に思いながらも部屋に戻り、封書を開けてみた。

中から五、六枚の写真が出てきた。

最初の数枚は、鬱蒼《うっそう》とした密林を、河のほとりからそれぞれアングルを変えて撮ったものだった。アマゾン。圧倒的な樹木の生命力と、ゆったりとした白濁色の河の流れ――その地形に妙な胸騒ぎを覚えた。

残る写真をめくった。

ジャングルを背後にした野原の風景。……いや、正確には野原ではない。雑草が生い茂った空間のところどころに、若木が生えている。開墾した土地に人手が入らず、荒れ放題になっているのだ。その証拠に、もう一枚の写真には屋根が落ち、柱が傾き、朽ちかけた小屋のようなものが数軒、荒れ野の後方に写っていた。

喉《のど》が渇く。心臓の鼓動が高くなり、かすかに頭痛がする。

最後の写真を見た。

途端、カッと目の奥が熱くなった。

それら一連の写真の意味が初めて分かった。

今にも崩れ落ちそうな小屋の残骸《ざんがい》が、写真の正面に捉《とら》えられていた。屋根が抜け落ち、板壁に蔦《つた》が絡《から》まり、出入り口の柱も大きく傾いている。が、紛れもない。松尾が両親と暮らしていたあの小屋の残骸だった。夢の残骸。

全身に鳥肌が立った。写真を持つ手が恐怖と怒りに震える。

誰にも見せたことがない心の奥底にいきなり土足で踏み込まれたかのような、そんなどうしようもない不快感だった。

写真を放り出し、封筒を逆さにして激しく振る。ぽろり、と一枚のカードが床の上に落ちた。

Room No. 804――。

すぐに部屋を出た。廊下奥のエレベーターまで小走りに歩いてゆく。エレベーターの到着を待つ間も、苛々《いらいら》と足を踏み鳴らしていた。

誰も知らない記憶――遠い記憶。

誰だ。

八階にエレベーターが停まると、扉が開くのももどかしく廊下に足を踏み出した。

８０４号室のドアをノックしようとした手が、束の間止まった。

いったい誰なんだ?

恐怖がふたたび喉元からせり上がってくる。

が、ドアを二度、力強くノックした。

ドアに埋め込まれた魚眼レンズに、一瞬影が差した。かすかな金属音がして、ドアロックが解除される。

扉が開いた。男が立っていた。三十代の前半に見える色の浅黒い東洋人だった。黄色い花柄のアロハシャツに色の抜けたジーンズ。明るい目をしている。松尾の顔を見るなり、にっと笑いかけてきた。

「日本語、話せるか《アブラ・ウステ・ハボネース》？」

いきなりのくだけた口調に、逆に気圧《けお》されるものを感じた。

話せる、と松尾は答えた。男が何故《なぜ》かまた笑った。

「入りなよ」

そう日本語に切り替え、身体《からだ》を、すい、と壁際《かべぎわ》に寄せた。がっしりした体格のわりに身のこなしが軽い。

室内は二間つづきのジュニア・スイートだった。

リビングのソファに、スーツ姿の初老の男が座っていた。これも東洋人だ。足が悪いのか、ステッキがその脇《わき》に置かれている。立ち上がることはなかった。だが、松尾を見るなり丁寧に頭を下げてきた。それでまた、口を開くきっかけを失った。無言のまま、テーブルを挟んで向かい合ったソファに腰を下ろした。

松尾を出迎えた男も、初老の男性の隣に腰を下ろした。

自分とほぼ同年代のこの男――部屋に入ったときから妙に気になっていた。その顔つき。佇《たたず》まい。松尾の何かを刺激する。

「………」

コホッと初老の男が咳払《せきばら》いをした。どう話を切り出せばいいのか迷っている素振り。それで相手も緊張していることを知った。

恐怖の裏返しである怒りが、少し静まる。

「あんな写真をいきなりお見せした非礼は、お許しください」男は口を開いた。「だが松尾さん、あなたの記憶の中に今もあの場所がはっきりと残っているのか、それを知りたかった」

なんとなく松尾はうなずいた。

それを受けて、初老の男の口はやや滑らかになった。

「衛藤といいます。ブラジルのサンパウロで青果の仲買商をやっている者です」

衛藤と名乗った男は、隣の三十代の男に視線を向けた。

自然、松尾の視線もその男に移る。

男はちらりと笑みを見せ、いきなりその半袖《はんそで》の袖口を大きくめくった。

その部位に、松尾の目は釘付《くぎづ》けになった。

肩口から二の腕の付け根にかけて、大きな裂傷が走っている。鋭利な刃物でぐちゃぐちゃに抉《えぐ》られ引き裂かれたかのような醜い傷痕《きずあと》――あっと叫びそうになった。

何十年も埋もれていた記憶。一気に蘇《よみがえ》ってきた。

クロノイテ河のほとり。腰まで浸《つ》かった白濁色の水の中に、幼い松尾はいる。川底の朽木に絡まった釣り糸を外そうと躍起になっている。岸辺ではもう一人の少年が大声を上げている。ノブ、ノブ、と叫ぶ声。その指差す方向の水面に、黒い岩のような塊が浮いている。ゆっくりとこちらに向かって泳いでくる。大ワニ――ジャカレ・アスー。恐怖に凍りついた松尾の背後から水音が立つ。少年が釣り糸のついた棒を振りかざしたまま、河の中へ突っ込んでくる。あほう、くそっ――少年は意味不明の言葉を連呼しながら、棒の先で激しく水面を叩《たた》きつける。ジャカレ・アスーの軌道が一瞬止まり、水音のほうへ向かってゆく。はっと我に返った松尾は必死に叫ぶ。だがなおも少年は棒で水面を打ちつづける。至近距離から、ワニがぱっくりと大口を開ける――。

そのときの少年が、今松尾の目の前にいた。

「ケイ――ケイか？」

思わず、その呼び名が口をついて出た。

不意に相手は苦笑した。

「冷てぇ野郎だ」と、袖口を下ろしながら言った。「ようやく思い出したか。え？　ノブ」

ノブ。ノブ。……今日は何して遊ぶ、ノブ？　アナグマ獲《と》りに行こう。あの肉は、うまかぞ――。入植地に残っているたった二人の子供。手の中でブルブルと震える川魚。錆《さ》びたナイフ。深い朝靄《あさもや》と、血のように赤い夕暮れ。お互いにたった一人の遊び相手。

三十数年の人生の中で、唯一《ゆいいつ》楽しかった時代の記憶――。

気がつくと必死に涙を堪《こら》え、テーブルの下で両拳《りょうこぶし》を握り締めている自分がいた。

その晩、衛藤とケイから秘事を打ち明けられた。

外務省と日本国政府への報復――裏切られ、虚《むな》しく死んでいった数万の同胞たちへの鎮魂歌《レクイエム》――赤っ恥をかかせ、個人的な復讐《ふくしゅう》も果たし、そのケジメをきっちりとつけさせる。

三日間考えた挙句、松尾はその計画への参加を決意した。

衛藤がシティバンクのカードを差し出してきた。その残高証明書を見て、目の玉が飛び出しそうになった。二百万ドルが入金されていた。日本での松尾の活動資金と、余った分は衛藤からの謝礼だということだった。

「受ける決心をするまでは、一有志としてでもいいのです」衛藤は言った。「だが、いったん受けてもらう以上、こんな危険な仕事をタダで請け負ってもらうわけにはいかない」

「それにしても多すぎます」松尾は答えた。「銃器やクルマの仕入れ――私の役割分担を考えても、日本での活動資金は十万ドルもあればお釣りがきます。大半は私への謝礼になりますよ」

「いいから、貰《もら》っとけよ」ケイが横から口を挟んだ。「まずありえないと思うが、万が一、仕事仲間の一人がポリスに捕まったとする。おれたちは日本の警察はおろか、国際刑事警察機構《インターポール》からも指名手配される。逃亡資金としても、これぐらいの金はあったほうがいい」

ぶっそうなことを言う男だった。思わずケイの顔を見ると、

「ま、そうは言っても、おれとおまえとこのオヤジ、今のところの仕事仲間はそれだけだがね」

そう言って笑った。

それから松尾がコロンビアに帰ったとき、ケイは必ずブラジルからやってきた。打ち合わせのためだ。一年後の春に一度だけ、衛藤より若干年下に見える初老の男を連れてきた。

「山本のオヤジだ」ケイは紹介した。「計画の第一段階では、この男が起点となる」

山本にはその後この日本で三、四回会った。東京駅の地下街などで待ち合わせ、お互いの活動状況を報告しあった。

山本が日本を逃げ出したあとも、松尾は日本で商売をつづけなくてはならない。互いの家に行ったり勤務地に寄ったりして、近所の人間や同僚に顔を見られるような接触を避けるためだ。

＊

ゴトリ、という音がして、不意に現実に引き戻された。気づくと、ウェイターが三人前の前菜をテーブルに置いている。

壁面のミラー越しに、入り口から二人の男が入ってくるのが見えた。ケイと山本だ。

どうも、と松尾は立ち上がりながら、山本に頭を下げた。

山本はかすかに笑い、口を開いた。

「すまんね。遅れて」

その目元に、隈《くま》が少し浮いている。

「大丈夫ですよ」松尾は答えた。「料理もちょうど来始めたところだし」

わずかな敬語と、本題に入る前の曖昧《あいまい》な挨拶《あいさつ》――それが山本との関係を表している。

「飯を食いながら、話をしよう」

左右のテーブルが依然空いているのを確認し、ケイが言った。

白ワインをグラスに注ぎ、しばらくの間、無言で前菜を突ついていた。

「おれのほうは――」と、まず山本が口火を切った。「あのビルへの機材の運び込みがもう少し残っている。時限発火装置と導火線。だが、大きめのものはあらかた運び込んだ。残りを運び込むのにそう造作はないと思う」

「現場での仮組みはやってみたか？」ケイが聞いた。

「昨日、基本のカタチは組んでみた」山本が答えた。「万力に軸を固定し、それに釣り糸を引っかけ、床にあるファンの網目を起点にしてV字形に張ってみた。特に問題はない」

「肝心のシート——巻き物の具合も試したんですか？」今度は松尾が聞いた。

「いや、それはまだだ」山本が首を振った。「清掃の間に現場に割ける時間は、せいぜい三十分がいいところだからね。巻き物を通すポールを組み立てるのはものの二十秒だが、それに五つの巻き物を通して、万力の上に持ち上げるにはかなり時間がかかるし、あとの解体にも時間がかかる。これだけは、ぶっつけ本番でいくしかない」

予行演習なしのいきなりの本組み、そこに若干の不安を覚える。しかし、そんな松尾の気持ちを見透かしたように、山本は言葉を続けた。

「ただ、それは現場での仮組みができていないだけで、自宅の部屋で何度か巻き物を含めた仮組みは試してある。本番の設定でも、予想外の事態にうろたえるようなことはまずないと思う」

納得した。

ウェイターがやってきて、空いた前菜の皿を下げ、タンドリーチキンと香草の入ったスープを持ってきた。その間、三人は黙り込んだ。

ふたたびケイが山本に聞いた。

「時限発火装置の按配《あんばい》は、どうだ？」

「クルマの発煙筒と目覚まし時計、それとモーターを使って、ゆうべ一つのキットにまとめてみた。二、三回試したが、モーターの軸に付けた紙ヤスリが回転しだすと、それに触れている発煙筒のヘッドに、すぐに火がついた」

「火力は？」

「十センチほど上に、グラスファイバーの釣り糸を張っていたんだが、ものの十秒ほどで焼き切れた」

ケイはうなずき、今度は松尾に問いかけてきた。

「じゃあ、ノブ。おまえのほうの最終確認だ。最初から言ってくれ」

「銃器はすべて密輸して、おれの部屋に保管してある」カルタヘナ港のアテンドに五万ドルの金を送金し、銚子《ちょうし》行きの漁船に積み込ませたものだ。むろん、引き取りには松尾自らが出向いた。銚子市内で漁船の船員から船倉の合鍵《あいかぎ》と銃器を隠した見取り図を貰い、ドックに曳航《えいこう》された船に深夜こっそりと忍び込んだのだ。「まずはハンドガン。ブラジル製のタウルス・モデルＴＰ92軍用ピストルが二挺《ちょう》に、マガジンが四つ。九ミリのパラベラム弾は七ダース」

拳銃《けんじゅう》の種類は、ケイの希望だった。以前兵役でブラジル陸軍に入隊していたとき、同種のピストルを使っていたのだという。

「次に、サブマシンガン」松尾は言葉をつづけた。五十メートル先の目標物に向け、一時になるべく多くの弾丸をばら撒《ま》く――それがケイの希望だった。「これも希望どおり、アメリカン180M2を手配してある。ドラム式のマガジンが二つに、弾薬は.22LRが三百五十発」

入手にはかなり手間取った。アメリカのユタ州で細々と生産されているかなりレアなSMG《サブマシンガン》――滅多にお目にかかれない代物《しろもの》だ。案の定、ケイは満足そうな笑みを浮かべた。

「おまえ、今夜は仕事もしまいだろ」

「ああ」

「なら、タウルスとともに、その実銃も拝ませてもらう」

松尾のマンションで、ということだろう。不都合はなかったので、うなずいた。

ケイが目の前の料理に顎《あご》をしゃくった。

「料理が冷えてしまう。食おう」そう、のんびりとした声を出した。「いい加減、腹ペコだ」

言うなり、皿の上のタンドリーチキンをいきなり手摑《てづか》みにした。

松尾と山本も、香草のスープを飲みながらチキンを口にした。むろんケイとは違い、ナイフとフォークを使ってだ。

　山本が口を開く。

「おれが借りるレンタカーは、二日前の渡しで変更ないかね？」

「オーケーです」松尾は答えた。なるべく逃げ足の速いものをと希望を出していた。

「結局、車種は何を予約しました？」

「スカイラインのセダン。25ＧＴ‐Ｘというグレードのクルマを頼んである」

「ターボ付きの？」

「ターボは付いていた」

　たしか二百八十馬力ほどあるＧＴセダンだ。ボディ剛性もセダンにしては頭抜けている。交通機動隊のフルチューンＧＴ‐Ｒやスープラでも出てくればひとたまりもないが、都内でまずそれはないだろう。

「それで、大丈夫だと思います」

　ケイが松尾に聞いてきた。

「トラックの手配はどうなっている？」

「世田谷区に小学校の給食配送センターがある。何回か下見に行ったが、土日は休みで無人になる」松尾は答えた。「ゲートには簡単な鍵がかかっているだけだ。金曜の夜そこに忍び込んで、小型冷蔵トラックのエンジンを直結する。月曜の夜明け前までに戻せば、誰にも分からない」

丸二日と六時間近くある計算だった。都内の三ヵ所を回り、中央自動車道を通って河口湖までを往復する。都内での作業《ピックアップ》に若干手間取ったとしても、充分すぎる時間の余裕だった。

ふと思い出して、バッグの中から封筒を取り出した。

「例の男たちの写真だ」そう言って封筒をケイに押しやった。「中に入っている」

チキンでべたついた指をケイが伸ばしてくる。思わず顔をしかめた。

「おしぼりがあるだろ」松尾は言った。「手を拭《ふ》けよ」

が、その言葉を無視し、平然と封筒を手に取った。

「そんなたいそうなやつらか？」にっと微笑《ほほえ》み、取り出した写真を指先で弾《はじ》いた。

「この人非人《にんぴにん》どもがよ」

「そういう問題じゃない」松尾は言った。「苦労して撮った写真だぞ」

都内に数多く存在する名簿屋――外務省とその外郭団体のＯＢ一覧を見つけ出し、目当ての三人の現住所をメモした。何度かそれぞれの家へ足を運び、移民史研究の史家を装《よそお》って、玄関先に亭主を呼び出した。写真はその際、鞄《かばん》に埋め込んだデジカメで撮ったものだ。メモリーをパソコンに取り込み、画像処理を施して鮮明なものに仕上げた。

「三人とも、今は実質的にリタイア組だ」松尾は言った。「持ち家もある。退職金もしこたま貰い、おまけに年金も不自由のない額だ。敢《あ》えて再就職する必要はないんだろう」

「元はといえば、すべて国民の税金じゃねぇか」ケイがあきれたように笑う。「ブラジル人のおれが、こういうこと言うのもなんだがよ」

松尾も山本もつられて苦笑する。

たしかに大きなお世話というものだ。日本国政府が日本人から掻《か》き集めた税金をどう使おうと、地球の反対側から来た彼らにとってはどうでもいい。人殺しに退職金を与えようが、詐欺師《さぎし》に年金を払おうが関係ない。

ただ、胸糞《むなくそ》が悪いだけだ。

一時間後、松尾はケイとともに中野にある自宅マンションに着いた。

マンション前でタクシーを降り、エントランスに入った。

暗証番号を押し、奥扉のロックを外す。奥扉が開き、エレベーターに乗って十階を押した。

「いいマンションに住んでいる」ケイがぼやいた。「おれが今日越したウィークリーマンションとは大違いだ」

松尾は笑った。しかしケイの場合、この日本に一ヵ月も滞在するのにまさか同じホテルに逗留《とうりゅう》しつづけるわけにはいかない。目立ちすぎる。事件を起こしたあとでは、必ず警察に目をつけられる。長逗留の外国人旅行者は通常ユースホステルか安宿か、あるいはケイのように都内のウィークリーマンションを借りるものだ。

「ま、我慢することだ」

そう言って、部屋のドアを開けた。３ＬＤＫの家賃三十五万円。リビングと寝室と衣裳《いしょう》部屋――帰って寝るだけの部屋にしては、金を払いすぎていると思う。

「こっちだ」

衣裳部屋の電気をつけ、ケイを呼んだ。

クローゼットの前に、一メートルほどの細長いダンボール箱が転がっている。その横にも、五十センチ四方の正方形に近いダンボール箱。

「細長い箱のほうが、アメリカン１８０Ｍ２か？」

松尾はうなずき、薄い手袋を渡す。ケイもうなずき返し、手袋を両手に嵌《は》めた。ダンボールを開け、中からハンドガードとストック、グリップがこげ茶色の木片で覆《おお》われた黒いサブマシンガンを取り出した。銃口《マズル》にはフロントサイトが大きく盛り上がり、銃身《バレル》には冷却用の細かなフィンが無数に刻み込まれている。ケイはさらに箱の底からドラム式のマガジンを取り出し、バレル後方にあるレシーバー上部に装着した。サブマシンガンとはいえ、その外観はちょうど、スナイパー・ライフルの上部に分厚い円盤を載せたような異様なものとなる。

アメリカン180M2。そのドラム式のマガジンに、.22LRという弾薬を一度に百七十七発装塡《そうてん》できる。

一般的なサブマシンガンの泣きどころは、持ち運びが容易な反面、なんといってもその弾薬装塡数の絶対的な少なさにある。ドイツ製のH&K《ヘッケラー・アンド・コッホ》・MP5やイスラエルのウジ、あるいはベルギー製のFN／P90といった世界を代表するサブマシンガンでさえ、せいぜいその装塡数は三十発前後にすぎない。トリガーを引きつづければ、わずか二、三秒でその弾丸を撃ち尽くしてしまう。

また、比較的火力のある九ミリのパラベラム弾を使用するサブマシンガンが多く、連射をつづけるに応じて、弾道がどうしても跳ね上がり気味に上方にずれてくる。至近距離から標的に掃射することを主目的に作られているからだ。

その点、このアメリカン180M2に使われている弾薬.22LRは火力が小さく、フルオートで連射をした場合でも、反動をかなりの部分で押さえ込むことができる。今回のように五十メートル離れた場所から大量の弾を集中して撃ち込むには、まさにうってつけの銃だった。

ケイがトリガー上部のセレクターレバーを上下に動かしている。

「連射速度は、どれくらいだったっけ？」

「毎分千二百発。フルオートに切り替えてトリガーを引きつづけた場合でも、十秒ほどは持つ。さっき言ったとおり、弾薬は三百五十発。マガジン約二回分だ」

「ま、一回分でもコケ脅しには充分だな」それからふと気づいたように、松尾を見た。「しかしよ、滅多に使わない銃だ。日本の警察が動いて、廃棄したこの証拠品を見つけられた場合、銃からルートを辿《たど》られる心配はないのか？」

「大丈夫だ」と請け合った。「こいつを売ってくれた武器の密売屋は、ＦＡＲＣとのつながりから商売道具を調達している」

ケイは怪訝《けげん》な顔をした。

「ＦＡＲＣ？」

「ファルク。いわゆる反政府ゲリラだ。今のコロンビアはな、国土の約三分の一をこの連中に押さえられている。東部のアマゾン一帯と、西部に広がる太平洋沿岸地帯の熱帯雨林だが、警察も軍隊も踏み込めないエリアだ。そいつらゲリラの幹部が、不要になった武器を時おりこの密売屋にまとめて売りつける。だから、ＦＡＲＣのやつらが根絶やしにでもならない限り、捜査の手は伸びない」

「そして彼らが根絶やしになることはまずありえない、と？」

松尾はうなずいた。事実、ありえない。十五年ほど前、アメリカに後押しされたコロンビア軍と警察が、国内の麻薬シンジケートのほぼ半数を壊滅状態にした。だが、汚職まみれのコロンビア政府には依然として敵も多い。それら弱体化した麻薬シンジケートの後釜《あとがま》に座った組織がある。反政府ゲリラだ。壊滅状態になっていた麻薬ビジネスを再建し、その豊富な資金力を背景に、以前にもましてビル爆破や外国要人の誘拐など、大規模なテロ活動をつづけている……そこまで説明して、ケイに断言した。

「だから、捜査の手が伸びることはありえない」

が、それを聞いたケイの感想は、また別のところにあるようだった。

「まあ、おれの国もどうかとは思うが――」ケイは言う。「おまえの国は、終わってるな」

思わず苦笑する。

国土の三分の一を押さえられても、のほほんと構えている政府。私腹を肥やすことしか眼中にない警察と役人。実質的な国民総生産の約四割を占める麻薬ビジネス……たしかにある意味、終わっている。

だが、程度の差こそあれ、この国も似たようなものだ。ただそれが表に現れていないだけのことだ。

第三章　色事師

1

その質問がくることに、最初からびくついていた。

「おい、貴子《たかこ》。おまえのほうは？」

プロデューサーの木島《きじま》が声を上げる。

十四時の0版《ゼロ》会議。貴子はセンター卓に座っている。貴子と同様のディレクター、アンカー、早出の論説委員の視線が、一斉に自分の顔に集中してくるのが分かる。

もう一度手帳を開ける。

ない。

目ぼしい企画は、ない。外務省も経済産業省も厚生労働省もすべて全滅。

これで四日連続――消え入りたい気分だ。苦し紛れの言葉が、つい口をついて出る。

「外務省のデンバー領事館公金横領の件では、もう少し突っ込んでみ――」

「ちょい待ち。それは先週も聞いた」木島が遮る。「ほかのネタは？」

「ええ、と。厚生労働省のB型肝炎がらみの事件も進展なしですし、東海村動燃がらみの件も、状況が動きません」

貴子のその言葉に、木島が大きなため息をつく。

「おい、おい」と、手に持った資料でテーブルを叩《たた》く。「ったく。井上《いのうえ》ディレクターさぁーん。そんな手垢《てあか》だらけのネタ、いつまで追っかけてる。え？」

「………」

井上――貴子の苗字《みようじ》。さらに木島は口を尖《とが》らす。

「だいたいな、おまえはやるにしてもいつも正面一本槍《いっぽんやり》だろうが。頼むぜ、おいっ。三十にもなって同じことを何度も言わせんなよ。外務省の件にしてもバックを出した業者に当たるとか、公団がらみにしても接待に使われた料亭からネタを引っ張るとか、ちったぁ切り口ってもんを考えろ。ったく。いつも言ってんだろうがこの間抜けっ。――はい次、及川《おいかわ》っ」

瞬《また》く間に貴子の順番はとばされる。いつものことだ。

名指しされた隣のディレクターは、及川――貴子より三期下。主に警視庁と警察庁の担当。詰めに入ってきたスポット企画の進行状況を淀《よど》みなく報告し始めた。最近、高速道路で頻発している貨物トラックの飲酒運転の企画特集。木島が口を開く。

「で、V《ヴィ》は？」

「あとはMA《エムエー》とスーパーを入れれば、それでほぼ完パケになります」

「じゃあ、三版の進行が出来上がるころには、ラッシュもＯＫだな」

及川がうなずく。

「よし。なら予定どおり今日の後半に突っ込む。次、青木《あおき》――」

二期下の大柄なディレクターが、つい先日医療ミスを起こした大学病院の話題を口にする。

「その取材、どこまで煮詰まっている」

「青写真《アオ》通りの証言が取れていません。夕方、もう一度被害者の家族に会うつもりです」

「アポは？」

「四時半に江東区の自宅です」

木島は小首をかしげる。

「九時半のプレビューには、なんとか間に合うか」

「大丈夫だと思います」

貴子を除き、すべて淀みなく進んでゆく。

『ジャパン・エキスプレス』は、平日（月〜金）の午後十時三十分から始まる。

井上貴子が勤めるＮＢＳ・ＴＶ《日本ブロードキャスティングシステム・テレヴィジョン》の看板番組の一つで、このニュース番組をプロデュースする木島は、当然ながら制作畑の出世頭だ。四十代半ば、痩《や》せぎすの男で、パステル調のボタンダウンを好んで着る。何かに追われるように始終苛々《いらいら》している男で、そのせいかいつも顔色が冴《さ》えない。たぶん胃腸をやられている。

この男が主幹となり、十四時に始まったブレスト——つまり0《ゼロ》版会議は、十五時を過ぎるころにはその進行表《スケジュール》が一版ないし二版まで完成し、ひとまずお開きとなる。

木島はこのブレストで、当日のニュースのラインナップをほぼ決める。

その後、ニュース枠担当のディレクターと再度の打ち合わせをし、掘り下げた取材が必要と判断した場合は、社会部や政治部等の記者を呼んでさらに情報を集め、担当ディレクターは、カメラマンとVE《ヴォイス・エンジニア》とともに、ふたたび取材に出かけてゆくこともある。

例えば今、木島はセンター卓に座ったまま、先ほどの青木と社会部の記者を呼んで話をしている。それが終われば、青木は大学病院の再取材に出かけてゆくだろう。NBSの報道ディレクターは外部的には記者という肩書きになる。自分のネタに関しては企画から取材までほぼ一人でこなしてゆくというやり方だ。

ここ数日、貴子には特にやることがない。

これから夕方のニュースが始まるまでの数時間は、その日の番組進行に関係のないディレクターにとっては、かなり自由になる時間帯だ。新たなネタ探しと、仕込みのための時間なのだ。現にほかのディレクターたちは、自分の企画のために忙しく立ち回っている。だが、貴子はそのネタ集めの情報元《ソース》さえ、あまり持っていない。慌《あわ》ただしい報道センターで自分一人だけぼんやりとしていることが、次第につらくなってくる。

逃げるように報道局のフロアを出て、まだガランとしている副調整室、NV室の脇《わき》を抜け、奥の喫茶室へと入った。手前のテーブルにカメラマンの斎藤《さいとう》とVEの千葉《ちば》が座っている。コーヒーを飲んでいる。

「よ、貴ちゃん」古株の斎藤が陽気な声を上げ、紙コップを少し上げてみせる。「0版、もう終わったかい？」

「うん」貴子はうなずいた。待機の様子を感じた。「ひょっとして、青木くんか誰か？」

「鋭いね」斎藤は笑った。「その青木。大学病院。終わりそうだった？」

「たぶん、そろそろだと思う」

斎藤は千葉にうなずき、テーブルから立ち上がった。飲み干した紙コップを潰《つぶ》してダストボックスに投げ入れる。

貴ちゃん、たまにはおれと組もうよ――。

そう言い残し、斎藤は千葉を伴って部屋を出ていった。

その背中に貴子は微笑《ほほえ》み、それから少し唇を嚙《か》んだ。

斎藤は知っている。貴子には自分と組めるような大きなネタが滅多にないことを。

それを分かった上で、貴子を励まそうと敢《あ》えてリップサービスをしている。

貴子はかつてアナウンス部に所属していた。女子アナだった。

ある日、MAルームで音入れするVを、斎藤がうっかりどこかに置き忘れた。ナレーションは貴子が吹き込む予定だったので、斎藤がそのVを探すのを懸命に手伝ったことがある。NV室や編集室を一緒になって三十分ほど探し回った。それ以来、斎藤は貴子には一貫して好意的だ。貴子がこうして報道制作局に異動してからも、それは変わらない。陰に陽に励ましてくれる。

自販機から紅茶を取り出し、隅の丸テーブルに座り、ふたたび手帳を開ける。

頭の中に何も思い浮かばないのと同様、相変わらずページは真っ白だ。今クールの貴子の実績はといえば同期入社のディレクターはおろか、数期下の後輩ディレクターたちにも明らかに水をあけられつつある。

焦《あせ》る。つくづく情けないと思う。

『ジャパン・エキスプレス』でのプロデューサーとディレクターの関係は、販売会社などの営業課長と、その下の営業マンのようなものだ。営業課長は支店の販売目標をクリアするために、やれ、いけ、と営業に発破をかける。営業マンは個人に降りてきた数字に追われる。毎日飛び込みセールスをしながらも、より大きな売り先を探して、新聞や雑誌を読み、人脈を伝って情報を探す。

報道局の仕事も同じだ。毎日つづくニュース番組は、その一時間半ほどの枠組みの中に、驚くほど多くのネタを必要とする。それを日々埋めてゆくため、プロデューサーの木島は、配下にいる二十人のディレクターに、常に新しい企画出しを求める。ネタを提供することを求める。スポット、シリーズ、社会、政治、経済、芸能、スポーツ、なんでもござれだ。

貴子たちディレクターは常にそのプレッシャーに晒《さら》される。視聴率が取れ、目新しく、ある一定の深みまで掘り込めそうな素材……そんなタマを常に抱えていることが求められる。

新しいネタを求め、さまざまな団体や企業に出向き、人に会う。新聞や雑誌を読み、映画を見、音楽を聴く。インプットに次ぐインプット、アウトプットに次ぐアウトプット。そのためにも外部に幅広い人脈が求められるが、もともとアナウンサー上がりの貴子には記者としての下積み経験がない。ネタ元が非常に薄い。取材するにしても、どこから手をつけていいか分からない。

だから先ほど木島が言ったように、馬鹿《ばか》正直に正面から突っ込んでゆく。

結果、ネタはありきたりで広がりをみせないものとなり、ボツの連続となる。貴子はますます萎縮《いしゅく》してゆく。

悪循環だ。

心はより硬くなり、発想も伸びやかさを失う。

ぬるくなった紅茶が不味《まず》い。そのえぐみに顔をしかめながら、ちらりと思う。

やっぱり、わたしには無理なのかもしれない――。

このディレクターという職種が、だ。

二年前、貴子はそれまで所属していたアナウンス部から、報道制作局へと異動してきた。自分から希望したのだ。前例がないのを承知の上で、無理にお願いした。

新卒でこの在京のキー局に入社して以来、アナウンサー一筋だった。

最初の二、三年は、それはもう楽しかった。バラエティやちょっとした教養番組のサブ的な仕事。責任もそう重くなければ、あまり頭を使うこともない。

アナウンス部のほかの女性社員と同様、貴子もまた十人並みの器量は持っていた。

そしてそのことを貴子自身よく知っていた。

やや白目の勝った切れ長の目元に、艶《つや》がある。額は広く、鼻筋ははっきりと通り、顎《あご》のラインはおとがいにかけ、鋭く切り込んでいっている。どちらかといえば色っぽく、知的な感じのする顔立ち――映像の中でその特徴をさらに引き立たせるため、念入りにメイクを施していた。自分でも嫌なやつだとは思う。だがこれは仕事だ。カメラの中に写る自分の容貌《ようぼう》を、よく把握していた。

愛嬌《あいきよう》のある若さはその存在だけで価値だ。貴子がそこにいるだけで周囲の人間もチヤホヤと構ってくれた。そこそこの男も絶えず寄ってきた。

いわゆる女子アナが〝あがり〟の仕事と思われている所以《ゆえん》だ。

だが、四年経《た》ち、五年が過ぎ、貴子を取り巻く状況は少しずつ変わってゆく。不況知らずのテレビ業界――アナウンス部にも、毎年新戦力が投入されてくる。それらフレッシュな顔ぶれに、次第にその活躍の場を奪われ始める。特にバラエティ枠の仕事は目に見えて減っていった。

むろん、それ以前から貴子は気づいていた。

自分より先輩の女性アナウンサーたちが、ゆっくりと部屋の隅に追いやられるようにして、それまでの仕事を剝《は》がされてゆく様子を。

彼女たちはその活躍の舞台を、釣りや料理、家庭菜園などといった地味で趣味的な小番組や、勤務条件の悪い深夜枠や早朝枠などに次第に狭められていた。制作局上層部の意向だ。芸者の置屋のようなものを、なんとなく連想した。歳《とし》を取り、容色が衰え、やがて旦那方《だんながた》からのお声もかからなくなる。一見どんなに華やかそうに見えたとしても、その実は、プロデューサーやディレクターに選ばれるだけの〈待ち〉の立場だ。

遅かれ早かれやがては自分もそうなるのだ、と感じていた。二十代の後半で、早くも窓際族《まどぎわ》の悲哀を味わった。次第に必要とされなくなってゆく自分を実感することほど、仕事でつらいことはない。

不安。屈辱。絶望。

ふざけるな、このやろう――。

心のどこかでそう思わなかったかといえば、嘘《うそ》になる。

実をいうと貴子は、もともとは直情型の性分だ。一見クールに見える外見とは裏腹に、熱くなりやすい。熊本の八代《やつしろ》という町で生まれた。目の前には八代平野が野放図に広がり、その向こうにはべったりとした不知火海《しらぬいかい》。晴れた日には天草《あまくさ》諸島が拝める。農業と漁業の第一次産業で成り立っている町だ。地元民は方言しか話さない。東京の大学に行った貴子が標準語など使おうものなら、「あんた、なに気取っとんの？」と、白い目で見られるような土地柄だ。そんな空気を吸いながら十八まで育った。

つまりは、九州女に特有の田舎者の血だ。

むしろ内心では、〈こんなんでこの先やっていけるか〉と毒づいていた。

だが、それまで女子アナとして売ってきた社内的な顔が、そのあからさまな激情の噴出を妨げた。

結果、憤懣《ふんまん》を抱えたまま、いたずらに時間を過ごした。

もうこんな職場は嫌だと思った。

結婚に逃げる、という手もあった。

貴子の同期も結婚退職でその多くが職場を去った。どこからも文句のつけようのない寿《ことぶき》退職。貴子にも当時付き合っていた広告代理店の男がいたし、人並みに結婚願望がなかったわけではない。

しかし貴子には、誰にも言えない風変わりな癖があった。

男と寝たとする。相手がいく瞬間に、ついその顔を見上げてしまう。鼻の穴が大きく膨らみ、こころもち上唇がめくれ上がる。どの男も束《つか》の間《ま》目を閉じ、一様に間の抜けた表情を浮かべる。もちろん、この代理店の男もそうだった。

貴子は観察する。膨らんだ鼻の穴を観察する。大きさの問題ではない。膨らんだその穴のカタチ自体が、醜い。たまに鼻毛が出ている。悲しくなる。生理的な嫌悪《けんお》感が頭をもたげる。

こんな間抜け面《づら》をぶら下げた田吾作《たごさく》と一緒になって、それでわたしは幸せになれるのか……。

というより、大事なあの最中にこんな妙なことを考えてしまう自分は、そもそも結婚などには向いていない醒《さ》めた人間なのではないかと考える。

結局、代理店の男とは二十九のときに別れた。

不安はあったが、後悔はなかった。

それとほぼ同時に、人事に報道制作局への異動願いを提出した。

以来、決まった恋人はいない。結婚の予定もない。これからも当分はこの仕事をつづけていかなくてはならない。おそらくは一人で。

自分には、もうこの仕事しか残されていない。

それだけに、今の仕事ではどうしても一人前になりたかった。

ドアの開く気配がする。貴子は後ろを振り返った。撫《な》で肩のほっそりとした身体《からだ》つきの男が入ってきたところだった。及川純一《じゅんいち》。三期下の警察関係担当のディレクター——貨物トラック飲酒運転の企画を、先ほどの0版会議で話していた。

及川はちらりと左右を見て、喫茶室に誰もいないことを確認すると、まっすぐに貴子のほうへやってくる。

内心、ため息をついた。

貴子さん、と椅子《いす》に腰掛けるなり、及川は口を開いた。今日もパリッと糊《のり》の利《き》いた青いシャツを着ている。胸元にはバーバリーのワンポイント。

「今日の会議、あんまり気にすることないっスよ。木島さん、いつもあんなだし」

分かってる、と貴子は笑顔を作った。だが、相手に対してそれ以上の言葉は思い浮かばない。一方、及川は明らかに次の言葉を期待している。束の間の沈黙。

「……今日、仕事がひけたら、久しぶりに飯でも食べに行きませんか」

つい苦笑した。久しぶりもなにも、この男と二人で飯を食べに行ったことなど一度もない。でも、どういうわけかこの男の記憶ではそういうことになっているらしい。

「ごめんね」貴子は言った。「今日はパス」

「じゃあ、来週は？」

貴子は首を振った。

「お願い。そんな気分じゃないんだ」

鬱陶《うっとう》しいとまでは思わない。だが、一度寝たぐらいで、ここまで親近感を剝《む》き出しにしてくるこの男が少し苦手だった。

半年前の特番の打ち上げで、隣の席だった。制作部長にしこたま飲まされた貴子はかなり悪酔いし、住まいが同方角である及川に送ってもらった。タクシーを降りマンションの部屋の入り口まで送ってきた及川は、突然貴子に抱きついてきた。

ずっと前から好きでした――そんな中学生のような言い方をして、いきなり唇を吸ってきた。貴子はイクときの男の顔にウンザリするだけで、セックス自体は嫌いではない。付き合っている男はいなかったし、以前から及川のぷっくりした小鼻のカタチは、妙に可愛《かわい》いと思っていた。だからなすがままに任せた。

及川の言葉の意味が分かったのは、それから一時間後だ。

「……ぼく、学生のときから貴子さんを見ていたんです」及川は笑って告白した。

「テレビにときどき出ている貴子さんを。ずっとファンでした」

その口調に、なんとなくショックを受けた。一気に白けた気分になった。

この男は現実のわたしを見ているわけではない。かつてブラウン管の中に映っていたおすまし顔の貴子への幻想を、その延長線上に描いているだけだ。意地の悪い見方をすれば、それまで想像上のオナペットでしかなかった貴子をようやく抱けたことに満足を覚えている。

そんな目で抱かれた貴子こそ、いい面の皮だった。

貴子の目の前で、及川はまだ何か言いたそうにまごまごしている。

これから外に出なくちゃいけないから――貴子はそう言って立ち上がった。

むろん嘘だ。だがこれ以上一緒にいたくない。

未練がましい及川の視線が、腰のあたりに粘りついてくる。

「また九時からのプレビューで会いましょう」

そう言い残し、テーブルを離れた。喫茶室のドアを開けたとき、その表面のガラスに、窓際に腰掛けたままの及川の影が一瞬映った。

そう言えばこの男も間抜けな顔をしていたっけ――ちらりとそう思った。大きく膨らんだ鼻の穴がやはり醜かった。あてが、外れた。

貴子はパンプスの音を響かせながら廊下を歩いてゆく。

自分をなぐさめる方法はある。クローゼットにしまってあるヴァイブレーター……

もう一度及川と寝るぐらいなら、男日照《おとこひで》りがつづいたほうがまだマシだ。それぐらいのプライドはある。

……なんだそれ、と思う。

自分でも考えていることが意味不明だ。

2

信号がブルーに変わると、前方にびっしりと連なったクルマが走りだし、また数百メートルほど先の信号で止まる。

真っ赤なテールランプが数珠《じゆず》繋《つな》ぎになる。アスファルトからゆらゆらと陽炎《かげろう》が立ち昇っている。そんなストップ・アンド・ゴーの繰り返しだった。

午前十一時三十分――クルマは外苑東通りを芝公園に向けて南下している。

「乗り心地の悪いクルマだな」助手席でケイがぼやいた。「おまけにこの狭さときたら、金魚鉢《セブン》だ」

このFDのことを言っている。松尾は苦笑した。

「おれのオモチャだ。あまり実用には向かない」

信号が青に変わった。ふたたび加速。三百メートルほど走ったところで、また赤信号が見える。ギアをサード、セコと落としながら減速してゆく。

ケイがまた口を開いた。

「あれこれイジッているのか」

少し答えに窮した。機械に詳しくない相手だと、なんと答えていいか分からない。

「クルマには詳しいほうか」

「一時期、マセラティのビ・トゥルボがアシだった」ケイは答えた。「日々のメンテは自分でやっていた」

それで納得した。ビ・トゥルボはその名の通りツイン・ターボ仕様のはずだった。そしてイタリア車の中でも有名なクサレグルマだ。とにかくすぐにいろんな機能が壊れる。タービン系は特に弱かった。そこそこの知識がなければ維持などできない。

「エンジンは二基の13Bロータリー。それにT-88タービンを嚙《か》ませてある」松尾は答えた。「ビルシュタインのダンパーとタワーバーで足回りを固め、ボディ本体の補強溶接は二百ヵ所《スポット》増し」

「馬力と実速は？」

「ブースト1・2で、五百八十馬力。高速道路《アウトピスタ》でなら、三百二十キロ《200マイル》ぐらいまでは引っ張れる」

　ケイは軽く口笛を吹いた。

「そんな怪物を、よくもまあこんな街中で普通に扱えるもんだ」

　この男、よく分かっていると思った。

　通常、ここまでチューンしたエンジンは、おそろしく神経質なものになる。高回転域で常軌を逸した馬力を得る代わりにパワーバンドはやたらと狭くなり、低速でのトルクはスカスカ……当然、街中での運転は不都合を極める。

「べつにおれの腕がいいからじゃない」松尾は解説した。「マックスの吹けに影響が出ない範囲で、エグゾーストに排気干渉を作ってある。低速時の燃料混合比率とブースト圧も、何度も実走を積んで得たデータがロムにプログラムとして読み込んである。それで、中低速でのトルクが太くなる」

　つまり、単に超高速域だけではなく、街乗りの使い勝手までちゃんと考えたマシンに仕上がっている。

　ケイがちらりと松尾を見た。

「が、二百マイル出せるのはおまえの腕だろ」ケイは言った。「本番でもしっかり頼むぜ」

東麻布《ひがしあざぶ》の商業地区を過ぎ、国道一号線を越えた。

道幅が急に広くなり、両側に鉄柵《てつさく》に囲まれたこんもりとした緑が広がっている。芝公園だ。そのまま通りを六百メートルほど進むと、日比谷通りにぶつかる。芝公園交差点の信号の先に、三十階建ての高層ビルが一棟、建っている。

――芝ＮＳビル。外務省の仮庁舎だ。

「いったんあのビル前の小路を突っ切って、第一京浜という国道まで出る」松尾は言った。「適当な百円パーキングがあるはずだから、そこから外務省までは歩いて下見に向かう」

ケイはうなずいた。

＊

貴子はカメラマンとＶＥと一緒に、芝ＮＳビルを出てきた。

北朝鮮の拉致《らち》疑惑に絡《から》んだ二十数年前からの不手際《ふてぎわ》――その追跡調査の企画だった。当時から活動を続けているＮＰＯ（非政府組織）団体から裏を取り、その証言を元に、アジア大洋州局の北東アジア課長と人権人道課の課長にインタビューを試みたのだ。

『ジャパン・エキスプレス』の中で報道される、時間にして十分ほどのスポット番組だ。

質問をぶつけた相手は、予想どおりのらりくらりとした受け応《こた》えに終始した。責任逃れの詭弁《きべん》と身内を庇《かば》うための曖昧《あいまい》な答え——インタビュー中、何度も苛立《いらだ》つ自分がいた。だが、結果としてはそれでいいのだと思う。そんな対応の中から滲《にじ》んでくる外務省の体質自体をテープの中に押さえることが、今回の主眼だった。

今の仕事になってから、外務省の職員たちの仕事振りを折に触れ観察してきた。

結果、彼ら職員の言動には開いた口が塞《ふさ》がらなかった。

昼食は省内の安い食堂ではとらず、必ずといっていいほど外食する。それも外部者との打ち合わせと称して、ワインなどを傾けながら二時間ほどをかけてゆっくりと食べる。

当然、その食費は官費で落とす。

彼らのファッションや嗜好《しこう》もまた、つい失笑せざるをえないものばかりだ。ズボンにベルトはしない。判で押したようにサスペンダーをし、襟元《えりもと》だけホワイトのカラーシャツを好んで身につける。髭《ひげ》を伸ばした人間も多い。ワインやフランス料理の話も大好きだ。

滑稽《こっけい》だった。それでエリートを気取っているつもりなのだ。

一方で、そんな彼らに対する海外からの評価は、瀋陽《シェンヤン》の領事館駆け込み事件や、ペルー大使館占拠事件に見られるように、明らかにひどいものだ。アメリカなんぞから戦費を出せと言われれば、そそくさと用意する。ＯＤＡ（政府開発援助）は意味もなく垂れ流すだけで、そのあまりの分別のなさに、援助を受けた相手国からもかえって侮《あなど》られている。

要は彼らのせいで、この日本という国家は世界中の国から馬鹿《ばか》にされ、軽んじられている。

それでも彼ら外務省の人間は、なんの痛痒《つうよう》も感じていないようだった。職場にいるアルバイトの女の子をせっせとつまみ食いし、各部局にあるアメリカンスクールやフレンチスクールなどの派閥の中で出世の順位を競うことしか念頭にない。

とんだ木っ端《こっぱ》役人だ。そして腑《ふぬ》抜け揃《ぞろ》いだ。

貴子は経済産業省や農林水産省に取材を行うこともあるが、彼らのほうが仕事振りも仕事に対する考え方もはるかにマトモだった。

「まあ、でも無理もないかな」と、記者クラブで知り合った新聞社の人間が貴子に言ったことがある。「だいたい戦後の日本に、外交方針なんてものがあったためしなんかないんだ。アメリカとの安保条約がすべてなんだから、やっこさんが右向きゃこっちも右って具合さ。もともと国家の骨子自体が骨抜きにされているんだから、ODAをばら撒《ま》く以外、やることなんか何もないんだよ」

それにしても、と貴子は思う。

自分の給料からも天引きされている税金の一部が、こんなふやけた官僚たちにいいように使われているかと思うと、やはり不快感を覚える。

NSビルのエントランスを出た。警官の立っているゲートを抜けたところで、締めの撮影に移った。

外務省仮庁舎を背景に、貴子が記者としての簡単なコメントを話し、それをテープに収める作業だ。

カメラマンとVEが立ち位置の打ち合わせをしている。貴子は手提げの中からNBSの腕章を取り出し、それをジャケットの上から二の腕に嵌《は》めた。

コンパクトを開け、化粧と髪形の乱れをチェックする。眉《まゆ》、口紅、シャドウ、チーク、髪の跳ねと全体の落ち着き具合――問題なし。

少し満足を覚え、コンパクトを閉じる。連れの二人はまだ打ち合わせをしている。無理もない。霞が関の官庁街と違い、このNSビル周辺はおそろしく建て込んでいる。現に今、貴子が立っている建物前の舗道も幅五メートルほどの、しかも一方通行の小路にすぎない。向かいには二階建ての小さな建物がごちゃごちゃと軒を連ね、さらにその向こうには、首都高速の高架が覆《おお》い被《かぶ》さるようにして聳《そび》えている。

引いて撮る場所もままならず、露出にも気を遣う。交通量は非常に少ないとはいえ、まさにカメラマン泣かせの立地だった。

貴子は時計を見た。正午少し前――多少時間をロスしたとしても、二時からの0版会議には充分に間に合う。

カメラマンはまず、貴子の立ち位置を決めた。NSビルのゲートから三メートルほど斜めにずれた路地の脇《わき》。そこにマイク片手の貴子を立たせたまま、少し離れた位置から撮る角度を決めている。

ぼんやりと佇《たたず》んでいる貴子の視界に、こちらに歩いてくる二つの人影が目に入った。

二人とも三十代の前半に見える。あるいはそれよりも、若干年嵩《としかさ》かもしれない。

一人はジーンズに臙脂《えんじ》のTシャツ姿、肩幅が広く筋肉質な身体《からだ》つきをしている。もう一人はカーキ色のスラックスにベージュのジャケットを羽織った、ひょろりとした男だ。

肩を並べ、のんびりとした歩調でこちらに近づいてくる。両者とも手ぶらだ。

その様子が、なんとなく気にかかった。

初夏の太陽が燦々《さんさん》と照る平日の昼間から、いい大人が私服姿でぶらぶらと歩いている。しかも、彼らの進む先には、巨大な敷地を持つ芝公園しかない。男二人で日光浴でもあるまいに。ひょっとしたらホモだろうか。

と、通りすがりに、Tシャツ姿の男がちらりとこちらを見た。それで初めて、自分がその相手をじっと見つめていたことに気がついた。

「じゃあ、貴子さん。スタンバイいいスか」

レンズを覗《のぞ》き込んだ若いカメラマンから声がかかる。

あ、うん、と答え、片手に持ったメモに目を落とす。内容を確認してふたたび顔を上げたときには、男たちは道を過ぎ去ったあとだった。

カメラマンが手を挙げ合図を送ってくる。

貴子はマイク片手にコメントを話し始めた。

＊

……そうするだろうと思った。

すらりとした見目のいい女だった。襟足までのショート。目鼻立ちもくっきりとしている。髪はややブラウンがかった全体にウェーブが軽くかかり、そのヘアスタイルが小振りな頭部によく似合っていた。切れ長の目元がやや艶《つや》っぽい。きりっと引き締まった口元にも好感を覚えた。

このブラジル男が黙っていられるはずはない。

NSビルの区画をさらに狭い路地へ入り込むと、果たしてケイは松尾のほうを振り向き、にたにたと笑った。

「タカコちゃん、ね」ケイは言った。「いい女《ムイント・ボニータ》だったな」

松尾は顔をしかめた。この男が馬鹿ではないことは知っている。だが、いったいどこまでが本気でどこからが洒落《しゃれ》なのか、相変わらず摑《つか》めない。

「何のための下見だ」と、口を尖《とが》らせた。「建物はしっかり観察したのか？」

「あの女がこっちを見てたから、ちょっと見返しただけだ」

「こんなときまで鼻の下を伸ばすのか」

この好き者はかすかに両肩をすくめる。

「そういうおまえだって、あの女のことを見てたろうが」

たしかにそれはそうだ。だが、この浮かれポンチのように好色の眼差《まなざ》しで見ていたわけではない。あの女の横顔が妙に記憶に引っかかった。

どこだっただろう? だが、宝飾業の松尾にマスコミ関係の知り合いなどいない。

それを考えていた、と松尾は説明した。

ケイはただ笑った。笑って話題を変えてきた。

「領事移住部は、たしか八階だったよな」

「山本さんからの資料だと、そうなっている」

ケイは背後を振り返った。松尾もその視線の先を追う。入ってきた路地の先に、首都高速の高架が切り取られている。

ふむ、とケイはつぶやいた。「あの場所からだと、ちょうど同じ高さぐらいだ」

ケイの言わんとすることは理解できた。

「いい按配《あんばい》だろ」

ケイはうなずいた。

「もう一度建物の前を通ってクルマに戻ろう」と、言った。「高速の上からも確認したい」

＊

はい、ＯＫです――。

貴子はマイクを下ろし、メモを手提げの中にしまった。カメラマンも機材を肩から下ろし、隣にいたＶＥも貴子に向かってうなずいてみせる。

時計を見た。正午ちょうど――まだ時間はある。

「どこかでご飯でも食べてから、局に戻りましょう」

「いいッスね」

三人は、芝園橋のパーキングに停めた社用車に戻り始めた。芝公園に向かって歩きだしながら、貴子は二の腕から腕章を外し、ふたたび視線を上げた。

十メートルほど先の路地から、先ほどの二人組が出てきたところだった。こちらに向かって歩いてくる。

こんな場所になんの用だろう――ふたたび思った。

すれ違いざま、Tシャツの男がにっと笑いかけてきた。少なくとも、笑いかけてきたような気がした。

それで、自分がその相手をまた見つめていたことを悟った。

かあっと下腹部のあたりが熱くなる。

貴子には分かった。男は明らかに貴子を欲しがっていた。

視線を受け止めた自分もまた、相手に興味を抱いていた。くっきりとした鼻梁《びりょう》をしていた。下から仰ぎ見たら、きっとバランスのいい小鼻の輪郭をしている……直後には慌《あわ》ててその想像を振り払った。

まったくわたしは、どうかしている。

これではまるで色情狂だ。

＊

取り外しかけた腕章に、〈報道・NBS〉という文字が見えた。

直後、女は顔を上げた。正面からその顔を拝んだ。その瞬間、相手になぜ見覚えがあったのかを理解した。

女たち三人と充分距離が開いたところで、ケイに呼びかけた。

「思い出した」

「何を？」

「あの女が誰だったか」

「ほう？」

「三、四年前までは、テレビの娯楽番組に出ていた。テレビ局のアナウンサーだ」

「だが、今は違う仕事のようだな」ケイが言った。「様子からして、記者みたいな感じだったぞ」

「腕章には『報道』って書いてあった。最近はとんとお目にかからない」松尾は答えた。「腕章とあの女の顔を正面から見て、ようやく思い出したぐらいだ」

報道、とケイはつぶやいた。「それって、ニュース関係の部署のことだろ」

「そうだ」

「しかも外務省に取材。ふむ……」

ケイがふたたび口を開いたのは、第一京浜まで戻ってきたときだった。

「山本のオヤジがテープを送りつけるのは、決行前日だったよな」

「ああ」

「が、どこのテレビ局も、それに応じてやってくるかどうかは確実じゃない」

テープと一緒に宅配便で送りつけられる犯行予告——何をやるのかは、はっきりと明記しない。匂《にお》わせるだけだ。万が一にも警察に事前通報されると困る。

一方で、その曖昧な犯行予告が冗談でないことを分からせるため、それぞれの小包に各局への車代として五万円を同封することになっている。

松尾がインターネットで調べたところによると、七月十日の日の出の時刻は、午前四時三十三分——予告はその三十分ほど前の四時だ。たとえ夜更《よふ》けから雨が降りつづいたとしても、東の空が白み、辺りがうっすらと明るくなっているころだ。首都高も含めた都内の交通量が最も少なくなる時間帯でもある。

しかし、そんな時間帯にいったいどれほどのマスコミが集まってくれるのかと思うと、はなはだ心もとない。

今度の計画の、唯一《ゆいいつ》の不安材料だ。

むろん、一社も来なかったときのために犯行後の状態が事件発生から数時間は保たれるよう、山本に細工を頼んではある。おっつけ駆けつけてきたテレビ局各社によって、間違いなくその様子は電波に乗る。

だが、できれば実行の瞬間をカメラに収めるテレビ局を、どこか一社は確実に確保しておきたいところだった。その後の計画を進めたときの、脅迫効果が格段に違ってくるからだ。

ケイが妙なことを言いだした。

「――あのタカコちゃんの、正確な漢字を思い出せるか」

「なぜ？」

「いいからちょっと思い出してみろよ」

考える。テレビの中に映っていた記憶の糸をたぐる。

タカコ、タカコ……貴子？　貴子――なんとなく、しっくりくる。

「……たしか、貴い子《とうとこ》だった」

「苗字《みょうじ》は？」

さすがに松尾はかぶりを振った。

「そこまでは思い出せん」

ふむ、とケイは笑った。

「ＮＢＳ報道部の貴子ちゃん――」と、つぶやいた。「まあ、それだけ分かればなんとかなるだろ」

「おまえ、何を考えている？」

ケイはふたたび笑い、この前おまえが言っていた名簿屋だよ、と告げた。次いでこうものたまった。

「あの女、おれに気がありそうだ」

「何を言い出す」松尾は驚いた。「気でも狂ったか」

「いや、そうだ」と、確信ありげになおも繰り返す。「あの目だ。おれには分かる」

ウンザリした。

あのアマゾン時代以降、どういうふうな育ち方をしてくればこうも能天気な男になり下がれるのか。いったいこの痴《し》れ者は、世の中のすべての人間から祝福されて生まれてきたとでも思っているのか。

挙句、もう一度吐き捨てた。

「この、間抜け野郎《ポルトゲス》が」

ポルトゲス――能天気なブラジル人への蔑称《べっしょう》だ。

しかし相手は平然としたものだ。

「まあ、モノは試しだ」と、片眉《かたまゆ》を上げてみせた。「うまくいけば確実に一社はやってくる」

3

週末、貴子の作ったスポット特集は、『ジャパン・エキスプレス』で流された。スポーツニュースの前に組み込まれた十分ほどの小番組。薄暗い副調整室《サブ》に座り、スタジオのモニターを眺めながら、この部分だけの仕切り役《ピッチャー》――つまり、キュー出しを行う。一カメから八カメまでを絶え間なく見回し、ＴＤ《テクニカルディレクター》にズームやモニター切り替えの指示を出してゆく作業だ。

貴子の背後からかすかなため息が聞こえた。振り向かなくても分かっている。木島だ。

かすかに心の中が波立つ。

まあ、可もなく不可もなく紋切り型だな――夕方のプレビューで、貴子を前にして木島はそう言い放った。感想はそれで終わりだった。

結論から言うと、恐れていた駄目出しはなかった。

だからこうして予定どおり、今日の『ジャパン・エキスプレス』で、貴子はサブに座ってキュー出しをしている。

本番が終わり、零時から反省会となった。今日の担当ディレクターがずらりとテーブルを囲み、その中央に木島が座る。

最初に槍玉《やりだま》に上がったのは及川だった。先週やった〈長距離トラックの飲酒運転〉企画の第二弾――頻発する飲酒事故をその背景要因から探るというものだ。だが、その仕上がりはといえば、貴子から見ても突っ込みが甘く、おまけに地味で、到底興味をそそられるものではなかった。

「視点がぐらついている。どの問題をメインに据えるかが曖昧《あいまい》だ」

と、チーフディレクターはコメントを口にし、

「そう。だから全体の印象が散漫で、突っ込みが甘く見えるんだ」

と、木島も結論づけた。

今夜の及川には、まさしく針の筵《むしろ》だった。

貴子も例外ではなかった。

「だがな、貴子。おまえは及川以前の問題だ」唇を舐《な》め、木島は言い放った。「こいつはそれでも自分なりの切り口を見せようと頑張っている。けど、おまえのはいったいなんなんだ。え？」

「…………」

「相変わらず見る側の予想範囲内の、紋切り型の質問しか出てこない。だから相手だって、それを超える答えは返してこない。当然、最初から分かりきったQ&Aの応酬となる。役所仕事じゃねぇんだ。浅いんだよ、考えが。何も感じていないんだよ、おまえ自身が。これからもこんな念仏踊りの仕事を垂れ流すんだったら、おまえにはそのうちディレクターを外れてもらうからな」

居並ぶアンカーや論説委員、ほかのディレクターたちも無言で下を向いている。決して貴子と目を合わせようとしない。

胃が痛くなる。消え入りたい気分だ。

ああ、やっぱりわたしは駄目な女だ。

すべてを放り出してここから逃げ出したい……なんでもいい。何か気持ちいいことがしたい。

午前一時に反省会は終わりとなった。

残務処理を終え、来週月曜からの準備をして、赤坂にある局を出たのが二時過ぎ

——電車は終わっている。

エントランスで客待ちをしているタクシーに乗り込み、一瞬迷ったが、南青山七丁

目へと行き先を告げる。

　このまままっすぐ自宅へ帰る気には到底なれない。どこか適当な店で一、二杯引っかけ、この破れそうな気持ちを静めなければ、今夜の眠りには就けない。

　西麻布四丁目を過ぎ、高樹町《たかぎちょう》の交差点でタクシーを降りた。目の前に、ビル外壁に突き出た濃いブルーのネオンが見える。

　半年ほど前、学生時代の友達と朝方まで飲んだ店——青い看板が目印の『Bar. Sinister《バー・シニスター》』とかいうショットバーだった。

　ビルの間の狭い路地を十メートルほど進むと、もう一度同じ英文字の立て看板が見えた。地下へとつづく狭い階段を下り、バーの扉を開けた。

　縦に細長い店内は、全体として七分ほどの客の入り。カウンター席は空いていたが、五つほどあるテーブル席は、すべて埋まっている。そのザワザワとした雰囲気が、かえって自分を一人きりに放っておいてくれるような気がする。

　カウンターに座り、若いバーテンにジンライムを注文した。

　バッグの中からセーラムライトを取り出し、火をつける。二週間も前に買った煙草《たばこ》——まだ数本残っている。肺の中まで吸い込むことはない。ただ、なんとなく吹かすだけだ。

つい悲しくなる。苦笑する。どこまでも中途半端《はんぱ》な自分。

アナウンサーとしても駄目で、ディレクターとしてもそろそろ危うい。あるのは、決して明るそうでもない未来に備えて貯《た》めている七百万の預金だけだ。

こんな情けない自分を、九州の両親が知ったらなんと言うだろう。

きっと母親は言う。

あんた、早う帰ってこんね。女の子がいつまでも独り身でおったら、ろくなことはなかよ。見合いの口なら、まだいくらでもあるけん——。

目に見えるようだ。そしてやはり、げんなりする。

ジンライムを半分ほど空け、二本目のセーラムライトに火をつけたとき、店の扉が開く音が聞こえた。

何気なく首を捻《ひね》った途端、貴子ははっとした。

骨格のよく発達した男が、そこに突っ立っている。臙脂《えんじ》色《いろ》のTシャツに、色の落ちたジーンズ——間違いない。三日ほど前に見た、あの男だ。

男の視線が束《つか》の間《ま》店内を泳ぎ、カウンターにいる貴子の上で止まった。

一瞬、その片眉《かたまゆ》がピクリと上がった。

貴子は慌《あわ》てて正面に向き直り、グラスを手にした。

カイピリーニャ――そう注文する声が聞こえた。視界の隅で、男が出入り口に近いカウンター席に腰を下ろしかけている。

相手もわたしのことを覚えている――そう感じると同時に、自分がいったいあの男の目にどう映ったか――それがちらりと気になった。

夜更《よふ》けのショットバーで、一人つくねんとグラスを傾けている女……これではまるで、男に声をかけてくださいと言っているようなものではないか。

事実、こういう夜の店で声をかけられ、行きずりの男と一晩をともにしたことも何度かある。決まって仕事でさんざんにやり込められた、週末の夜だ。どこか捨て鉢になっていた。

ストレス。余裕のない心。絶えず焦《あせ》りを感じながら日々を送っている。そんな日常から束の間でも逃れようと、つい肉の快楽に夢想を馳《は》せる自分がいる。何かに縋《すが》りたい。精神が崩れかけ、一種の依存症になりかけている。

そして今夜も、そういう気持ちがどこかになかったとは言い切れない。

でも、そんな気持ちを見透かされるのは嫌だった。

そうは思いつつも、つい相手の横顔を盗み見た。男はカウンターに片肘《かたひじ》をついたまま、のんびりとした様子でグラスを傾けている。やはり、カタチのいい鼻梁《びりょう》をしている。心の奥底がかすかに疼《うず》く――そう感じた直後、男がこちらをちらりと見た。ふたたび慌てて視線を逸《そ》らす。内心、舌打ちする。

ったく……何をやっているのだ。やっぱりどこかおかしい。わたしは……。

――吸い止《さ》しのセーラムライトの長さが、半分ほどになっている。

気がつくと、グラスの中のジンライムも底を突きかけていた。もうここを出ようと思っていた矢先だった。

コトリ、と音がして、新しいグラスが貴子の前に置かれた。

（え？）

思わず視線を上げ、目の前の若いバーテンを見上げた。

「あちらの、お客様からです」

バーテンは貴子に微笑《ほほえ》みかけ、カウンターの隅のほうに手のひらを向けた。例の男がこちらを見て笑い、かすかに顎《あご》をしゃくった。

「もしご遠慮されるのなら、それはそれで構わないそうです」

一瞬、迷った。

だが次の瞬間には、自分でも驚くほどすんなりと新しいグラスを手に取っていた。雑念を頭の中から追い出す。なに、構うものかと思った。

一口飲み、それから男を見た。暗黙の了解――男はまた少し笑うと軽く人差し指を上げ、貴子の隣の席を示した。

空いているのか、あるいは、そこに行ってもいいか、ということだ。

前置きの仕方からしても、そう悪い人間には思えなかった。

肝が据《す》わった。貴子はうなずいた。なるようになれ、と感じた。

グラスを片手に、男はのっそりとやってきた。

「やあ、こんにちは」

その間の抜けた挨拶《あいさつ》に、貴子はつい笑いだしそうになった。コンニチハもなにも、もうすぐ午前三時だ。かえって気が楽になった。

「こんばんは」と返し、つい軽口を叩《たた》いた。「いつもこういうふうに、女の人に言い寄るわけ？」

男は少し首をかしげた。

「いや――この国では、二度目かな」

あれ、と思った。

「あなた、日本人じゃないの？」

うん、と男はうなずく。「地球の反対側。ブラジル人だ」

意外だった。それにしては、少なくともその日本語は完璧《かんぺき》だ。失礼かとは思ったが聞いてみた。

「ひょっとして、日本には出稼ぎで？」

「おい、おい」男は苦笑して答える。「遊びだよ。ブラジルにも金持ちはいる」

つまり、この冴《さ》えないTシャツ姿の男は自分が金持ちだと言いたいらしい。ふたたび笑いだしそうになる。

「それって、あなたのこと？」少し意地悪く念を押す。

「まあ、そうだ」

当然のように男はうなずく。

なんだか出だしから変な感じだ。とにかくこの男には、女を口説くときに見られる緊張やてらいというものがおよそ感じられない。

興味をそそられた。話題を戻す。

「二度目ってことは、一度目もあったのよね」

「ああ」

「どこで？」

「電車の中だ」馬鹿《ばか》正直に男は答える。「可愛《かわい》かったんで、つい声をかけた」

あきれた。と同時に納得もする。この野放図さはやはり日本人のものではない。

「相手もびっくりしていたでしょ」

「初めはね」と、穏やかに言う。「でも、まあ愛想よくしてくれた。けっこう褒めちぎったし」

「そういうもの？」

不意に男が笑いだした。

「現にあんただって、こうしておれの相手をしてくれている」

釣られて貴子も笑った。

やはり悪い人間ではない。少し楽しい気分になってきた。

男はロベルト、と名乗った。アマゾン奥地のトメアスという田舎町で、胡椒《こしょう》栽培の農園を経営しており、暇な季節にこうして海外旅行をするのだという。

渋谷のエクセル東急に泊まっていると言った。金持ちというのもまんざら嘘《うそ》ではなさそうだった。

不思議なことに外務省前で会った話はこれっぽちも持ち出さなかった。そういういきなり馴《な》れてこない部分も気に入り、貴子も自分のファーストネームだけは名乗った。

「どう、この日本の印象は？」

「どう、と言われても、まだ東京しか知らないしね」男は答える。「田舎に行けば、またずいぶんと印象も違うんだろう？」

「じゃあ、この東京の印象だけでも言ってみてよ」

貴子はどこかで、すごく大都会だとか、人がいっぱいだとか、そういった類《たぐい》の答えを期待していた。だが男は言った。

「まあ、やめておこう」と、少し笑った。「言えば、あんたは——ええ、貴子ちゃん、貴子ちゃんて呼んでいいかな？」

「構わないわよ」

「なら貴子ちゃん——あんたは気を悪くする」

「どうして？」

「ロクな感想じゃない」

「どんな？」貴子はむしろ、このやりとりを楽しみ始めている。「もったいぶらずに言ってみてよ」

男はもう一度笑った。

「まあ、貧乏臭い」

「え？」

「貧乏ということじゃない。貧乏臭い」

わけが分からなかった。

「どういうこと？」

「おれの国じゃあ、金のないやつはないなりだ。服装も住む家もそうだ。それでけっこう笑って暮らしている」のんびりと男は言う。「だがこの国の連中ときたら、どいつもこいつも飾り立て、少しでも自分をよく見せようと躍起になっている。それがまあ、貧乏臭い」

へえ、と思う。

この男は、馬鹿ではない——それから苦笑した。

「たしかに、ロクな感想じゃないわね」

言いつつも、ますますこの男に好感を持った。

そのあともいろんな話をした。男は勧め上手だった。グラスを重ねるにつれ酔いが回ってきて、次第に頭がゆるくなってきた。愉快だった。

四時過ぎにその店を出たときには、周囲はうっすらと白み始めていた。

「さて、貴子ちゃん――」人通りの絶えた六本木通りまで出てきたとき、男は言った。

「これから、どうする？」

「どうするって……」

あと半時間もすれば電車も動きだす時間。でも今日から休みだし、もう少しこの男と楽しく過ごしたいという気持ちも芽生えてきている。

束の間迷った挙句、聞き返した。

「あなたは、どうしたい？」

どうしたいかって、と男は明るく笑い、不意に貴子を引き寄せた。

「もちろん、こうしたい」

言うなり、貴子の唇を吸ってきた。

かといって強引ではない。

舌がするりと口の中に滑り込んでくる。湿った舌先が歯の裏側にまで触れ、貴子の舌をからめとってくる。巧《うま》い。手馴れている――どこかで冷静に感じた。この男は女の欲情のさせ方を知っている。冴えない格好をして、とんだ色事師のようだ。

馬鹿な話だが、ついうっとりとさせられた。膣《ちつ》の奥が疼くようで次第に腰砕けになってゆく。

気がつくと相手に抱きつき、思い切り自分の舌を吸わせている自分がいた。

ふと顔を離し、ロベルトがけろりと笑った。

「じゃあ、おれのホテルってのは、どうかな?」

そのあけすけな物言いに、かえって失笑する。

「自信満々ね」貴子は言った。「鼻息が荒いわ」

男は目元を緩めた。

「そう、鼻息が荒い。駄目かな?」

「……いい部屋なの?」

「一応、ジュニア・スイート」

そう答え、朝靄《あさもや》の中からやってきたタクシーに手を挙げた。

4

いつもは目覚ましの鳴る五分か十分前には、必ず目が覚める。

だが、今朝は前後不覚に眠り込んでいたらしい。八時にセットしたベルの鳴り響く音で、松尾はようやく覚醒《かくせい》した。

明け方に帰宅した。床に就いたのは五時を回っていた。完全な睡眠不足だった。

とはいえ、店は十時に開店する。遅くともその三十分前には出社しなくてはならない。

朝飯は食わない。日本に来てからその習慣をなくした。

洗面台で歯を磨きながらふと気になり、居間に戻ってきた。

鳴った記憶はなかったが、やはり電話機にメッセージは残っていない。念のため携帯も開いてみる。着信履歴もメッセージも残っていない。

歯ブラシを咥《くわ》えたまま、少し笑った。

やっこさん、最後までいい、、、ったな――そう思った。


四日前のことだ。

外務省の下見を終えたその足で、新橋にある名簿図書館に向かった。ＮＢＳの社員名簿はあった。だが、このテレビ局関係の名簿に限り、閲覧料は五十万円だという。

女子アナ目当てのストーカーまがいの連中が、それだけの金を出しても利用するのだろうと思った。

一度銀行に行き、現金を引き出し、五十万を払った。名簿を借り出し、あの女の所属部署を調べた。

社員数は千五百人弱。その中から貴子という名前を拾い出してゆくのは若干骨が折れそうに感じたが、予想はついていた。報道局と報道制作局という部署を集中的に調べた。

あった。拍子抜けするほど簡単に、その名前を見つけた。

井上貴子――報道制作局・ニュース編集センター『JE《ジャパン・エキスプレス》』部の所属――肩書きは制作ディレクターとなっている。その生年月日から逆算すると今年で三十一歳だった。自宅の住所は、渋谷区上原三丁目のグラン・ド・メゾン上原３０８。

すべてをメモに取り、名簿図書館を出た。

「どうする？」

と、クルマに乗り込み、ケイに問いかけた。

「まずは下見だな」当然のようにケイは言った。「忍び込んで、既婚か独身か、あるいは変な虫がついていないかを確認する」

つまり、この女のマンションに、ということだろう。

「なにもそこまでする必要はないだろう」と、反論した。「こっちが本気ってことを分からせるだけなら、自宅のポストにでもテープと犯行予告を突っ込んでおけば事足りる。確実に当日の現場にはやってくる。充分だろ」

「まあ、そうかもしれない」ケイは首をかしげる。「だが、おれはそうしたい」

「なぜ？」

「あの女と仲良くなりたい」

一瞬、耳を疑った。

「おまえ、正気か？」

ケイはにたにたと笑った。

「いい女だった。できれば寝たい」

馬鹿《ばか》な、と松尾は喚《わめ》いた。カッときて思わずステアリングを叩《たた》いた。

「おまえ、これからの自分の立場が分かっているのか？　親しくなってテープを渡し、犯行予告を口にする。当然、その時点で面は割れている。事を起こしたあと、警察に駆け込まれてモンタージュでも取られたらどうするつもりだ？」

「そうはならないようにうまく持ってゆくさ」

「おれは、絶対に反対だ」断固とした口調で松尾は言った。「女が欲しいんなら吉原《よしわら》でもどこでも連れていってやる。南米女がよければ売春婦もいくらでも紹介してやる。

面が割れるような真似《まね》だけは、よせ」

「やだね。おれはあの女がいい」

松尾はまじまじと相手の顔を見つめた。

こいつの精神構造はいったいどうなっているのか。ひょっとして、どこか正気ではないのか?――。

「まあ、聞けよ」と、不意にケイは言った。「なにもおれは、やりたい一心だけで言っているわけじゃない」

「………」

「あの女には事件を起こす数日か一週間前にはテープを渡し、おれたちがどんな理由でこの行動を起こすのか、それを調べるだけの時間を与えたい。だから、できればテープを渡す前にある程度は親しくなりたい」

「……何のために?」

「理解者の確保だ」と、ケイは答えた。「ほかのテレビ局には前日に小包を送りつける。愉快犯や冗談だと思って現場に来ないやつもいる。現場に来て映像に押さえたとしても、送りつけられたテープを番組の中でどう扱うかはかなり疑問だ。たぶん慌《あわ》てててテープを見直し、エッセンスだけを取り出してそれで幕引きにする。なおざりに扱われる」

「………」

「それはおれたちの本意じゃない。当日のニュースでは、ちゃんと事件の背景から解釈を試み、だからこういった事件が起こったんじゃないかと言ってくれるテレビ局が、最低一社は必要だ。むろん、おれたちの行動の是非を問うものでも構わない。とにかく解釈の仕方が深ければ深いほど、計画の第二段階が明るみになったときに、じわじわと効果が表れてくる」

松尾は言葉の意味を吟味した。

たしかに一面では、この男の言うとおりかもしれない。

「しかし、それにしたって危険すぎる」と、反論した。「事件のあと、女がおまえのことを警察に話さないという保証はどこにもないだろ」

「その前に、おれがあの女と寝る状況にまで漕《こ》ぎつけていたとしたら、どうだ？」

思わず舌打ちする。この色情狂が、あの女とやりたさについにトチ狂ったか——やはりとんだ棹師《さおし》だ。

「自惚《うぬぼ》れもいい加減にしろ」

「自惚れじゃない」

「事実だ」ケイは言う。「もし男がいなかったとして、うまくやればあの女は転ぶ」

「じゃあ何だ？」

今度こそ心底ウンザリする。

「アホ臭くて、聞いてられんな」

「それでも聞けよ。考えろよ」ケイはなおも言い募る。「とにかく、あの女と寝たとする。一度だけではなく二度か三度だ。それでもあの女、おれを売れるかな？」

「………」

そのしつこい問いかけに、今度は少し考えてみる。

情が移る、という問題ではない。四、五年前までアナウンサーとしてテレビに露出していた女——警察に駆け込めば、それまでのケイとの関係を根掘り葉掘り問いただされるだろう。彼女のお膝元《ひざもと》であるテレビ局をはじめとした、マスコミの格好の餌食《えじき》となる。最悪の場合、スキャンダラスな行為の責任を問われて職場を追われる。

仮にあの女が独身で、近い将来結婚の予定もなく、仕事に生きる女性を目指しているのだとしたら、それは耐えられないはずだ。

そこまで想像して、ケイがなぜあの女の男出入りに固執するのかを、初めて理解した。たしかに試してみる価値はあるかもしれない。

「……だが、そううまく事が運ぶかな？」

「試《プローヴア》みは二週間を目処《めど》にする」ケイは言った。「それまでにもし近づけないようだったら、あるいは顔見知り程度にしか親しくなれないようだったら、この計画はやめだ。おまえの言うとおり、あの女の自宅のポストにでも小包を突っ込んでおくさ」

「……親しくなるにしても名乗りは必要だろう。いったいどんな身分で女に近づくつもりだ？」

「万が一のために、もう一冊偽造パスポートを持ってきている」ケイは答えた。「ブラジル国籍のものだ。その名前を使う。女の自宅からそう遠くない場所に、その名前でホテルを取る。そこを根城にして女の動きを尾行する。うまくいけば連れ込み宿としても使うから、できればそこそこのホテルがいい」

ふと、騙《だま》される女の立場になって考えた。計画が第二段階に入ったときの、あの女の苦悩について思いを馳《は》せた。

「おまえは、最低だ」松尾は吐き捨てるように言った。「いつか地獄に落ちるぞ」

「売人の元締めが言えたセリフか」ケイはおかしそうに笑う。「それに女にもメリットはある。スクープを間違いなくモノにできる。局内での株も上がる。おれはおれであの女とよろしくやれる。一石二鳥だ」

そう言い切り、平然としている。

その態度に、あのマリオに相通ずるものを感じる。悪党とは、つまるところこういうやつのことを言う。おのれの所業を常に割り切っているものだ――。

松尾はため息をつき、エンジンに火を入れた。

「おまえは、おれの仕事向きだよ」

「なんだ、そりゃ？」ケイはふたたび笑った。「褒めてんのか、けなしてんのか」

女のマンションに向かう途中、渋谷の東急ハンズに寄った。開錠《ピッキング》のための小道具を購入するためだ。針金やピンセット、ペンチ。そんなものが一通り揃《そろ》えば、なんとかなるだろうとケイは言った。

「それで、できるのか？」

「ま、大丈夫だろう」と、軽く請け合う。「下町の悪ガキどもと、閉店後の電気屋からよくテレビやラジカセを盗み出していた」

サンパウロでのことを言っているのだろう。悪童とはいえ、その後のケイの人生には友達というものがいたらしい……自分と違って。

東急ハンズを出てふたたびクルマに乗り込み、女の自宅を目指した。

「『ジャパン・エキスプレス』ってのは、あの放送局の看板番組だ」運転しながら松尾は言った。「おれもけっこう見たことがある。平日の月曜から金曜までの番組で、たしか放送時間は、夜の十時半から零時近くまでだった」

ケイはうなずいた。

「今日も夜遅くまでは帰ってこないな」

上原に着いたときには午後四時に近かった。

住宅街の中をスロウペースで流してゆき、目当てのマンションを見つけた。五階建てのRC集合住宅――エントランス脇《わき》の壁面に、『グラン・ド・メゾン上原』と鋳物《いもの》のプレートが埋め込まれている。玄関脇の一階はすべて駐車場だ。

素通しのガラス扉の奥がエントランスホール。さらにその奥にもう一つの扉が見える。

「これだな」

そう言って助手席のケイを振り返った。

「テレビ局ってのはけっこう儲《もう》かるんだな」フロントガラスから覗《のぞ》き込むようにしてケイがつぶやく。「玄関奥のドアはオートロック。外壁にもそこそこ金がかかっている」

「どうする」松尾は聞く。「今日はひとまずやめとくか」

いや、とケイは首を振った。「死角なんぞいくらでもあるはずだ」

ケイによれば、このテの建物は正面から見ればセキュリティが厳重に感じられるが、その実は、裏手に回るとちょっとした塀を乗り越えるだけだったりするという。

「エントランスの内部をよく見てみろ。どこにも監視モニターが見当たらない」そう言ってガラス扉の向こうを指差す。「つまり、こけおどしなのさ」

不意におかしくなる。

これではどちらが本職のヤクザ者なのか分かりはしない。

ケイの指示に従い、クルマをワンブロック離れた区画に移動させた。

クルマから直接マンションの裏手に回り込むのを、万が一にも目撃される可能性があるからだ。

「一時間やそこらで戻ってくる」

ケイは松尾のジャケットを羽織ると、内ポケットに白い手袋と、両側の外ポケットに捩《よじ》り合わせた針金数本、細身のマイナスドライバーを捻《ね》じ込んだ。

「もし近所で騒ぎが起きるようなら、おれに構わずおまえは逃げろ」

そのいかにも手馴《てな》れた言い方に苦笑する。

「そうやって、昔も盗みを働いていたのか」

「付き合いでな。あれはあれで面白かった」

そう事もなげに言い捨て、クルマから出ていった。足早に歩いてゆき、十メートルほど先の十字路で、その背中が消えた。

松尾はバケットシートに身をもたせかけたまま、大きなため息をついた。

「…………」

多少の馬鹿馬鹿しさは、どうしても否《いな》めない。

今日は外務省の下見で終わるはずが、いつの間にかケイの口車に乗せられて女の尻《しり》を追いかける羽目になっている。

あの色事師気取りの男は、今後も状況に応じて、こういうふうに自分を引き摺《ず》り回すのだろうか。

やはり、アホ臭い。

もう一度ため息をつく。

きっかり一時間後、ケイが戻ってきた。

「独り身だ」乗り込んでくるなり口を開いた。「付き合っている男も今はいない」

「なぜ、そう言い切れる？」

「男がいれば部屋にそれなりの形跡がある」予想どおりだったのが嬉《うれ》しいのか、ケイはうきうきとした口調で言った。「余分な歯ブラシとか男物の下着とか、一緒に撮った写真とか、そういうものだ」

つまりはクローゼットや洗面台の中までしっかりとチェックしてきたということだろう。とんだ覗き見野郎だ。念のために聞いた。

「触ったものは、ちゃんと元に戻してきたんだろうな」

ケイはうなずいた。

「寸分の狂いもなく」

「ほかに、何か収穫は?」

「壁にカレンダーがかかっていた。週末ごとの休みに、しっかりとマルが付いていた。だが、マルだけだ。おれの言う意味、分かるか?」

「……いや」

「ようは、淋《さび》しい貴子ちゃんだってことさ」すました顔でケイは言う。「そこまでして週末が来るのを指折り数えている。かといって週末の予定は何もない。切ない女だ」

ひどいこき下ろしようだった。松尾はあきれた。

「口説こうとしている女を、普通そこまでけなすか?」

「だからって嫌いとは言っていない」と、ケイは笑う。「面白いものも見つけたしな」

「面白いもの？」

そう鸚鵡《おうむ》返しに問いかけると、相手はもう一度にんまりと笑った。

「まあ、そうだ」

だが、それ以上は語ろうとしなかった。


そんなケイから電話があったのは、昨日の深夜だった。

いや、実はそれ以前にも昼間に何度か電話はあったのだ。ケイにすれば定期報告のつもりだったのだろう。

聞けば、この好色な精力漢はあれから毎晩赤坂に出かけては、テレビ局から帰社する女を上原のマンションまで尾行していたという。

「大変だぜ。なんせ局を出てくるのが夜の一時か二時ごろだろう」決まって、そう大げさに不首尾を嘆く。「今夜こそはと思ってタクシーで後を尾《つ》けても、毎晩まっすぐにマンションに向かいやがる。おおかた職場で夜食でも出ているんだろうが、これじゃ付け入る隙《すき》もない」

聞きながらも松尾は内心おかしさを堪《こら》えていた。

あたりまえだ。おまえみたいなへっぽこ棹師《さおし》にそうそう都合よく事が運ぶものか。

それにしてもこの男のやっていることは、まるでストーカーだ。そして、そういう自分の変態行為を少しも自覚していない。毎晩の不首尾をぼやき、その憤懣《ふんまん》を解消するために松尾に電話をしてくる行為にも、なんの疑問も感じていないらしい。

だが、昨日の電話は違っていた。

午前二時半――鳴り響く携帯の電子音で、松尾は寝込み際《ぎわ》を叩《たた》き起こされた。

「おれだ」携帯に出るなり、ケイが言った。「帰り道で女が飲み屋《バール》に寄った。一人でだ。うまくいけば、いくかもしれない」

「今、どこだ？」

一瞬、間があり、

「高樹町っていう交差点がある場所だ。六本木通り」と、答えた。「その近くの、『バー・シニスター』とかいう店に入った。今からおれもその店に行く」

素早く頭を回転させる。だが、思いつかない。

「何か、おれの助けがいるのか？」

「いや」と、その声が笑う。「助けはいらん。待ちに待ったチャンスなんで、つい嬉しくなって電話した。うまくいかないようなら、また連絡を入れる。じゃあな」

直後、電話は切れた。

ふざけた男だった。安眠妨害もいいところだ。松尾は憮然《ぶぜん》としてふたたび毛布に包《くる》まった。

だが、しばらく経《た》っても眠れない。その後のケイの行動に、あれこれとつい想像を膨らませてしまう。その結果如何《いかん》では、あとあと自分も絡《から》んでくる問題になるからだ。

三十分後、松尾は大きなため息をつきベッドから降り立った。どうせ眠れないのなら、こっそり様子を見に行くかと考えた。

素早く身支度を整え、地下駐車場に行き、ＦＤに乗り込む。カーナビをオンにして、六本木通り、高樹町交差点をセットする。

深夜の都内は空《す》いており、二十分後には六本木通りに面する高樹町交差点に着いていた。ケイの言っていた横文字のネオンは、すぐに見つかった。

その看板のワンブロック先でクルマを停めた。時計を見た。三時四十五分──あれから携帯は一度も鳴っていない。まだ店内にいるのだろう。

ビルに切り取られた漆黒の夜空が、徐々に重みをなくし始めている。軽くなっている。ごくかすかだが、朝の気配が漂いだしている。

一瞬迷ったが、クルマから降り、そのバーに向かった。ビルの谷間の路地を進み、立て看板のある脇から地下への狭い階段を下りていった。

幸いなことに、バーの扉には細長い格子《こうし》状の覗きガラスが埋め込まれていた。ガラスに顔を近づけ、用心深く店内を覗き込む。

ケイはすぐに見つかった。

奥のカウンターに腰掛けていた。その横に、あの女がいた。何が面白いのか大口を開けて笑っている。先日目にした、あの少し冷たそうな面影はどこにもなかった。

すぐに覗きガラスから顔を離し、扉に直接ペイントされた営業時間を見る。

『PM6：00～AM4：00』

階段を上がり、路上に出た。

クルマに戻り、もう一度時計を確認する。閉店まで、あと十分少々だ。

煙草《たばこ》に火をつけ、ゆっくりと煙を吐き出した。この場だけは最後まで見届けようと思った。

後方から四サイクルの軽やかな音色が聞こえてきたかと思うと、新聞配達のカブが松尾のクルマを追い越してゆく。

四時になると、空の色が紫紺色から藍色《あいいろ》へと変化し、辺りをうっすらと朝靄《あさもや》が覆《おお》い始めた。

二本目の煙草に火をつけたあとも、ルームミラーでじっと後方の通りを窺《うかが》っていた。ビルの陰から、二つの人影が連れ立って出てきた。

ケイが女に何か問いかけたようだ。女がそれに振り返る。

直後、松尾はあっと、思わず腰を浮かしかけた。ケイがいきなり女の腰を引き寄せたからだ。焦《あせ》った。あの馬鹿《ばか》は相手がブラジル女のつもりでいる。

（――やめろ、日本人だ。まだ早い）

が、予想に反し、女はすんなりとそれに応じた。だけでなく、自らもケイの背中に両手を回し始めた。

なんと尻の軽い女だ――松尾は半ばあきれ、半ば茫然《ぼうぜん》として、二人の濃厚な抱擁を眺めていた。

人通りが絶えた朝靄の中、場違いな生臭さがぷんぷんと漂ってくる。さかりのついた雄と雌そのものだ。理屈もへったくれもない。

好き者同士の抱擁は、まだつづいている。

ふと懐《なつ》かしさが心を過《よぎ》る。

……かつてピンク・ロードで繰り広げられていた光景と、二人の姿がダブって見える。

いつも眺めていただけの青い季節――今もそうだ。

通りの向こうからやってきたタクシーに、ケイが手を挙げた。

二人の乗り込んだタクシーがルームミラーの中で大きくなり、やがて松尾の横を過ぎ去ってゆく。タクシーのリアガラスに、バックシートにかかっているケイの腕が見えた。瞬間、その親指がにゅっと突き出され、また引っ込んだ。

このFDに気づいていた――渋谷方面に向けて走り去ってゆくタクシーを見ながら、そう思った。

行く先は間違いなくエクセル東急。

そこまでを確認した後、エンジンに火を入れ、自宅へと戻った。

髭《ひげ》を剃《そ》り、顔を洗い終わって居間に戻ってきた。

直後、携帯が鳴った。だがすぐに鳴り止《や》んだ。フリップを開ける。

メールが一件。ケイからのアドレス。だがタイトルは何もない。添付ファイルを開いた。途端、つい笑った。

ベッドで眠りこけている女の顔が、大写しになっている。口紅の取れた唇が、かすかに半開きになっている。

いくら結果報告とはいえ、かりにも同衾《どうきん》した女の写真を平気で送りつけてくる。人非人《にんぴにん》だ。きっとこのロクデナシは、いつか笑いながら地獄に落ちる。

たぶん今の仕事をつづけている自分と同じように——。

スーツに袖《そで》を通し、クルマの鍵《かぎ》を片手に部屋を出た。

5

七月になった最初の夜、山本は新富町にある自らの会社に忍び込んだ。

特別な方法を使ったわけではない。早出の際に使うセキュリティ・カードと合鍵《あいかぎ》を時間帯を変えて使用したにすぎない。清掃会社というものは元来、職場に現金を積んでおく会社ではないので、それぐらいのセキュリティで充分なのだ。

薄い手袋を嵌《は》めながら暗い階段を上がり、二階奥にある総務室へと入った。

部屋の電気をつけ、課長席の後ろにあるキャビネットへと近づいた。予《あらかじ》め盗んでおいた鍵でキャビネットを開ける。棚の右端に、各社員の入社時の履歴書がファイリングされている。その中から、田中伝三——つまり山本自身のファイルを抜き出した。決行の日まで、あと十日ほど。その数日後には、間違いなく事件の重要参考人として容疑がかかる。今のうちに処分しておくつもりだった。

履歴を恐れたのではない。どうせ嘘《うそ》っぱちだ。そこからアシがつくことはない。だが、添付した顔写真が警察の手に渡り、公《おおやけ》になることを恐れていた。

忘年会や歓送迎会の際、同僚がカメラを持ってくることがある。そんな折も用心深く立ち回り、決して写真の中に収まることはなかった。

免許取得の際、東京都の公安委員会に提出した顔写真もあるが、これぱかりは回収できない。だが、予め分かっていたことだ。

人間、痩《や》せるより太るほうがはるかに楽なものだ。その写真撮影の二ヵ月ほど前から限界まで飽食を繰り返し、体重を十一キロ上げて顔をふっくらとさせ、口髭《くちひげ》と顎鬚《あごひげ》をたくわえ、頭髪を含めて真っ黒に染めた。もともとは太い眉《まゆ》も毛抜きで大量に抜き、そのカタチを変化させた。一瞬だけ瞼《まぶた》を二重にする訓練もした。

さらに写真を撮る直前に、歯《は》茎に大量のガムを貼り付け、頰に綿を含んだ。

結果として免許証に焼き付けられた顔写真は、山本本来の顔とはずいぶんと違った印象になっていた。ぱっと見にも十歳以上若返った、かなり丸顔の男。細い眉、目も二重で、頬もたるみがち。鼻の下から上唇にかけて、上顎骨が反っ歯気味にせり出している。

よく見れば、鼻梁《びりよう》のカタチや額の張り出し具合で――それも最初から同一人物だと分かっていれば――かろうじて本人ということが識別できるレベルだ。山本はその出来映えに満足だった。

おそらく日本警察は、山本の同僚の証言ですぐに免許証の顔写真が変装であることに気づく。モンタージュを作成し、それで指名手配をかける。が、顔写真そのもので手配されるよりははるかにマシだ。それにそのころには、山本はもう日本にはいない。

履歴書のファイルを片手にキャビネットを閉め、一階のロッカー室へと移動した。

自分の割り当てのロッカーを空け、中にある小物や衣服を持ってきた手提げの中にしまう。ほぼ空になったロッカー内部を、シンナーを含ませたウエスで丁寧に拭《ふ》き取ってゆく。頭髪と指紋の除去だ。それから、扉の表面も隈《くま》なく拭いた。

これから決行当日までは、二度とこのロッカーを開ける気はなかった。残りの出社日は、会社から支給された作業服で自宅から通うつもりだ。

給湯室に行き、自分の湯飲みを取り出して、これもまた手提げにしまう。

その後、今度は倉庫へと出向いた。

自分の仕事道具であるキャンバス地の収納ボックスを取り出し、ふたたびシンナーを含ませたウェスで、その布地の表面を拭いていった。次いで中のモップや叩《はた》きを取り出し、これもその取っ手を拭いてゆく。今後、掃除道具を扱うときは、軍手を嵌めるつもりだった。

一通りの作業を終え、あらためてほっとする。今晩は、例の鈍痛が出なかった……。

時計を見た。もうすぐ午前零時――東京駅から出る最終の中央線武蔵小金井行きには、充分に間に合う時間だ。

会社を出て、鍛冶橋《かじばし》通りを西に進み、東京駅に着いた。

最終電車まで、あと二十分ほどあった。

ふと思いつき、キヨスクでテレホンカードを三枚、購入した。

万が一にも用心を重ね、自宅からはおろか、その近くの公衆電話からもブラジルに電話をかけたことはない。

国際電話兼用の公衆電話まで行き、カードを突っ込む。

001、010、とボタンを押し、ブラジルの国番号〈55〉を繰り返す。つづけて、衛藤の携帯《セルラー》の電話番号をプッシュしてゆく。

接続に五秒ほどかかった。何度かの異なった回線のノイズ。やがてそのノイズが途絶える。

はい《アロ》、という重い男の声が出た。山本は口を開いた。

「もしもし、衛藤さんのお宅ですか《アロー・エ・ダ・ヘジデンシア・ド・セニョール・エトウ》？」

6

電話がかかってきたとき、衛藤は自宅三階のテラスにいた。車椅子《くるまいす》に腰掛けたまま、ぼんやりと日光浴をしていた。

その声音で分かった。衛藤は日本語に切り替えた。

「わたしだ」

「山本です」ここしばらく聞いていなかった声が、送話口の向こうから聞こえてきた。「これからけっこう忙しくなる。たぶん日本からはこれが最後になると思って電話した」

衛藤はかすかに笑った。決行まで、あと十日。この男にも自宅の引き払いやその他、いろいろとやることがあるのだろう。

「その後、特に問題はなしか？」

「今のところは」と、山本が答える。「外務省への運び込みも、ほぼ昨日で目処《めど》がついた」

「ケイと松尾くんにはその後、会ったか?」

「いや。連絡もない。おそらくはあっちも順調だと思うが、決行前夜にレンタカーを渡す。そのときに何か伝えることがあればと思って、かけた」

一瞬、考える。だが思いつくことは何もない。

「無事の帰還を願っているとだけ、伝えてもらえばいい」ケイにも似たようなことを言った。次いで衛藤は付け加えた。「むろん、あんたもだ」

「分かっている。だが事件が明るみに出るころには、おれはもう国外だ。捕まるとは思えん」

この電話が切れれば、おそらくは二度と会うこともない。ふと気になり衛藤は聞いた。

「その後、どうするつもりだ?」

「まだ決めかねている。決めかねてはいるが、アマゾンの僻地《へきち》だとかえって同じ日系人の目につく。そういう意味ではサンパウロもまずい。リオかクリティバ、サルバドール辺りの都会で住まいを見つけるつもりだ」

今後は日系人社会との付き合いを避け、ひっそりと余生を送るつもりなのだろう。つい衛藤は言った。

「すまんな」

相手は少し笑ったようだ。

「恨みを晴らせる機会と、死ぬまで暮らしてゆける金。その二つをあんたからは貰《もら》った。こっちが感謝したいぐらいだ」

衛藤もわずかに微笑《ほほえ》んだ。

「――そうか」

「そうだ」

お互い、束《つか》の間《ま》黙り込んだ。

「――そろそろカードがなくなる。じゃあ、これで」

「元気で。さよなら《アデーウス》」

「アデーウス」

それで電話は切れた。

真冬の陽光がぽかぽかと暖かい。

その柔らかい陽射《ひざ》しが、膝掛《ひざか》けの下の萎《な》えかけた両足まで染《し》み込んでくる――。

*

五年前のことだ。

エルレインが数年ぶりに里帰りしたいと言いだした。アンナヴェーラという地図にも載っていない小さな町が、ベレンから二百キロほど内陸にある。

その町で彼女は生まれ育った。

結婚してから数回、衛藤もケイとマリアを伴って行ったことがある。赤土のジャングルに囲まれた町の片隅で、エルレインの老いた母親が一人で暮らしていた。

サンパウロで一緒に暮らすように何度か話を持ちかけたが、彼女の母親は頑として首を縦に振らなかった。

わたしのいる場所はここなんだ。友達もいっぱいいる——そう言って恬澹《てんたん》と笑った。

いかにも北部ブラジル人らしい土地への愛着だった。

結局は新しい家を建ててやり、メイドを雇って不自由なく暮らせるだけの金を毎月仕送りすることにした。

その母親の七十歳の祝いに、エルレインはどうしても帰りたいのだという。娘のマリアを引き連れて二週間の予定で出かけていった。衛藤とケイは仕事が忙しかった。エルレインが里帰りする際にはいつも充分な現金を持たせてやっていた。

それが、結果的には仇《あだ》となった。

十日後、アカバの郡警察から連絡が入った。

衛藤はその報告が一瞬、信じられなかった。何かの間違いではないかと願った。だが相手は言った。

「お気の毒ですがセニョール、間違いありません。近所の人間に身元確認も取りました」そう、すまなさそうに言葉をつづけた。「あなたの妻であるエルレイン・サルネイ・エトウ、その娘のマリア、ならびに母親のジョアン・サルネイの三人です」

顔からすっと血の気が引くのが分かった。

と同時に、自分の迂闊《うかつ》さを呪《のろ》った。

ブラジルは犯罪大国だ。サンパウロやリオ・デ・ジャネイロなど大都市圏ではむろんのこと、ちょっとした地方都市でも追い剝《は》ぎや押し込み強盗が多発する。

そしてこれがアマゾン奥地の田舎町となると、事態はさらに深刻化する。

警察の目の行き届かないジャングルの奥地や湿原地帯には、大小の武装強盗団が現在も無数に隠れ住んでいる。素封家《そほうか》に狙《ねら》いをつけて一気に押し込み、金品を強奪する。抵抗を防ぐために殺人を犯し、その殺人を犯す前に婦女には暴行もはたらく。金品を強奪したあとは、数十キロ、ときには数百キロも離れた密林の奥深くに潜み、しばらくの間はほとぼりが冷めるのを待つ。

むろん住民側も銃器を手元に常備したり、自宅を取り巻く塀を高くして有刺鉄線を巡らしたりと、さまざまな自衛手段を考えてはいるのだが、それでも押し込む直前に電話線を切断され、寝込みを集団で襲われたらひとたまりもない。

エルレインたちは、そういう武装集団に襲われた。女所帯に押し込むことなど、彼らにとっては造作もないことだったろう。

衛藤は激しく自分を責めた。

数十年前、シェラ・ペラーダで身包《みぐる》み剝がされた自分を思った。農作物の取引で訪れたグァマやトメアスといった日系人入植地でも、実際に武装強盗に襲われたという家族に会った。そこまでの実体験と知識があったのに、なぜ自分かケイが一緒についていかなかったのか。なぜいつも不用意に大金を持たせるような真似《まね》をしていたのか。

トイレに駆け込み何度も嘔吐《おうと》を繰り返した。繰り返しながらも再び自分を責めた。

きっとエルレインはいつもの開けっぴろげな調子で、その羽振りのよさを近所に隠そうともしなかったのだろう。

それまで必死になって築き上げてきた世界が、音を立てて崩れるのを感じた。足元から泥の中に沈み込んでゆく気がした。

夜遅く帰ってきたケイに、そのことを伝えた。知らぬ間にぼろぼろと涙をこぼしていた。堪《た》えきれなかった。

翌日にはベレンに飛んだ。

空港からレンタカーを借り、赤茶けた未舗装路を砂埃《すなぼこり》を巻き上げながら奥地へと向かった。橋のないアマゾン河の支流を艀《はしけ》で何度も渡り、アンナヴェーラの町に着いたのは、夕方も近くなってからだった。

家の前は、近所の住民で黒山の人だかりだった。郡警察の人間が衛藤とケイを迎え入れ、奥の部屋に通した。

カーテンを引いた薄暗い室内に入った途端、甘酸《あまず》っぱい饐《す》えたような臭《にお》いが衛藤の鼻を突いた。死後二日。連日三十度を超える気温と、アマゾン特有の肌にまとわりつくような湿気——冷房が利《き》かせてある屋内とはいえ、早くも腐敗が始まっていた。

「…………」

ケイが棺桶《かんおけ》の一つに近づき、その表面を覆《おお》っていた布を横にずらした。エルレインだった。突如、この息子は予想外の行動に出た。エルレインの体を覆っていた装束を胸元から大きくはだけたのだ。

張りをなくした乳房のやや上に、無残な銃創があった。それと、腹部にも一つ。思わず衛藤は目を逸《そ》らした。かつて自分が愛した身体《からだ》――正視できなかった。

しばらくしてケイのつぶやきが聞こえた。

「ママイ……かわいそうに」

その声がかすかに震えを帯びている――思わず衛藤は顔を上げた。

ケイは泣いていた。鼻水を大量に垂らし、ぼろぼろと大粒の涙を流していた。

「痛かったよな。怖かったよな。かわいそうに」

血は繋《つな》がってないとはいえ、完全に母親っ子だった息子だ。ケイの野放図で陽気な骨柄は、エルレインからそのまま受け継いだと言ってもいい。

クロノイテの入植地から連れてきて以来二十数年、一度も衛藤の前で涙を見せなかった男が今、大泣きに泣きながら母親の頬を繰り返し撫《な》でていた。

だが、それほど悲嘆にくれながらも、妹のマリア、祖母のジョアンと、その身体にある銃創を次々とあらためていく奇異な行動を、なぜかやめようとはしなかった。

翌日、町外れの墓地に遺体を埋葬した。

腐敗の進行具合からして、サンパウロまで運んでゆくことは不可能だった。

郡警察の話によると、その手口から見て、最近この一帯——北は百キロ先のアカバから南は百五十キロほど上流のパラゴミナスまで——を荒らし回っている武装強盗団の仕業だということだった。この類《たぐい》の連中はどういうわけか、ある一定の期間、ある一定のテリトリー内で、いつも同様の手口を使ってヤマを踏みつづけるのが常だという。

こんな場合、この国の警察はまったく頼りにならない。第一このアンナヴェーラに駆けつけてきた郡警察も、はるばるアカバから出向いてきている。半径百キロに及ぶ広大な密林地帯を、わずかな人員しかいない警察組織で受け持っている。

まれに仕事熱心なポリスが強盗団を捕まえたとしても、事件を立件するための鑑識機能もきちんと整っておらず、結局は証拠不充分で釈放になることが多い。

そして、失われた者は二度と帰ってこない。

……これで、二度目だ。

なぜおれにここまでひどい運命を背負わせるのかと、天を呪った。神を、この世界を、このアマゾンの大地を心底恨んだ。

だが激しい憤《いきどお》りと悲しみを感じながらも、衛藤はどこかで諦《あきら》めていた。衛藤には分かっていた。

アマゾンの大自然の前では、ヒト一人の命など明らかに軽い。臓腑《ぞうふ》が引きちぎられるほどの悲しみに襲われながらも、結局は泣き寝入りするしかないのかと諦観《ていかん》にも似たものを感じていた。

しかし、ケイの考えは違った。

サンパウロに帰る朝、目を覚ましてみると室内にケイの姿はなかった。荷物も消えていた。その姿を探してリビングに行くと、一枚の置き手紙がしてあった。

〈SP《サンパウロ》に帰ったら、溜《た》まっているおれの仕事も頼む。言えばあんたは追ってくるだろう、だから行き先は言わないが、このパラ州中部に徴兵時代の友達が住んでいる。そいつに結社の知り合いがいるという話を、聞いたことがある。長くても一ヵ月ほどで戻る。警察には知らせるな〉

あっと思った。読むなり、表に飛び出した。悪い足を引き摺《ず》るようにして赤土の大通りを走り、五百メートルほど先にある町の広場を目指した。

なんとしても止めなければならない。

息子を人殺しにするわけにはいかない。

結社《ソシエダージ》――その言葉の意味するところを、衛藤はアマゾンにいた三十数年前、おぼろげながら聞いたことがある。

アマゾンや東北部《ノルデステ》など辺境の地に特有の、地下組織だ。

構成メンバーは、普段はごく一般の市井人《しせいじん》として暮らしている。その存在も連絡窓口も、わずかな人間にしか知られていない。

が、強盗団の跳梁《ちょうりょう》に怯《おび》える地元の荘園主や素封家からひとたび依頼があれば、非合法の殺し屋へと変貌《へんぼう》する。自警団の変形と言ってもいい。

強盗団の始末料がまとまり次第、リーダーはすぐに捜索隊を組み、地元民ならではの情報網を使い、密林の奥深くまで分け入ってゆく。目的の武装強盗団の根城を見つけるや否《いな》や、有無を言わさず全員を射殺する。死体をクルマに積み込むと、最も近い州境まで出向く。その境界である河は、郡警察同士の管轄《かんかつ》が曖昧《あいまい》になっているところだ。そこに死体を投げ込み、請け負った仕事は終わりとなる。

後日、依頼した荘園主たちは、その事実を新聞で知る。約束した報酬がリーダーのところへ届けられ、メンバーたちは等分にその金を受け取り、また一般の生活へと戻ってゆく。

むろん、地元の警察も代議士もその結社の存在は知っている。

しかし、表立って追及する者は誰もいない。どこからも訴えの出ない殺人——彼らのおかげで土地の治安が保たれているからだ。結果的に地域住民の利益になっているからだ。

だが、と広場に向かって走りながら衛藤は思う。

ケイはその結社に金を払い、自らもその一団に身を投じようとしている。法律の名に照らして犯罪者になるならないの問題ではない。人殺しは人殺しなのだ。

そんな人間にケイを貶《おとし》めることだけは絶対に阻止しなければならない。

でなければ、あの世に行ってエルレインや野口に合わせる顔がない。彼らは決してそんなケイの姿を喜ばない。悲しみにくれる。だから悪い足を引き摺りながら必死に走った。

しかしそんな衛藤の願いも虚《むな》しく、広場前のバス停には誰もいなかった。

その前で筵《むしろ》を広げていた露天商の老婆《ろうば》に、ケイのことを聞いた。一時間ほど前まで、若い東洋人がたしかにこの場所にいたという。

乗ったバスはアカバ行きか、パラゴミナス行きか、それともほかの方面行きか。

焦《あせ》って衛藤は聞いた。

老婆は首を振り、セニョール、わたしは字が読めないんだよ、と答えた。

なす術《すべ》もなかった。まさか警察に届け出るわけにもいかない。結局は後ろ髪を引かれる思いでサンパウロに帰った。

ケイの分も仕事をこなしながら、じりじりとして連絡を待っていた。

衛藤は願っていた。たしかにその強盗団は殺してやりたいほどに憎い。それでもケイが、その連中を発見しないことをずっと祈っていた。

二週間後の夜、突然ケイは帰ってきた。

無言のまま鞄《かばん》から瓶を取り出し、衛藤に差し出した。

唐辛子の酢漬け《ピメンタ・デ・シェイロ》だった。その琥珀色《こはくいろ》の液体の中に、おぞましい無数の異物が漬けられていた。

「やつらの耳だ」ケイは口を開いた。「蜂《はち》の巣にした後、それぞれから切り取った」

ああ。

自分の不甲斐《ふがい》なさに、涙がこぼれそうだった。

……エルレイン、すまない。野口、申し訳ない。おれはとうとうこの息子を人殺しにしてしまった。

だが、それをぐっと堪え、代わりに深いため息をついた。

次いで、ケイを睨《にら》みつけた。

「それで満足なのか?」

ケイは首を振り、

「だが、けじめはついた」と、言葉少なに答えた。「これでいい」


この事件を境に、衛藤はめっきりと老《ふ》け込んだ。

以前にはあれほど情熱を傾けていた仕事に対してさえ、次第に身が入らなくなってきた。

一つには歳《とし》のせいもある。

気がつくと、もう六十の坂を越えていた。青果の仲買商は激務だ。同年代のセ・アーザの連中は会社の株を売るか息子に後を継がせるかして、半数以上は現役から退いていた。

ケイは相変わらず仕事に励んでいた。少なくとも表面上は昔のケイと変わらない。職場でも陽気に振る舞っていた。

自分の意識の奥底と、その表層を完全に切り離して暮らしている。やはりブラジル人なのだと思った。その野育ちの強靱《きょうじん》さは、日本人的な湿った感情を持つ衛藤にはないものだ。

そんな息子に、衛藤は少しずつ会社の権限と実務を委譲し始めた。毎日の生活に余裕ができた。だが、心から楽しめることはもう何もなかった。

やがて半年が過ぎ、一年が経《た》ち、衛藤の内面は微妙に変化し始めていた。

二十数年前、エルレインと結婚したときに、衛藤はクロノイテでの苦い記憶を封印した。

過去のことを忘れ、この国で明日を向いて生きようと心を決め、それを実行した。

ケイやエルレイン、娘のマリアのためにも、それが一番よいことのように思えた。

だが今、同じ屋根の下で寝起きしているのは、ケイだけだ。たとえお互いに言葉には出さなくても、クロノイテでの暗い記憶を共有する、この血の繋《つな》がらない息子だけだ。

野口の面影の濃厚に残るその横顔を見るにつけ、今まで封印してきたはずの記憶が次第に蘇《よみがえ》るようになった。

ブラジル社会との最大の繋がりであったエルレインとマリアが死んだ以上、そう思ってしまうことを遮るものは何もなかった。

ある日のことだ。

その晩、ケイと衛藤は食堂で向き合って夕食を食べていた。

家族が二人だけになってからは、そうやって一緒にテーブルを囲むことなど、いつの間にか週に数えるほどになっていた。

エルレインとマリアが生きていたころには、衛藤もケイも家族と一緒に晩御飯を食べるため、セ・アーザからなるべく早く帰ってきていた。女二人がそれを望んでいた。だが、男二人でがらんとしたテーブルに向き合ったところで、会話は一向に弾まない。この晩も、そうだった。もともとケイは、衛藤に対してはあまり口をきかない。

「…………」

衛藤はつい、テレビの電源を入れていた。

つけたチャンネルは、たまたま日本の衛星放送になっていた。どこか南の国の景色——だが、南米ではない。しばらくその番組に見入っていた。

画面に、一面石ころだらけの見るからに痩《や》せた土地が映った。その土地を緩慢な動作で耕している東洋人の姿——もう老人といっていい。

戦後のドミニカ移民だった。

衛藤はその移民たちの末路を本で読んだことがある。ある意味では、アマゾンに入植した自分たちよりもはるかに悲惨な結末を辿《たど》った日本人たちだ。

カリブの楽園と宣伝されて行ってみた土地は、一面に塩の噴き出した不毛の大地だった。地面はひび割れ、サボテンしか群生できない。井戸を掘っても、水も出ない。そんな土地に強制移住させられ、飢えと闘いながら老いさらばえていった移民たちの、その後の四十年だった。

最後に、外務省領事移住部のある役人のコメントが紹介された。

「どんな世界にも、成功した人と失敗した人間がいるでしょう。失敗した人の側面ばかりを取り上げて、それで国の責任云々《うんぬん》と言われるのも、どうかと思いますがねぇ」

久々に腸《はらわた》が煮えくり返った。

その腑抜けたコメント——怒りに全身が震えた。

こいつらは何も考えていない。相手の立場に立って物事を考えたことなど、一度もない。そして四十年経った今でも、まったくそのことに気づいていない——恐るべき想像力のなさ、無責任さ、無能さだった。そして、こういう人売りたちが今も日本を動かしているのかと思うと、絶望に近い気持ちを味わった。

おれたちの過去や苦労がいつか日の目を見ることなど、永遠にないのだ、と。

ケイを盗み見た。

テレビに顔を向けることなく、黙々とフォークとナイフを動かしていた。

だが、この息子の耳にも間違いなく今のコメントは聞こえていたはずだ。何かを思っているはずだった。

それでも無言で食事をとりつづけるその姿が、衛藤の目にはかえって空恐ろしく感じられた。

夜、エルレインのいなくなった寝室で、無聊《ぶりよう》に任せて本を読むようになった。サンパウロの日系人書店で買った移民関係の書籍だった。今さらそんなものを読んでどうなる――そう思った。それでもやめられなかった。

ヴィデオも、見るようになった。

二十年ほど前にブラジル国内を飛び回っていたころ、さかんに撮り溜めていた日系移民たちのテープだ。

ヴィデオのリモコンを操作しながら、じっとその画面に見入る。怨嗟《えんさ》、絶望、孤独、貧困、屈辱……世の中のありとあらゆる不幸が、そこに映っている彼らの顔に凝縮されているように思えた。

おそらく、と衛藤は思う。このヴィデオテープの中に写っている人間の大半は、すでに絶望の中で土くれに変わっているのだろう。

だが、それは彼らのせいではない。あの当時、まさか国がそんな非道なことをするなどとは、衛藤を含め誰も思ってもいなかったのだ。

じわり、と粘着質な感情が頭をもたげてくる。

ヴィデオテープの中の人物に、心の奥底で共鳴を覚えている自分がいる。引き摺られ始めている。

衛藤はその自分の心の変化を恐れた。暗い衝動が湧《わ》き上がってくるのを、なんとかして忌避しようとした。

不思議なことに、ケイは三十を過ぎてもまったく結婚する気がないようだった。かといって女に興味がないというわけではなく、そこはこの国で育った男らしく、適当に遊んでいるようではあった。

だからある日、衛藤は言った。

おれの目の黒いうちに結婚して、孫の顔を見せてくれないか。それで初めておまえも、このブラジル社会に根を張ることができるのだ、と。

衛藤は意識していなかった。

実はケイにそうしてもらうことにより、蘇りつつある過去の亡霊を払拭《ふっしょく》したかった。ブラジル社会の新しい血を家庭内に取り込むことにより、ふたたび平穏な心持ちが戻ってくることを、どこかで期待していた。

だが、ケイは首を振った。

「ごまかすなよ」と、無愛想に答えた。「二度目のはおれがケリをつけた。だが、一度目がまだだ」

「……何を言っている」

「一度目がまだだ」ケイは繰り返した。「それにケリをつけるまでは、結婚する気なんてさらさらないね」

「――どういう意味だ」

するとケイは、ぞっとするような笑みを浮かべた。

「おれの目が節穴だとでも思っているのか。知ってるぜ。あんたが最近、真夜中にテープを引っ張り出して見ていること」

ぎくりとした。

その衛藤の狼狽《ろうばい》ぶりを見て、ケイはふたたび口を開いた。

「今まではママイとマリアがいた。おれたちを無条件で愛してくれていた。二人に一度目のことは関係ない。だからもう、永久に忘れようと思っていた」

「………」

「今の家族が楽しく生きていけるのなら、それはそれでいい。おれ一人の胸のうちに収めていればいいことだ。たぶん、それはパパイ、あんたも同じだったろう」このときのケイは珍しく長広舌《ちょうこうぜつ》だった。「だが、今は違う。家族はあんたとおれだけだ。クロノイテでの同じ記憶を持っているおれたちだけだ。妨げるものは何もない」

「やめろ」

思わず衛藤は遮った。だが、ケイは構わずつづけた。

「思い出せよ。どちらも、おれたちにとっては大事な家族だったはずだ」

そう言って、衛藤の顔をじっと見た。

「やつらに吠え面《ほえづら》をかかせてやる。生き恥を晒《さら》させてやる。おれの生みの親になんぞ義理立てするな。おれはもうすでに人殺しだ。あんたも心の底ではそれを望んでいるはずだ」

「――――」

これが果たして死んだ野口夫妻の望んでいたケイの姿か、と疑問にも思った。エルレインやマリアが喜ぶのか、と。

が、ケイの計画の青写真を聞いた衛藤自身、気持ちの昂《たか》ぶりを覚える自分をどうすることもできなかった。

結局、衛藤は引き摺《ず》られた。

いったん覚悟を決めると、不思議なことに食欲も盛り返し、仕事にも以前と変わらぬ張りを持てるようになった。たとえそれが非道なことであれ、絶望へ向かってのカウントダウンであれ、明確な生きる目標を得たからだ。

それからの衛藤とケイは、まるで悪魔にでも魅入られたかのように計画に熱中した。一年をかけてほぼ細部までやり方を煮詰め、さあこれからという、その矢先だった。

手足に妙な震えが走るようになった。しばらくすると、膝《ひざ》や肘《ひじ》の関節を動かしているときに妙な違和感を覚えるようになった。時おり立ちくらみを起こし、簡単な階段の上り下りでもあっけなく転ぶ。わけが分からなかった。

病院に行き精密検査を受けた。

結果、パーキンソン病の初期症状だと伝えられた。

脳内にある黒質の神経細胞の減少により、ドーパミンという神経伝達物質が末端神経にまで行き渡らなくなる。結果として、運動障害や歩行障害を引き起こす。五十代から六十代にかけて、その患者の多くが発病する。原因は不明だ。薬物療法や手術療法の進歩もあって昔のようにすぐに寝たきりになることはないし、進行をある程度食い止めることも可能だが、それでも基本的に決定打となる治療法はない。

衛藤はそのあまりのタイミングの悪さにおのれを呪《のろ》った。

だが、諦《あきら》めるつもりはなかった。

あと三年――あと三年この身体《からだ》がもってくれればいい。そう思って最も有効とされる薬物療法を受け、生活療法の一環として散歩を心がけるようにした。

だが、症状は良くて現状維持だった。

「パパイ、無理はするな」とケイは言った。「あんたがもし抜けることになったとしても、計画は成功させてみせる。だから、無理はするな」

「分かっている」衛藤は素直に答えた。「だが、ここまで覚悟を決めてきた以上は、おれも最後までやり遂げたい」

ケイは笑った。

すでにこのころには、衛藤とケイの間には親子というより、同志に近い感情が流れ始めていた。

ケイのおぼろげな記憶を辿ってコロンビアにまで出向き、カリの日系人協会に依頼を出し、松尾というクロノイテの生き残りを探し出した。

ブラジルに戻ってからも衛藤は毎日歩いた。だがそんな日々の努力も虚《むな》しく、症状は徐々に進行していった。足元に意識を集中していないと、平地でも前につんのめるようになった。

そんなある日のことだ。

いつものように早朝のブタンタン地区を歩いていると、通りに一台の清掃車が停まっていた。ゴミ置き場で、二人の清掃員がケージに溜《た》まった家庭ゴミを次々とトラックの荷台に投げ入れていた。

ふと足を止め、作業に見入った。リオ・デ・ジャネイロで自分が似たような仕事をしていたことを懐《なつ》かしく思い出していた。

と、小柄な作業員の一人が、こちらを向いた。驚いたことに初老の東洋人だった。首に手ぬぐいを巻きつけたその格好――日本人独特のスタイル。つい衛藤は母国語で口を開いていた。

「おはよう」

その挨拶《あいさつ》に相手は驚いたようだった。しばらくして、ためらいがちな言葉が返ってきた。

「あんた、日本人なのか?」

そうだ、と衛藤は答えた。

その初老の男は束《つか》の間《ま》迷った素振りを見せたが、直後には衛藤のほうに歩み寄ってきた。

次第にその顔の特徴がはっきりと見えてくる。

皺《しわ》が刻まれ、目はくぼみ、頭も白いものにかなり覆《おお》われてはいるが、その本来の顔つきが、どこか衛藤の古い記憶を刺激した。

相手も同じことを感じたのか、衛藤の数歩前で立ち止まり、妙な顔をして小首をかしげた。

名前は思い出せない。思い出せないが、たしかにどこかで会ったことがある。

「分かった」そう言って初めて男は笑った。「シェラ・ペラーダの採掘場だ。あんたと会ったのは。衛藤さん」

先に口を開いたのは相手のほうだった。

途端、衛藤もその名前を思い出した。

「山本くん、か」

アマゾンでの苦い記憶を共有するこの男。

運命の女神など気まぐれなものだ。今まで衛藤にさんざんつれなくしておきながら、最後の最後で衛藤を振り向いてくれた。……いや、振り向いたのは復讐《メビウス》の女神かもしれない。

＊

——衛藤は手に持ったままの腕時計を見た。手のひらの震えに合わせ、その文字盤が小刻みに揺れている。

テラスに出てきてからもう、三十分以上経《た》っていた。医者から長時間の日光浴は禁止されている。太陽光で、予想以上に体内の水分を放出するからだ。ゆっくりと車椅子《くるまいす》を反転させ、寝室へと戻る。

「…………」

結局、衛藤自身が日本の土を踏むことは二度となかった。自ら復讐《ふくしゅう》の手を下すことはできなくなった。

しかし、結果としてはむしろそれでよかった。

手足の感覚がおぼつかなくなった自分が無理を押して日本に出かけ、ケイや松尾に迷惑をかけるより、その代役に立ってくれた山本のほうが、機動性がはるかに勝っている。

車椅子からそろりと立ち上がると、ベッドに腰を下ろし、シーツの上に横たわった。

発病から三年経った。

物事に対して次第に億劫《おっくう》になりかけている自分が分かる。病状が進行するにつれ、無関心や注意力の散漫、思考力の低下——そういった諸症状が出てくるとは医者から聞かされていた。

衛藤は天井を見上げたまま、一人で薄く笑った。

あと十日で復讐の幕が開き、それから二十日経った一ヵ月後には、間違いなくすべては終わっている。

そうすればケイが戻ってくる。約束どおり尻《しり》のでかいブラジル女とでも結婚して、子供を作ってくれるだろう。それを見届ければおれは土くれに還《かえ》る——それでいい。

7

七時にはベッドから脱け出し、八時には洗濯物を室内に干し終わり、九時には簡単に部屋の中を片付け終わっていた。

土曜の朝に早起きすることなど、久しぶりだ。

鏡の前で化粧を施しながら、貴子はそう思う。そして誰か特定の人間に見せるために、その出来映えをチェックすることも。

あのブラジル男と会うのは今日で三度目だ。


先週の末に思いもかけず、一緒に一晩を過ごした。

貴子が今まで付き合ったどんな男とも、少し毛色が違っていた。

シャワーを浴びるために男がパンツ一枚になったときのことだ。

まるでTバックと見紛《みまが》うかのような、極細のビキニを穿《は》いていた。しかもどぎつい黄色——アルコールの余韻も手伝って、つい貴子は笑いだした。

「ロベルト、あなたいつもそんなパンツを穿いているの?」

するとこのブラジル男は照れた様子も見せず、ははっと笑った。

「涼しいし、フクロもぶらぶらしないしな。みんなこういうのだぜ」

つまりブラジル人の男は、ということなのだろう。

ふと、その肩口から二の腕にかけての傷が目に留まった。かなり大きな裂傷だった。

「どうしたの、その傷?」

「子供のころワニに噛《か》まれた」男はふたたび笑った。「死ぬかと思った」

だが貴子には笑えなかった。醜く無残な傷痕《きずあと》——そこに、貴子の知らぬ遠い世界を一瞬垣間見《かいまみ》たような気がした。

汗をかいたろう、一緒に浴びよう、と男は顎先《あごさき》で誘ってきた。

束《つか》の間《ま》ためらったが、浴室の照明をつけないのだったらと、その誘いに同意した。

男は扉を開けたままにした。薄明かりのバスルームで貴子の背中に回り込んできた。貴子の胸、脇《わき》、それから下腹部へと円を描くようにして、ソープのついた両手を滑らせてゆく。

（慣れている）

と、ふたたび貴子は思う。この男はかの地のブラジル女とも、こういう痴態を繰り広げているのだろう。でも、その手つきはやはり気持ちがいい。

「あのさ――」

薄闇《うすやみ》の中で、かすかに笑いを含んだ男の声が聞こえる。

「あそこは、沁《し》みるほうなのかな？」

一度はうなずき、それから首を振った。

「そっとしてくれれば、大丈夫」

シャワーから上がったときに気づいた。男の陰茎の上には、ごくわずかしか毛が生え揃《そろ》っていなかった。

「日本に来てからは剃《そ》るヒマがなくてね」照れもせず男は笑う。「それでこんな情けない毛並みになっている」

つまりは剃毛《ていもう》愛好者だ。やはり日本の男とは違う。

ベッドに入ってからふたたび舌を絡《から》ませてきた。

呑《の》み込みの早い男で、すぐに貴子の肌の知覚には馴染《なじ》んだようだ。肌の合わせ方を知っている。乳首を転がし、首筋を舐《な》め、二の腕からの抱き方を変えてくる。両手で貴子の股間《こかん》を割り、陰毛の中に顔を沈めてくる。陰核《クリトリス》に吸いついたまま、その付け根から舌先で転がす。転がしつづける。

ぞくぞくした。恥骨の奥まで疼《うず》くようなくすぐったさに、思わず小水を漏らしそうになる。

男の責めはこってりしている。そしていやらしかった。蟻《あり》の門渡《とわた》りから内股《うちまた》、アナルまでを舐め回してくる。舌先が肛門《こうもん》の出口を突ついてくる。この男はとんでもない好き者だ。でも気持ちいい。ぞくぞくする。鳥肌が立つ。全身の毛穴が開き始めているのが自分でも分かる。これがブラジルの流儀なのかと思う。

つづく指使いで完全に腰にきていた。とろとろだ。

もう、我慢できない。

がばりと身を起こし、男の陰茎にしゃぶりついた。その表面に軽く歯を滑らせながら亀頭《きとう》を舌の奥まで咥《くわ》え込む。硬口蓋《こうこうがい》と舌筋で挟み込み、思い切り吸い上げる。男が唸《うな》り声を上げる。そして笑う。

これは気持ちがいい――。

貴子も上目遣いに男を見上げ、つい目元だけで笑った。

男が覆《おお》い被《かぶ》さってきた。唾液《だえき》でぬらぬらと光る陰茎を挿入してきた。膣《ちつ》の奥深くまでずぶずぶと達してくる。ゆっくりと前後し始めたカリの刺激が内壁の襞《ひだ》に心地いい。つい膣腔《ちつこう》を絞り込む。男が笑う。亀頭の先が子宮口につんつんと触れる。うねりに引き摺《ず》られ、いつの間にか我を忘れた。夢中で男にしがみついた。舌を絡め、唾液を吸い合う。男が口を開け、おとがいに吸いついてくる。鎖骨から首の付け根までを舐め上げてくる。その唾液まみれの興奮に膣内もぴくぴくと痙攣《けいれん》する。体中の毛穴という毛穴が開き、男の身体から滴《したた》ってくる汗までも吸い取ってしまうかのような錯覚――二度、三度と頂を迎えた。

上になり、下になり、体位を入れ替えながら汗みどろの行為をつづけてゆく。

次第に深くなってくる腰使い――時おり、指先で貴子のクリトリスを転がしている。

どれくらいそうしていただろう。やがて、相手の筋肉の張り具合から終わりが近づいていているのをそれとなく悟った。

つい、男の顔を見上げた。目が合った。

男は少し目元で笑った。荒い吐息の中で貴子も笑った。

「なんで、目を開ける？」男は聞いた。

「顔を見たいから」あえぎながら貴子は正直に答えた。「気持ちいいから」

今週は大丈夫な日――。

「出していいよ。中に」

男はふたたび笑った。

やはりいい鼻のカタチをしている、と心のどこかで思った。

その瞬間、膣の奥深くまで男が突っ込んできた。限界ぎりぎり。少し痛い。体液が迸《ほとばし》り、内壁を伝うのを感じた。

眠りに就いたのは、朝の八時。

正午に目を覚まし、ルームサービスの食事をとった後、男に誘われるまま、二度目の性交に移った。今度は最初から快楽に我を忘れた。汗まみれ、唾液まみれ、体液まみれの痴態を繰り広げた。

ゆらゆらとした心地よい体の疲れと充足感は、月曜日までつづいた。不思議と、身体《からだ》の奥まですっきりとしているように感じた。

次に会ったのは水曜日の深夜だ。

会う前から、期待に身体の芯《しん》が疼いていた。手提げの中に着替えの綿パンとブラウスと、最小限のお泊りセットは持ってきていた。

とんだ色情狂だと自分でも思う。

だが、それ以上間を空けるのはどうしても我慢ができなかった。

ラウンジで一杯引っかけ、部屋に誘い入れるなり、男は貴子の舌を吸ってきた。バスルームで戯《たわむ》れたあとのベッドでは、お互いに痴態の限りを尽くした。羞恥心《しゅうちしん》も遠慮もなかった。足指の股《また》まで舐めてくる男のえげつなさに、ぞくぞくと劣情を覚える。声を上げて笑う。まるで獣だと思いながらも、その破廉恥《はれんち》さが伝染してくる。陰茎をしゃぶり、睾丸《こうがん》の付け根を舐め上げ、肛門に吸いつく。男の滴らせた唾《つば》を呑む。男にもそうさせる。溜《た》めた唾液を男の口中に滴り落とす。その相手の舌にしゃぶりつく。音を立てて吸い上げる。

狂っていく。どんどん狂ってゆく。

馬乗りになり、根元まで陰茎を咥え込み、男の両肩を鷲摑《わしづか》みにしたまま激しく腰を動かす。気持ち良すぎて何度目かの潮を吹きそうになる。堪《たま》らず男の肩口に嚙みつく。

乳首にも歯を立てる。突如、男が貴子の顔を引き寄せたかと思うとその鼻に吸いついてきた。鼻全体を唇の中にすっぽりと含み込む。それだけでなく鼻腔に舌先を捻《ね》じ込んできた。まるで変態だ。だが、その恥知らずな行為に貴子ははしゃぐ。同じ行為を相手にもする。もう顔中がべとべと。唾液まみれだ。結合した互いの股間で、溢《あふ》れ出た粘液がぺしょぺしょと浅ましい音を立てる。男の両手がしっかりと貴子の尻《しり》を摑んでいる。粘液と汗の匂《にお》いがシーツの中に籠《こも》ってゆく。

気持ちいい。楽しい。天国。

二度目の性交が終わったのが、朝の六時。

泥のような眠りに就き、男に見送られてホテルから出社した時には正午を回っていた。電車の中で、あらためてコンパクトを開けた。自分の顔からいつもの憂鬱《ゆううつ》そうな翳《かげ》りが嘘《うそ》のように搔《か》き消えていた——。

そして今日、ふたたびあのブラジル人に会う。

水曜日の昼に別れたとき、男は言ったものだ。

「よかったら、今度は日の出ているうちから会おう。あんたにやりたいことがあったら付き合うよ」

その申し出に貴子は内心満足を覚えた。

考えてみればこの男との関係は、初めから肉欲ありきだった。動物としてのつながり。もともとそれ以上は期待していないつもりだったたし、この行きずりの異国人との関係が、これからもずっとつづくとは思っていない。事実、あと五日ほどで東京を離れると言っていた。

だから、食事や寝物語のときも当たり障《さわ》りのない世間話しか持ち出さなかった。精神的な面で深い関わりを持つことを敢《あ》えて避けてきた。

とはいえ、貴子もやはり女だ。このブラジル人のいかにも気楽そうな雰囲気に、恥知らずの明るさに、知らず知らずのうちに惹《ひ》かれている自分がいる。

肉体だけの関係に終始するのはどうしても一抹の味気なさというか、淋《さび》しさを覚える。そんな貴子の気持ちを知ってか知らずか、男はそう申し出てきた。

その気持ちが、少し嬉《うれ》しかった。

十時半にエクセル東急に着くと、男はホテル前で突っ立ったまま、貴子を待っていた。

「いつも、手ぶらなのね」

駆け寄りながら貴子は聞いた。男は少し笑い、

「おれの国じゃあセカンドバッグなんぞ持ち歩いてるやつはオカマと相場が決まっている」と言った。「それに、面倒くさい」

いつも片手に持っていることが、だろう。バーで飲んだときもホテルのラウンジでも、決まって尻ポケットからマネークリップを取り出し、そこから札を引き抜いて支払いを済ませていた。

さて、と男はつぶやいた。

「何して遊ぼうか？」

嫌がるかもしれない——そう思いながらも、予《あらかじ》め考えてきたことを口にした。

「私は、買い物がしたい」そう、おずおずと男に伝えた。「洋服を見たいんだけど、午前中だけでも付き合ってもらってもいい？」

ここ数年、貴子は誰かに見立ててもらって洋服を選んだ記憶がない。誰か、とは男という意味だ。たまにはそういう気分を味わいたかった。

さすがに相手は苦笑したが、

「ま、貴子ちゃんの頼みとあれば、そうしよう」

「いいの？」

「約束どおり、午前中といわず付き合うさ」

と、軽く受けた。

最初に小一時間ほどマークシティ内の店舗を物色し、それから道玄坂二丁目に足を延ばし、以前から雑誌の特集で見かけて気になっていたブティックを覗《のぞ》いた。

店内に入った途端、奥にディスプレイしてあったからし色のスーツに目が留まった。一見して折り柄と色合いがとても良かった。深みのある黄色で、わずかに鈍い緑味が入っている。鮮やかで、それでいて落ち着いている。しかも黄色にありがちなえぐみもない。素早く値札に目を通す。

十四万八千円――ちょっと高いな、と思う。いったんはそのスーツの前を離れ、なんとなく店内をうろうろする。でも結局はそのディスプレイの前に戻ってきた。

と、それまで店内の椅子《いす》に腰掛けていたロベルトが笑いながら近づいてきた。

「そんなに気になるんなら、袖《そで》だけでも通してみなよ」

そう言って、例のスーツに顎をしゃくった。

「だって、十五万もする」店員に聞こえぬよう、低く囁《ささや》いた。「高いんだもの」

「まけてはくれないのか？」

「こういう店は無理よ」

「そんなものか」

言いつつも、誘惑には勝てなかった。

気がつくと試し着して、あらためて姿見の前に立っていた。裾丈《すそたけ》も肩口も、まるであつらえたようにぴったりと馴染んだ。シルエットも上々。地の色も肌に映えている。それが嬉しく、くるりとロベルトを振り返った。

「どお？」

ブラジル男はにたにたと相好《そうごう》を崩し、それから小声で言った。

「夜はそれでいこう。盛り上がる」

思わず声を上げた。

「いやらしい」

更衣室から出てくると、ロベルトはレジの前にいた。尻ポケットに右手を突っ込んでごそごそとやっている。

「何やってるの？」

「何って、支払いさ」と、例のマネークリップを取り出し、札束を抜き取った。「今、奥から新品を取ってきてもらっている」

そんなつもりはまったくなかった。

「ちょっとやめてよ」思わず貴子は、その札を数え始めた手を押さえた。「私が払うから」

「いいだろう、べつに」

「よくないよ」食事だけならともかく、洋服まで奢《おご》ってもらおうとは思っていない。第一、これは仕事道具なのだ。「嫌味に聞こえるかもしれないけど、これぐらいのお金を払える給料はちゃんと貰《もら》ってます。ただちょっと高いかなと思っただけ」

「りくつ、理屈だ」と、男は笑った。「おれはそうしたいからそうする。それでいい」

「………」

「遠慮するなよ。これでも金持ちなんだぜ、おれは」

つい貴子は苦笑する。

色褪《いろあ》せたリーヴァイス502に着古したTシャツ、足元はくたびれかけたニューバランスの804トレッキングモデル。いかつい二の腕と浅黒い肌――どこからみても肉体労働者《レッド・ネック》だ。そんな男が、塵《ちり》一つ落ちていないような小綺麗《こぎれい》なブティックで、おれは金持ちだと威張っている。

可愛《かわい》い男だ、と思う。

売り子が新品の服を抱えてレジへと戻ってくる。

「じゃあ、お願い」と、貴子は言った。「お金持ちさん」

公園通りのメキシコ料理屋で、遅い昼食をとった。

それからその隣にあった昔懐《なつ》かしいプールバーで、玉突きをした。

ビリヤードだ。初心者同然の貴子に、男はナイン・ボールではなくエイト・ボールというゲームのやり方を勧めた。そのほうが多少下手でも楽しめるという。

「ここに一番から十五番までの玉がある。八番の玉《エイト・ボール》より下の数字――つまり一番から七番までがロー・ボール。逆に九番から十五番までがハイ・ボールだ」男は説明する。

「それぞれがロー・ボール担当とハイ・ボール担当に分かれる。で、自分の持ち玉をポケットに落としてゆく。持ち玉内での番号の大小は関係ない。落としやすい玉から落としていけばいい。全部落とし終えた後、最後にエイト・ボールを落とす。この八番を早く落としたほうが勝ちだ」

貴子はうなずいた。

うなずきながらもちらりと思う。この男、やはりバカではない――。説明が簡潔で無駄がない。

一般的に言われる頭の良し悪《あ》しを測るには、その相手に何事かのルールや物事の道理などを説明させてみれば分かる、というのが貴子の持論だ。事象の再認ではなく、再現をさせるのだ。頭の中で物事の整理がきちんとできている人間ほど――つまり、意識的に考え方をまとめている人間ほど――その説明があっさりとしていて無駄がない。

カシッ――。

ゲームの途中、何度か白球の上をキューが上滑りし、間抜けな音を立てた。ミステイク。それが恥ずかしく、ちろりと相手を見る。だが男はそんな貴子の下手さ加減を笑わなかった。

「誰でも最初はそうだよ。気にすることはない」と、気楽そうに言った。「遊びなんだから、ミスも含めて楽しめばいい」

安心する。やがてそのゲームに子供のように夢中になった。面白かった。少しずつ巧《うま》くなってゆく自分が分かった。

一時間ほど経《た》ってそろそろ終わりにしようかと言う男に、あとワン・ゲーム、あとワン・ゲーム、と何度かせがんだ。

午後四時過ぎにプールバーを出た。

ＧＡＰの横から宇田川町《うだがわちよう》の路地を抜け、いったんはエクセル東急に戻ろうとしていた。

途中で花屋の前を通りかかったとき、ふと立ち止まって男が聞いてきた。

「何の花が好きなんだ？」

日本人とは違う、とあらためて思う。

今まで付き合った男で、こんなことを直《じか》に聞いてくる男はいなかった。ごくまれに花をプレゼントしてくれた男も、バラやカトレアなど、貴子の好みとはおよそかけ離れたものを花束として包んで持ってきた。

「どの花だ？」

「あれよ——」そう言って貴子は、店頭の片隅を指差した。「あの、青い花」

昔、母親が生け花を教えていた。とはいっても田舎のことだ。生徒は四、五人しかおらず、自宅の一室を教室としていた。いわば余技の延長だ。

それでも貴子自身、花の種類にはおのずと詳しくなった。そのころから、この花の慎《つつ》ましやかな感じが気に入っていた。自分とはまるで違う。そこに惹かれた。

「なんて花だ？」

「桔梗《ききょう》よ」

「キキョウ？」

「そう」

が、このブラジル男は首をかしげた。

「おれの国じゃあ、見たことないな」

それはそうだろうと思う。桔梗——古くから日本に自生する多年草。繁殖エリアは、東北アジア一帯。六月から九月にかけ、その青い花を咲かせる。

買ってあげよう、と男が言うのを、貴子は必死になって固辞した。反面、やはり嬉しくもあった。


いつの間にか貴子は、このブラジル男と手を繋《つな》いで歩いていた。気づいたら、そうなっていた。

センター街の近くまで来たときだった。

二人の目の前を、脇《わき》の路地から出てきた数人の若者たちが強引に突っ切ろうとした。むろん、それだけだったら何も問題はなかっただろう。

が、最後尾の若者の尻《しり》ポケットから携帯がぽろりと抜け落ち、貴子の足元に転がった。咄嗟《とっさ》のことに避けきれず、ついその携帯をつま先で蹴《け》るような格好になった。

「あ——」

携帯を拾おうと身を翻《ひるがえ》した若者が、間抜けな声を上げた。蹴飛ばされた携帯はアスファルトの上を滑り走り、三メートルほど先の縁石にぶつかって、止まった。

若者はその縁石に駆け寄り、携帯を拾い上げた。

「割れちまった……」とつぶやき、立ち止まっている仲間を振り返った。「おい、壊れちまったよ！」

携帯が壊れたと喚《わめ》いている金髪の若者は、迷彩色のカーゴパンツに黒いタンクトップという いでたちだ。角度をつけたオレンジのサングラスを掛け、肩口にはこれ見よがしの稚拙な刺青《タトゥー》を入れている。ほかの仲間も似たような格好だ。貴子はこの類《たぐい》の連中を知っている。以前取材でインタビューしたことがある。どういう種類の人間なのか、ようく分かっている。

心臓がドキドキとした。

でも、やはり口は開いていた。

「ごめんなさい」貴子は言った。「急で、避け切れなかったものだから……」

「避け切れなかったで、済ますのか」若者は憤然とした表情で、携帯の割れた画面を貴子へと突き出してきた。「弁償しろよ」

貴子がそうするより早く、ロベルトが口を開いた。

「いくらなんだ?」

そう言って、尻ポケットに手を突っ込んだ。

直後、その若者が仲間たちにかすかにうなずいてみせたのを、貴子は見逃さなかった。

「……いくらだって?」唇を舐《な》めて、若者は言った。「最新式のドコモだぜ。四万はした」

嘘《うそ》だ。今どき四万もする携帯など聞いたことがない。

が、ロベルトは平然とマネークリップを取り出した。ところがそこから抜き取った札は、諭吉《ゆきち》が二枚だけだ。

「落としたのは、おまえだ」携帯を、ということだろう。「落とさなかったらこっちもそれを蹴らなかった。だから半分は払おう」

そう言って二万円を若者の前に差し出す。瞬間、相手はわけが分からないというような顔をしたが、すぐに怒気を発した。

「寝ぼけてんのかよ、オッサン」と、声を荒らげた。「おれが要求してんのは四万だぜ、四万っ」

ロベルトが笑った。

「おれは、オッサンなのか？」

「あたりめえだ！」唾《つば》を飛ばしながら、若者は言う。「ちゃんと耳揃《そろ》えて払えよ」

「あのなあ」のんびりとした声でロベルトが応じる。「おれは今デート中なんだよ。いい気分を邪魔されたくないんだなあ」

が、若者は鼻先で笑った。

「チャラいことほざきやがって。知ったことかよ」

若者の背後に、仲間たちがにやにやしながら近寄ってくる。対する相手は男一人と女一人——与《くみ》しやすし、と思ったのだろう。数を頼んだ若者はさらに言い募る。

「おら、とっととあと二万払えっ」

「どうしてもか」

「のんびり構えやがってこのボケっ。決まってんだろうが！」

「なら、これをくれてやる」

あっと思ったときには、その若者が恐ろしい勢いで後方に吹っ飛んでいた。ロベルトが目にもとまらぬ速さで、いきなり相手の顔を殴りつけていた。だけでない。直後にはその脇に立っていた若者の右手首を逆手に捻《ねじ》り上げていた。

「痛《いて》っ――！」

悲鳴とともに、その手のひらから抜け落ちたものがある。バタフライナイフ――乾いた音を立て、路上に転がった。ロベルトの靴がすかさずそのナイフを蹴り飛ばす。ぞっとした。今目の前で起こっていることが信じられなかった。

「青少年、あんまり物騒なものは取り出すなよ」ロベルトは乾いた笑い声を上げる。

「あべこべに刺されても文句は言えねえぞ」

「……う」

「返事は？」

若者の手首を捻っているロベルトの腕に、不意に筋肉がじわりと浮く。

「あう……わ、分かった」

「分かったら二万はくれてやる」そう言って、苦痛に開いたままの若者の口に札を捻じ込んだ。「これで、手を打つよな」

言いつつも、さらに手首を捻り上げたらしい。

「な？」

札を口の中に突っ込まれた若者は、必死になってうなずく。

「じゃあ、話は終わりだ」

ロベルトはその相手を、仲間のほうへ押し飛ばした。

残る若者たちはみな、予想外の展開にぼんやりとしている。

「何を突っ立っている。用は済んだろ。さっさと行けよ」

数分後、エクセル東急の前まで来ていた。

「………」

気になっていた。

この陽気なブラジル男の、まったく別の顔を見せつけられた気分だった。ひやりと酷薄なものを感じながらも、その垣間見《かいまみ》えた暗い世界に強く惹《ひ》きつけられる自分を感じる。

つい貴子は聞いた。

「ああいうこと、よく経験があるの？」

するとこの男は少し笑った。

「わけの分からんやつはどの国にもいる」それから貴子の顔を覗《のぞ》き込んできた。「怖かったのか？」

「――うん」

そう言って、うつむいた。この男の前では素直になれる。恥も外聞もない剝《む》き出しのセックスが、貴子の心を自由にしてくれる。解放してくれる。

自分の右手が握られたのを感じる。なぐさめるようにして親指で手の甲をなぞってくる。さっき、若者の手首を捻じ上げたのと同じ手だ。

不意に泣きだしたいような気分に駆られた。

たぶん、わたしに対してだけじゃない。暴力沙汰《ざた》にも手馴《てな》れているように、この好色な男は、一夜をともにした相手になら誰にだってこういうふうにべったりと優しく振る舞えるのだろう。

ヤバい、と思う。

この男を本気で好きになりかけている自分がいる。これからも自分だけのものにしておきたいと、心のどこかで思い始めている。

もっと楽しい思いをさせてよ――。

だが、男はあと五日もすれば東京からいなくなる。そうなればわたしはまた一人だ。なぐさめてくれるマトモな男などどこにもいない。

それが、悲しかった。

8

月曜——店舗の定休日。

午前八時には新宿ランプから高速道に乗った。

高井戸を過ぎ、そのまま中央高速へ入ってゆく。

松尾は法定速度を守り、のんびりとＦＤを転がしてゆく。

助手席にはケイが乗っている。

大月ジャンクションから二十分ほどで河口湖インターを降りる。晴天に恵まれている。山梨県側から見た裏富士が、フロントガラスいっぱいに迫ってきていた。

国道一三九号線から勝山村、鳴沢《なるさわ》村へと入り、十キロ弱進んだ分岐点で、県道七一号線に入る。

目的の場所が近づいてきた。

道の両側に鬱蒼《うっそう》とした原生林が迫ってくる。その原生林の分厚い梢《こずえ》に覆《おお》われ、富士山の頂さえ見えなくなる。周囲にも人家はまったく見当たらない。平日ということもあり、県道を行き交うクルマもほとんどない。

富士山麓《さんろく》――青木ヶ原《あおきがはら》樹海。

文字どおり、緑の海だ。

その裾野《すその》に三千ヘクタールにわたる原生林が広がっている。一歩足を踏み入れれば、周囲一面に似たような雑木林が延々と続く。

　前後左右の感覚はすぐになくなり、鉄分を大量に含んだ溶岩土から成り立つ特殊な磁場の影響でコンパスもほとんど役に立たない。奥に分け入れば分け入るほど原生林の密度は増し、頭上をびっしりと梢が覆う。日中でもその太陽光の角度から方角を判断することは困難になる。

迷いの森、と言われている所以《ゆえん》だ。

自殺志願者や興味本位でやってくるハイカーたちが後を絶たず、結果的に行方不明者となる。地元警察や消防団の手で行われる年に一度の捜索活動では、毎年七十名前後の腐乱死体が発見される。

その樹海エリアの、遊歩道や登山道などが整備されていない南側に、松尾とケイは回り込んできていた。

上九一色《かみくいしき》村との境界を示す標識が見えたところで、クルマを路肩に寄せた。二人ともデニム地の半袖《はんそで》シャツにカーゴパンツ、足元はトレッキングシューズといういでたちだ。

ＦＤの後部ハッチを開け、荷物を二つ取り出した。

正方形に近いジュラルミンケース。中身を含めるとそれぞれが二十キロ近くの重さになる。

その一つずつを、松尾とケイは骨組みだけのフレームザックにそれぞれ括《くく》りつけた。

同じくザックを背負い終わったケイに向かい、口を開いた。

「じゃあ、行こうか」

「おう」と、ケイは笑う。「これが最後の準備だな」

松尾の知る限り、この男は常に陽気だ。悪党だからだ。およそ罪悪感という観念がない。うらやましい限りだ。

ケイの片手には一抱えもあるリールがぶら下がっている。長さにして三キロ分の、グラスファイバー製の釣り糸が巻かれている。

路肩の適当な木の幹に先端を結びつけ、その釣り糸を伸ばしながら原生林の中へと分け入ってゆく。

三十メートルほど奥に入っただけで途端に視界が薄暗くなり、辺り一面を不気味な静寂が覆う。

草むらと苔生《こけむ》した石ころ、枯葉に覆われた地表は、必ずしも平坦《へいたん》ではない。ときに下り、ときに上りを繰り返す。辺り一面を原生林の幹や枝が覆っているので視界はほとんど利《き》かない。勾配《こうばい》の感覚も曖昧《あいまい》になってくる。足首の曲がり具合で、かろうじてその土地全体の傾斜が摑《つか》める程度だ。

携行してきたアウトドア用のハンディGPS（全地球測位システム）で、時おり自分たちの現在位置を確かめる。神保町《じんぼうちょう》のスポーツショップで購入してきたものだ。

画面に、起点に設定した場所から原生林の中を進んでいる自分たちの軌跡がジグザグと描かれている。

樹海の中心部に向かって北西にまっすぐに進んでいるつもりが、やはり少しでも目を離すととんでもない方角へ向かっている。すでに方向感覚は麻痺《まひ》していた。

何も持たないでこの原生林に分け入った人間は、同じエリアを延々とさ迷いつづけることとなる。一度でも奥に迷い込んだら、滅多に生還できない。

松尾はGPSを睨《にら》みながら、ケイは釣り糸を引き出しつづけながら黙々と原生林の中を這《は》うようにして進んでゆく。

腐植土の匂《にお》いがする。森の香りが漂う。枝葉の擦《こす》れ合う音と、野鳥のさえずりがどこからか聞こえる。

むろん、アマゾンの圧倒的な大自然とは比べ物にならない。ならないが、どことなく懐《なつ》かしいと思う。

ふと思い出し、松尾は苦笑した。

ケイよ、と隣で歩を進めている相方を振り返った。

「覚えてるか？　迷子になったときのこと」

ああ、とリールの引き出し具合をチェックしたあと、ケイは顔を上げてにやりと笑った。

「正直、あんときゃもう駄目かと思った」

クロノイテでのことだ。

二人でジャングルの奥に木の実を拾いに行った。調子に乗って深入りするうちに、とうとう入植地へ戻る方角を見失った。

そう気づいたときには日が暮れかかっていた。心細くなり、焦《あせ》り、やみくもに密林の中をさ迷い歩くうちにとうとう夜になった。

腹が減っていた。疲れていた。歩きすぎで足の裏がひどく痛かった。二人ともまだ五歳そこそこの子供だ。辺り一面は漆黒の闇《やみ》に変わっていた。

吼え猿《マカコ》の咆哮《ほうこう》がはるか彼方《かなた》から響いてきた。恐怖に駆られた松尾は、とうとう泣きだしてしまった。

泣くなっ。

その松尾の意気地なさに地団太を踏んで怒っていたケイも、最後には一緒になって泣きだした。

やがて泣き疲れた二人は巨木の幹に背中合わせになったまま眠りこけ、そのまま森の中で一晩を過ごした。

気がついたときには朝になっていた。遠くから自分たちの名前を呼ぶ声がかすかに聞こえてきた。

隣を歩きながらケイが言う。

「ったくノブ。あんときはおまえ、メソメソしやがって」

「そういうおまえだって鼻水垂らしながらワンワン泣いてたろうが」

「先に泣いたのは、おまえだ」

「最初に誘ったのは誰だ。え？」松尾は言った。「森の奥まで行こうと言い出したのは？」

ケイは黙り込んだ。思わず笑った。

楽しかった子供時代——少なくとも松尾にとってはそうだ。

「しかし世の中、便利になったもんだ」つい感慨深く口にした。「あのころにこういうものがあれば、おれたちも迷わなかった」

するとケイは顔をしかめた。

それからぞんざいにつぶやいた。

「あったところで、おれたち家族には買えなかったさ」

懐かしい感情が一気に吹き飛んだ。代わりに芽生えてきたのは苦い思いだ。

たしかにそうだ。現金収入のあてなどまったくない入植者たち。ただモノを食って生きているだけだった。原始人さながらの生活に、大人たちはいつも重いため息をついていた。

二十キロ近くのフレームザックを背負ったまま、黙々と原始林の中を歩きつづけた。ひんやりとした木立の中とはいえ、気がつくと背中一面にびっしょりと汗をかいていた。

一時間半後、三キロ分あった釣り糸がすべてリールから出尽くした。ハンディGP

Sの画面も、青木ヶ原樹海のほぼ中心部であることを示していた。

周囲を見回し、最も大きな樹木を探す。幹回りの直径一・五メートル、胴回り五メートルほどはありそうなツガの巨木が、木立の間に見えた。

「あれで、どうだ？」松尾はケイに聞いた。

「ま、充分だろ」ケイが答える。

作業現場が決まったところで、二人ともその場にフレームザックを下ろした。

「ちょうど十二時だな」

腕時計を覗《のぞ》き込んでケイがつぶやく。うなずきながら松尾も返した。

「先に昼飯にしよう」

フレームザックにコンビニのビニール袋をぶら下げてきていた。その中から、ペットボトルのお茶を二本とおにぎりを六つ取り出す。二人分だ。松尾が用意してきた。

濡《ぬ》れ落ち葉で湿った地面に座り込み、松尾もケイもそれをほおばり始めた。

「しかしこの量じゃあ到底足りないな」

早くも二個目のおにぎりに手を伸ばしながら、ケイがぼやく。

「我慢しろよ」一個目をようやく平らげ、松尾は言う。「帰りに河口湖のドライブインにでも寄ろう」

が、ケイは執拗《しつよう》だ。

「なんで、もっと大きめの弁当とかにしなかったんだ」

「ザックに下げてくるんだぜ。ここに着いたころには中身は揺られてグチャグチャになっている」

「それにしたって一人おにぎり三個ぽっきりってことはない。せめてサンドイッチぐらいは追加しとけよ」

「これ以上だとよけい嵩張《かさば》る」

「気の利かない野郎だ」

「うるさいな」つい松尾も口を尖《とが》らせる。「だから、足りなかったら帰りにドライインに寄るって言っているだろうが」

この男と話していると、どうも幼児化する自分を感じる。つい子供時代の記憶そのままに、やりとりをしてしまう。それはケイも同じだろう。森の中から採ってきたフルーツの分け前を巡ってよく二人で喧嘩《けんか》をした。もっとも最後にはいつもケイが腕力を振るい、松尾が泣かされ役だったのだが……。

十分ほどですべてのおにぎりを平らげ、煙草《たばこ》に火をつけた。

決行まで、今日を入れてあと四日だ。準備でやり残したことが本当にないかをもう一度考えてみる。

　ふと、あることを思い出した。

「そう言えばおまえ、あの女の件はどうなった？」先週中ごろまではあんなにはしゃいで女との進展状況を逐一報告してきていたのに、今日はその話題を一言も口にしない。「もうテープは渡したんだろうな？」

　ケイの答えは、一瞬遅れた。

「……いや、それがまだだ」

「なぜ？」松尾は驚いた。「先週の末までに渡す予定じゃなかったのか」

　するとこのブラジル男は、ぽりぽりと頭を掻《か》いた。

「なんだか、タイミングを逸してな」

　その煮え切らない素振りに、ピンとくるものがあった。

　ははぁ、と思った。ブラジル男はこと女がらみになると、途端に腰砕けになる。南米では有名な話だ。

「おまえ、あの女とは何度寝た？」

「なんでそんなことを聞く」

「いいから答えろ。仕事なんだぞ」きつく言った。「ちゃんと回数で答えろ。何回寝た？　どれくらい一緒に過ごした？」

「……計八回だ」渋々とケイは答えた。「先々週の末に二回、やった。水曜の晩に二回。この週末に二晩つづけてまるまる四回。実を言うと、今朝の夜明け前に別れたばかりだ」

あきれた。道理で腹が減っているわけだ。そして思わずため息をついた。

先々週の金曜と先週の水曜に寝たことは知っていた。だが、この週末に二晩つづけて会っていたとは知らなかった。当然その間の昼間も一緒に過ごしたのだろう。いくらなんでもやりすぎだ。間違いなくこのド助平野郎《スケベ》は、あの女に情が移り始めている。

「あのなあ、ミイラ取りがミイラになってどうする」松尾は言った。「おまえ、どうかしているぞ」

「かもしれん」

「そんなに、気に入ったのか？」

ケイの目が笑った。

「あの女、舌が長いんだ」と、生臭いことを言いだした。「あそこのしまり具合も身体《からだ》の感度もすごくおれと馴染《なじ》む。いざとなると破廉恥《はれんち》なところも好きだ」

笑うまい、笑うまいと思いつつも、つい松尾は苦笑した。

気持ちは分からなくもない。松尾にも経験がある。

一時期、本国でコロンビア女と付き合っていた。カジノのバニーガールだ。脳ミソがアイスクリームでできているような金髪女だった。難しい話をすると、松尾が十言うことを一も理解できないような低脳だった。

だが、身体とセックスだけは最高だった。というより松尾の肌感覚に馴染んだ。もう別れよう別れようと思っていても、なかなかその縁を断ち切ることができなかった。明るく物事にこだわらない女だったせいもある。おそらくは惚《ほ》れていた。今も時おり、懐かしく思い出す。男女の間とは所詮《しょせん》そうしたものだ。

それにしても、それぞれ一晩に二回ずつとは恐れ入った。この男、松尾と同じく今年で三十七歳だ。思わず聞いた。

「そんなに、良かったのか？」

「最高《エクセレンテ》だ」この痴《し》れ者は断言した。「それでいてベッドの外じゃあキリッとしている。言うこともパリッとしている。好きなタイプだ」

こうなるともう理屈ではない。理屈ではないが、やはり松尾は口を開いた。

「とにかく、目的だけは遂げろ」そう、諭した。「本来の仕事を忘れるな」

「気が乗らねぇなあ」

「なら、黙ってポストの中にテープとメッセージを投函《とうかん》しておけよ」

「いや、それはできない」ケイは首を捻《ひね》る。「やっぱりおれが直接手渡す」

「時間がもうない。いつ、それをする？」

「明日の晩。約束はしてある」

また会うのか。あきれつつも念を押す。

「きっとだぞ」

「ああ」

一時間後、運んできたジュラルミンケースを二つともツガの巨木に括《くく》りつけ終わった。

この富士の樹海には鹿《しか》や猪《いのしし》、山犬などの大型動物は棲息《せいそく》していない。雨が多い地域ではあるのだが、まとまった水が存在しないからだ。

一千百年前の富士山の大噴火により、広大な森に大量の溶岩が流れ込んで出来上がった大地だ。その溶岩土の表面にある無数の隙間《すきま》に、気の遠くなる年月をかけてツガやヒノキなどの原生林が育ち、シダや苔《こけ》類が自生した。

雨は降っても、すべて腐植土に染《し》み込み、さらにその下の溶岩土の隙間を縫って巨大な地下水脈を形成する。

結果としてその伏流水が忍野《おしの》八海《はっかい》などの湧水《ゆうすい》池となるのだが、当のこの樹海にはまとまった保水能力がない。だから大型動物は存在できない。ジュラルミンケースを荒らされることもない。

帰路ではケイの希望どおり、河口湖のドライブインで天丼《てんどん》を食った。

9

報道センター脇《わき》の化粧室で、入念に自分の顔に見入っていた。

チェックが済んだあと、手首を返して時計を見た。午前一時三十分——貴子は思わずため息を洩《も》らす。これでもずいぶん早く仕事を片付けたつもりだった。それでも、どうしても零時は過ぎてしまう。

今日が最後だ。あの男と会うのは。でもそれは考えないようにしよう——とりあえず会っている間は湿っぽくならず、楽しむようにしよう。

そう心に決めて、報道部のフロアからエレベーターに乗った。

エントランスに一歩踏み出た途端、驚いた。

ホテルで落ち合うはずの男の姿がそこにあった。人気《ひとけ》の途絶えた受付前のソファに腰を下ろしていた。

先週末会ったときに名刺は渡していた。少し仕事の話もした。実を言うと仕事があまりうまくいっていない、とも洩らした。

何を思ってこのブラジル男がやってきたのかは分からない。分からないが、わざわざ迎えに来てくれたのだとしたら、やはり少し嬉《うれ》しかった。

「最後なんでね」案の定、男は立ち上がりながら貴子に笑いかけてきた。「それで、迎えに来た」

うん、とうなずきながら男の腕を取った。「じゃ、出ようよ」

正門前のタクシーに乗り込んだとき、貴子は聞いた。

「どうする。少しどこかで飲んで行く？」

「いいね」

一瞬迷ったが、運転手に青山七丁目へ行くように告げた。

『バー・シニスター』――最初に出会った場所。店内は二割ほどの埋まり。カウンターではなく、奥のテーブル席に腰を下ろした。

会話はあまり弾まなかった。貴子は貴子でやはりどことなく湿っぽい気持ちを抱えたままだったし、相手は相手で珍しく何か物思いに耽《ふけ》っているようだった。

一杯目のグラスを半ばほどまで飲み干したとき、男が思い出したようにテーブルの上に紙袋を差し出してきた。

「これは、何？」

「まあ、プレゼントだ」男は少し笑った。「中身はヴィデオテープだ。貴子の仕事に役立つ」

え――？

「どういうこと？」

「とりあえず、そのテープを鞄《かばん》の中にしまってくれ」

「どうしてよ？」

「いいから、しまってくれよ」

「………」

不承不承ながらも、言われたとおり持っていた鞄にしまう。

男は束《つか》の間《ま》黙っていたが、やがて口を開いた。

「今週金曜の早朝。きっかり四時に、外務省前である騒動が起こる」そう、予想もしなかったことを言いだした。「テープにはその理由が写っている」

「ちょ、ちょっと待ってよ」思わず遮った。「ロベルト、いったいあなた、何を言っているの？」

「いいから先を聞いてくれ」男は言う。「民放各社に、これと同じテープと今おれが言った内容のメッセージが、その前日の夕方以降に届く。愉快犯でないことを匂《にお》わせるため、現金も五万円ほど同封する。むろんそれは貴子の会社にも送られる」

呆然《ぼうぜん》とした。

「でも、貴子にはこうして今渡すから事前によくテープを見てくれ。できればその現場を撮ってもらいたい。念のため、四時数分前からはカメラを回していたほうがいい。四時過ぎまでNSビル全体の映像を撮りつづけるんだ。そうすれば間違いなくスクープ映像が撮れる。これで社内での貴子の株も上がる」

「スクープって、騒動って……あなた、何かしでかすの？」

男はうなずいた。

「おれと、その仲間がね」

言われて思い出した。外務省前で初めて会った日、この男にはもう一人の連れがいた。

「最初に、外務省の前で会ったろう」そんな貴子の気持ちを見透かしたように男は言う。「あれは、その下見だった」

そこまで言って、不意にこの男はくすりと笑った。

「あ、いい女がいるなあって貴子の顔をまじまじと見た」

「…………」

「なんとかしてお近づきになりたいなあ、とね。それでもあの場限りなら何も起こらなかったさ。が、二度目にここで会った。仲良くなった。貴子自身、仕事が不調なのも聞いた。だからプレゼントだ」

嘘《うそ》だ、とどこかで声が囁《ささや》く。

話ができすぎている。この広い東京でそんな偶然が二度もつづくはずがない。だが、そのロベルトの声音や言い方には、そんな貴子の疑念を口にさせない何かがあった。

ロベルト？

ふと感じた。これだけはすぐに確かめられる。

「じゃあ、一つ聞く。ちゃんと答えて」勇気を振り絞って、貴子は聞いた。「そのロベルトって、本名なんでしょうね」

期待していた。どこかで本名だと言ってくれることを、願っていた。

が――、

「困ったな……」と、悲しいほど陽気な素振りで相手は頭を掻《か》き始めた。「正直に言う。偽名だ」

あっ、と思った。

腹の底がカッと熱くなる。

こいつは最初からそのつもりだったのだ。

途端、自分でも知らないうちに椅子《いす》から立ち上がっていた。

この、ばかやろうっ！

気づいたときには相手に向かってそう叫んでいた。

「人の気持ちを弄《もてあそ》んで、この、人非人《にんぴにん》！」

口汚く罵《ののし》りながらテーブルの上にあったソルティ・ドッグのグラスを摑《つか》んで、投げつけた。男はそれを避けなかった。鈍い音を立てて基底部が見事に額に命中した。

（ざまあみろ！）

コンクリートの床に落ちたグラスが悲鳴を上げて砕け散る。小気味よかった。

そのまま身を翻《ひるがえ》し、あっけにとられて貴子を見ているほかの客を尻目《しりめ》に、出口へと小走りに向かった。

地上への階段を駆け上る途中、タクシーの中であの男に舌を吸われたことを思い出した。

おお、気持ち悪い。あの最低なクズ男――辺り構わず唾《つば》を吐き散らしたい。

階段を上りきり、人通りの途絶えた路地に出る。

右を向けば、六本木通り。急いで歩き始める。

スカートの中で、股間《こかん》が妙に頼りない。無理もない。土曜の夜、あの男に陰部をつるりと剃毛《ていもう》されていた。涼しいし、ブラジルの人間はみんなこうだぜ、と笑っていた。

貴子もつい悪ノリして、それを受け入れた。もっと興奮するセックスができるのなら、それでいいんだと思っていた。

不意に、ビルの壁に切り取られた大通りが滲《にじ》んで見える。

大馬鹿《おおばか》だ。

あんな変態に、わたしは惚《ほ》れた。たぶん今もそうだ。くやしい。悔しい。

うっすらと涙が出てきているようだった。

もう少しで大通りへと出る場所まで来たとき、背後から足音が追いかけてきた。トレッキングシューズに特有の、アスファルトの上を擦るような軽い足音。

「待ってくれよ」

剃毛野郎の呼び声がする。が、構わずにどんどん大通りへと出ていった。

わたしは、一人で生きるのだ。

二年前、そう決心した。そしてその決意は基本的に今も変わっていない。男もヴァイブレーターと一緒だ。所詮《しょせん》は快楽の手段だ。

それでもいざとなるとこのザマだった。そんな情けない自分を振り切るように、足早に大通りへと出てゆく。

「待てったら」

懇願するロクデナシの声が響く。無視して大通りで左右を見渡す。運悪く、路肩に停車中のタクシーはどこにも見えない。思わず舌打ちし、渋谷方面に歩き始める。その貴子の横に男がカニ歩きで擦り寄ってくる。

「あっち、行きなさいよっ」鬱陶《うっとう》しかった。悲しかった。思わずバッグを振り回し、そう喚《わめ》いた。「わたしの前から消えてなくなれ！　このバカっ。色情狂！」

「悪かった。謝る。このとおり」不意に前方に立ち塞《ふさ》がり、男は拝むように両手を合わせた。「たしかにおれは貴子のあとを尾《つ》けた。会社の前から何度もだ。だが、べつに嵌《は》めるつもりじゃなかった。あまりにもいい女だったんでやりたさ一心だ。ついでにテープも渡せればラッキーだと思っただけだ。それは、本当だ」

「よくもまあ、ぬけぬけとそんなことを――」半ばあきれ、ますます怒りに駆られた。

「だったら、言ってみなさいよっ。そこまでわたしのことを気に入っていたんなら、言ってみなさいよ、あんたの本名を！」

　この返事は、一瞬遅れた。

「それは、言えないさ」相手は少し翳《かげ》のある笑みを見せた。「事を起こせばおれたちはお尋ね者に早変わりだ。日本の警察はおろかインターポールからも手配書が回るかもしれん。事がおれ一人だけの話なら、打ち明けてもいい。さんざんいい思いをさせてもらったんだ。それであんたにチクられるのなら、それはそれでいい」

「………」

「が、仲間がいる。やつらに万が一にも迷惑はかけられない」

　その真面目《まじめ》な口調に、一瞬腹立ちを忘れた。つい心配になった。馬鹿な話だ。

「まさか、人を傷つけたり、殺《あや》めるつもりなんじゃ……」

「いや。今のところ、その予定はない」そう、剣呑《けんのん》なセリフを平気で口にする。「それでも間違いなく騒動にはなる」

「……いったい、何をやるつもり？」

　男は薄く笑った。

「すまないが、それも言えない」

急激に怒りがぶり返してきた。

心底謝ると言ってきながら、あれも言えない、これも言えない——いったいこの態度はなんなのだと思う。そしてそんな男の身を、束の間でも心配していた自分がいる。ったく、わたしはどこまでお人好《ひとよ》しなんだろう。それによく考えてみれば、仲間がいるから貴子に本名を名乗れないという言い訳も、最終的には貴子を信用していないからではないか。

このぅ、と思う。

あれだけ肌を交えておいて陰毛まで剃《そ》っておいて——腸《はらわた》が煮えくり返る。おかげでパンティーの中が今もチクチクしている。どす黒い怒りがさらに渦巻く。

「…………」

少し考え、この名なしの権兵衛《ごんべえ》に口を開いた。

「ねえ、あんた、誠意っていう日本語があるの、知っている？」

男は素直にうなずく。

「むろんだ」

貴子は鼻先で笑った。

「言葉で知ってはいても、その使い方は知らないようね」

男は妙な顔をする。

「ホントにすまないと思っている。でも、名前も、何をやるかも言えない――」貴子はつづけた。「ついでに言うと、わたしのことも心底は信用していない。そしてそれを謝りながらも匂わせる……とんだ誠意だわね」

男は少しバツの悪そうな顔をする。おでこが内出血を起こし、ぷっくりと膨らみ始めている。

「なら、ほかの方法でそれを示してみせなさいよ」

言いつつ、目の隅で遠くからタクシーがやってくるのを捉《とら》えていた。男の顔を睨《にら》んだままタクシーに向かって手を挙げる。

「仲間に迷惑にならないような方法で、わたしのことを好きだったっていう誠意をね」

いざとなれば女は、いくらでもキツくなることができる。貴子もそうだ。のほほん育ちのたわけた男どもより、生きてゆく上での負荷が格段に違う。不公平だ。くそっ。

「……そうね、事件を起こしたら、身分証も持たずに身一つでわたしを訪ねてきなさいよ。むろん警察を呼ばれるのを覚悟の上でね。最初から舌を噛《か》み切るつもりでね。

身元不明人のまま死ねば、そのご友人とやらにも迷惑はかからないでしょ」

そう、容赦なく言葉を重ねる。

男は黙り込んだまま貴子を見ている。

この男には、およそ人並みな情感というものが感じられない。つい先週末までは、そこにも惹《ひ》かれていた。だが、今では虫唾《むしず》が走る。

タクシーが歩道の脇《わき》に滑り込んできた。ハザードランプを出したまま、後部ドアが開く。

「どう？」今さら何を期待しているのだろう、この男に。貴子はもう一度男を振り返り、軽く笑った。「やっぱり、できないでしょ？　おれ一人ならナントカってカッコつけちゃって……あんたなんか所詮そんなもんよ。だから人のことだって平気で利用できる。人間のクズよ。最低よ」

言い捨て、素早くタクシーに乗り込んだ。

ドアが閉まる。タクシーが走りだす。

いけない、と思いつつもついルームミラーを覗《のぞ》き見る。男の姿は映っていない。角度が違うのだ。だが、振り返るほど落ちぶれてはいない。

急激に悲しみが襲ってきた。

屈辱。踏みにじられた――。

くやしい。悔しい。

一瞬、我慢した。でもどうしようもなかった。あとからあとから涙が頬を伝った。

嗚咽《おえつ》が洩《も》れた。鼻水も出てきた。

青山トンネルを過ぎたとき、不意にタクシーの運転手が口を開いた。

「……お嬢さん、そんなに泣くと身体《からだ》に毒だよ」ルームミラーの中、その初老の運転手は見かねたように言った。「いい男なんか、世の中にはほかにもたくさんいるんだからさ」

だが、貴子は泣きながらもどこかで思う。

嘘をつけ、と。

たしかに世の中の半分は男だ。でも、その大半はどうしようもなく間抜けで、セックスも下手で、やたらと気を遣ってみせるだけが能の鼻毛野郎だ。そしてその優しさも、所詮はおのれを映し出すためだけの鏡――模造品《イミテーション》でしかない。ろくでなしだ。

ようやく、お下劣ではあるが、いい雰囲気の男と知り合えたと思ったのに。

束《つか》の間《ま》でも楽しい思い出ができたと思ったのに……。

屈辱。踏みにじられた。

そう思うと、よけい泣けてきた。

「だからさ、もう泣かないほうがいいって」

運転手が苦笑しながら、さらになぐさめてくる。

(うるさいよ、このバカ！　なんにも分かっちゃいないくせにっ)

半ばヤケクソになり、心の中で八つ当たりする。

しかし実際にやったことはといえば、ハンカチを取り出して鼻の下を拭《ぬぐ》う。それだけだった。

第四章　悪党

1

七月八日。水曜日。午後七時半――。

山本にとって日本での最後の晩だ。

ガランとした六畳一間の部屋を隅々まで見回す。

テレビも冷蔵庫も台所の食器類も布団《ふとん》も、家具と名のつくものはすべて処分した。先週の半ばごろから不燃物と可燃物と粗大ゴミに分け、徐々に近所のゴミ捨て場に持っていった。

今、部屋の中はトイレからバスルームから台所からこの六畳の居間まで、塵《ちり》一つ落ちていない。三日前から駅前のビジネスホテルに泊まり込み、窓枠、シンクの底から風呂場《ふろば》の排水溝の中、ドアの表面、床回り、壁、果ては便器の中の排泄染《はいせつじ》みまでサンポールを使い、まっさらに磨き上げた。そして磨き上げた部分には一度たりとも指を触れず、使用もせず、歩いて十分のビジネスホテルに寝に帰っていた。

指紋と頭髪の除去、そして排便痕《はいべんこん》、汗染みの拭《ふ》き取り。調べたところによると、そのほとんどからDNA鑑定により本人と断定することが可能だという。

頭髪を落とさぬように部屋の中で野球帽を被《かぶ》ったまま、もう一度やり残したことがないかじっくりと考えてみる。

成田からロサンゼルスまでの航空券は二ヵ月前に手配していた。むろん、偽造パスポート名義でだ。

ロサンゼルスからはグレイハウンド・バスに乗り換え、メキシコ国境の街・ティファナへ。そのころに、ちょうど日本で事件が発覚する。

だが、もう遅い。

メキシコ・シティ行きの長距離列車に乗り、ホテルに着いてから本来のパスポートへと身分を切り替える。メキシコ・シティからは、ブラジルはマナウスへと飛ぶ。そこから一週間ほどかけて、のんびりと河を下る。

誰もその足跡を辿《たど》ることはできない。

「………」

三日前にメキシコ・シティのホテルも本名で予約した。むろん国際公衆電話からだ。次いでそのホテル宛《あて》に、EMS（国際スピード郵便）で正規の山本名義のパスポートとクレジットカードを送った。

万が一の不安があったからだ。軽い緊張状態になると相変わらず後頭部に鈍痛がある。原因は分からない。ブラジルに戻ってからあらためて精密検査を受けようとは思っていたが、飛行機の中は絶えず気圧が変化する。もし脳溢血《のういっけつ》のようなもので倒れたときに二冊のパスポートを持っていたら、警察に目をつけられる。そのための予防策だ。

現金も百ドル紙幣で七千ドルほど持ってゆくつもりだった。ロサンゼルスから病院に運び込まれたとしても、その金を提示してみせれば病院側は安心する。身元を探られることもない。

ふと苦笑する。

それ以上の医療費がかかるような病状なら、おそらく自分は生きてその病院を出られまい。

「………」

さらに念のため、その先を想定してみる。

その場合、メキシコ・シティのホテルに送ったパスポートとクレジットカードは、やがて従業員の手によって開封される。警察に届けられる。ブラジル本国に問い合わせが行く。が、山本は本国を引き払ったままだ。永久に本人に連絡はつかない。

仮に不審に思ったメキシコ警察からインターポールへと連絡が届き、万が一、山本が事件の首謀者の一人であることが発覚したとしても、そこから衛藤に結びつく手がかりは何も残っていない。用心のため、ブラジルでの衛藤とのやりとりにも自宅の電話は使っていない。お互いの家を行き来したこともない。

やはりこれも大丈夫だと思う。

五万円入りのテープとメッセージも、今日の夕方、駅前のコンビニからマスコミ各社に宅配便で送った。メッセージ文は、この前の打ち合わせのときに松尾から貰《もら》ったものだ。パソコンのワードとかいう機能で打ち出したという。

「くれぐれも、あんたの指紋が付かないように」

そう注意して、セロファン入りのシートを手渡してきた。手袋を嵌《は》め、そのメッセージ文を折り曲げて、買ってきた封筒に入れた。次いで、ケイから託されていた六本のテープを、これもまたその表面をアルコールで丁寧に拭き取り、メッセージとともに梱包《こんぽう》した。

テープ……二十年以上前に衛藤がブラジル各地を歩き回って撮影したものだ。

落魄《らくはく》していった移民の姿がその中には写っている。ただし、現在ではもうこの世に存在しない者たちばかりだ。夢虚《むな》しく屈辱と貧困の中で死んでいった人間たちの映像。

今ではその縁者さえ存在しない。

衛藤は言った。事件が明るみに出たあとも、誰にも迷惑がかからないように、そしてその足取りが摑《つか》めないように天涯孤独のうちに死んでいった人間たちだけにしたのだ、と。

「…………」

そしてそんな彼らの姿は、山本がもしあの時点で衛藤に巡り合わなかったら、彼自身の末路でもあったはずだ。

手袋を嵌めたままコンビニに持ってゆき、配達伝票に指定時刻を書き込んだ。木曜日の午後六時以降。あまり早く着きすぎてもいけない。ペンを持つ手には依然手袋をしたままで、一瞬、受付の店員が変な顔をしたが、なに、構うものかと思った。どうせバイトだ。明日になれば忘れている——。

山本は立ち上がった。念のため、さらにもう一度部屋の中をチェックしてみる。畳の縁の隙間《すきま》は特に念入りに目で追っていった。隙間は、何度もマイナスドライバーでほじくり返していた。埃《ほこり》はまったく詰まっていない。

満足を覚え、居間を出た。台所を抜け、狭い三和土《たたき》で靴を履く。

手袋をした手でドアノブを回し、外廊下に出る。鍵《かぎ》をかける。

鍵をかけ終えた瞬間、不意に感傷にも似た気持ちが襲ってきた。

二年間、この部屋で過ごした。誰一人としてこのアパートに連れてきたことはない。職場でも近所でも友達を作ることもなく、ひたすら孤独な時間に耐えてきた。目的があったからだ。

日本にいる日系ブラジル人の集まりにも顔を出したことさえない。会って話をすれば、顔見知りになればあとあと彼ら同胞たちに迷惑がかかることが分かっていたからだ。

が、もう二度とここへ戻ってくることはない――。

それから十分後、山本は駅前のレンタカー屋に着いた。

田中伝三名義の免許証のコピーを取られている間に、受付を済ませた。ここでは素手であったが、ペンは自前のものを使用し、その記入用紙に左手の指紋がつかないように気を配った。

用紙上の予約内容を確認する。

借りる期間は、今晩八時から金曜の朝八時までの三十六時間。車種、スカイラインのセダン・25GT‐Xのターボ。色は白。乗り捨て希望で、引き取り場所は芝浦営業所。

　これも田中伝三名義のカードで支払いを済ませた。

　係員に案内され、事務所の裏手に回る。

　綺麗《きれい》に磨き上げられたクルマが山本の目の前にあった。

「基本的に、ガソリンは満タン返しになっています」若い従業員がキーを手渡しながら説明する。「ですが、都合があって入れられないようなら、芝浦の事務所で現金精算でも構いません。ただ、単価が若干高くなります」

　山本はうなずいた。

「ひょっとしたら、かなり朝早く返すことになるかもしれない。その芝浦の事務所が閉まっている時間帯にね」ついでのようにそう言う。「そのときは、どうすればいい？」

「事務所の表にキーの投函《とうかん》ボックスが設置されています」従業員は淀《よど》みなく答える。「その場合は近くのスタンドで満タンにしたあと、裏手の駐車場に止め置いてください。それで大丈夫ですから」

　もう一度うなずく。

「では、お気をつけて行ってらっしゃい」

そう頭を下げ、従業員は事務所へと戻っていった。

まず、ポケットから取り出した手袋を嵌める。

クルマに乗り込み、イグニッションにキーを差し込み、エンジンをかけた。

「………」

後頭部に、またあの鈍痛が走る。

軽い緊張を覚えているせいだ。

中野にある松尾のマンションまで、約三十分のドライブ――だが、山本は免許こそ持っているものの、この日本ではまるっきりのペーパードライバーだ。おまけにブラジルとは反対の左側通行――ここで事故でも起こせば計画は藻屑《もくず》と消えてしまう。

安全運転、安全運転……そうつぶやきながらレンタカー屋の駐車場をあとにした。

2

同日。午後八時三十分――。

山梨から戻ってきてここ二日ほど、妙に落ち着かない。

時おり誰かに見られているような気がしていた。

自分の裏の仕事を考える。売人の誰かが尻尾《しっぽ》を摑《つか》まれた可能性もある。本庁四課のマルボウか？　あるいはサッチョウの外事課か？

だが、確信はない。

部下からの定期連絡も、すべて通常どおり入ってきている。

最初の計画実行を明後日に控え、少し神経が過敏になっているせいかもしれなかった。所詮《しょせん》はしがない裏稼業《うらかぎょう》……ごくたまに、こういう気分になることがある。

山本との約束もあり、松尾は八時に会社を出た。

いつものようにFD《セブン》に乗り込み、中野の自宅へと戻る途中、念のため何度もルームミラーで後方を確認した。

尾《つ》けてくるクルマはない。

つい自分の小心さに苦笑する。

やはり気のせいだ。馬鹿馬鹿《ばかばか》しい。

気持ちが少し楽になる。

中野のマンションに戻り、地下駐車場にFDを入れる。そのFDの隣に、もう一台分の駐車スペースを借りている。

ごくまれにこのマンションからクルマでブランコを運び出すときがある。パブロやマリオなどの部下が利用している駐車スペースだ。

そのスペースが、今晩から金曜の未明までは、山本の乗ってくるスカイラインの置き場となる。クルマの車種を隠すためのボディ・カバーもすでに購入済みだ。

クルマを降り、いったん部屋に戻ろうとした。携帯が鳴った。

公衆電話の表示――山本からだ。

「はい、松尾です」

「今、早稲田《わせだ》通りから中野五丁目の信号を曲がったところだ」山本が言う。「百メートルほど先に見える、茶色いノッポのビルか？」

「そうです」松尾は答えた。「正面から地下駐車場へ入れますから」

ＦＤのハッチからカバーを取り出し終えたとき、地下駐車場にエンジンの音が籠《こも》った。振り返ると白いスカイラインがゆっくりとスロープを降りてきていた。

松尾はスカイラインをＦＤの横のスペースに誘導した。スカイラインはゆっくりとバックして、その駐車スペースに入った。

「すまんね」クルマから降りてきた山本は、手袋を外しながら言った。「車庫入れに手間どっちまって」

松尾は笑った。

「ペーパーですか？」

山本は顔をしかめた。

「二年ぶりだ」

地下の駐車場には二人以外誰もいなかったが、山本は数日後には指名手配される身だ。まごまごして誰かに見られるといけないと思ったのだろう、ふたたび相手は口を開いた。

「クルマは芝浦三丁目の交差点にあるジャパンレンタカーの裏手駐車場に置き捨てればいい。鍵《かぎ》は事務所正面に投函《とうかん》ボックスがあるそうだ」そう、手早く必要なことを伝えてきた。「ここに来る途中で給油口ぎりぎりまでガソリンを入れてもらった。当日走る距離は二十キロにも満たないだろうから、それで文句が来ることはない」

そこまで言って、不意に笑った。

「まあ、どうせそのころには、文句を言う相手も日本にはいないがね」

松尾も笑った。笑いながらキーを受け取った。

「これでもう、お会いすることもないですね」

「うむ……」

「何かケイに伝えておくことは？」

「衛藤さんを大事にしてやれ、と」山本は答えた。それから肩をすくめた。「それだけだ」

「分かりました」

山本はすぐに踵《きびす》を返した。足早に駐車場の出口に向かってゆく。

つい、松尾は母国語で口を開いた。

「さようなら《アディオス》」

山本はちらりと笑みを見せ、

「さようなら《アテー・ローゴ》」

そうポルトガル語で返し、出口の向こうに消えた。

一つ吐息を洩《も》らし、スカイラインにボディ・カバーを被《かぶ》せ始めた。

部屋に戻り、室内着に着替え終わったとき、リビングの電話が鳴った。

ファックスを兼ねた電話機に近寄り、グリーンに点灯しているモニターを見る。

〝表示圏外〟と、そのモニター通知にはあった。おそらくは母国から。そして、その母国から電話をかけてくる相手は、いつだって一人しかいない。

なんとなく電話に出たくなかった。気が引けた。

ため息をつき、受話器を取る。

「はい《オラ》――」

「わたしだ」その低く錆《さ》びた声を聞くのは、三月にコロンビアから戻って以来のことだ。「ノビー、元気かね。会社のほうに電話してみたら、もう帰ったと言われてね」

「ええ、今日はちょっと……」

くすり、と笑う声が受話器の向こうから洩れてくる。

「ちょっと、なんだ？」

「ちょっと夏風邪をひいたようで」

「それはいけない」驚いたようにドン・バルガスは言う。「アグア・ルディエンテでも少し飲んで、早めに寝ることだな。わしも最近は決まってそうだ。歳《とし》を取ると、どうにも眠りが浅くなってな」

「ええ、そうするつもりです。セニョール」

答えながら、この男も今年で六十五になる、と思った。

「今日電話したのは、ちょっとした話があるからだ」と、不意に口調を改めてきた。

少しギクリとする。「ときにノビー、おまえ、その日本で誰か心に決めた相手でもいるのかな？」

「は？」

「おまえ、今年で三十七だろう。適当に女遊びをしたい気も分かるが、いつまでも一人はよくない。そろそろ身を固めたらどうだ」

「……はあ」

「実を言うと、おまえにぜひ紹介したい女性がいる」ドン・バルガスは言う。「身長五フィート六インチ。緑色の瞳《ひとみ》、金髪のすらりとした女だ。出るところもバンと出ているし、顔もいい。今年で二十三になるそうだ。きっと、気に入る」

「そうですか」

「カリ銀行《バンコ・カリ》の副頭取を覚えているか？　うちに気前よく資金提供してくれている」

「ええ。むろんです」

陰でマネーロンダリングにも手を貸してくれている、あの如才のないスペイン野郎だ。むろん、その見返りも充分に払ってある。

「女は、その副頭取の娘だ」

あ、なるほど、と思った。

年月を経るとともに、ますます磐石《ばんじゃく》の体制に固まりつつあるバルガス・ファミリア

――松尾自身もその持ち駒の一つ――つまりは、そういうわけか。

「むろん、おまえにその気がないというのなら、それはそれでない話だ」

そう、もっともらしくため息をついてみせる。

マッチポンプ。松尾は内心、苦笑する。

生かすも殺すも、このファミリアの総帥《そうすい》次第。養父次第――。

はい《シ》、セニョール。ありがとうございます《ムーチョ・グラシアス》、セニョール。セニョール、セニョール……。

ふと思う。物心ついて以来、おれが一度でもこの人の意見に異を唱えたことがあっただろうか。そして、その関係は今でも変わらない。

とにかく、とドン・バルガスは話をまとめてきた。

「九月の例会の折に、一度その娘に会ってみないか？」

「ええ、分かりました」松尾は答えた。「相手の娘さんに気に入ってもらえるといいんですが」

「それはわしが保証する」相手は断言する。「身内の中でも一番の出世頭だと話をしたら、副頭取も娘もえらく乗り気だったぞ」

ふたたび苦笑する。

「とにかく、これからも仕事に励むことだ」ドン・バルガスは言った。「そうすればおまえの未来はますます確実なものになる」

「はい」

「頼むぞ、しっかりと」さらに言葉を重ねてくる。「それと、くれぐれも火遊びは慎んでおけ。身辺を綺麗《きれい》にしておけ」

「分かりました。セニョール」

それで電話は切れた。

ふとため息をついて受話器を戻す。

ハベリアナ大学を卒業したあと、松尾はすぐにバルガス・ファミリアの組織の一員となった。

最初の数年はドン・バルガスの秘書を務めた。いわゆる鞄持《かばんも》ちをしながら組織運営のイロハを学んだ。カジノやビショ、飲み屋やレストランの集客方法から、財務管理のノウハウに至るまでを、そのそばに付いて勉強した。

その点、普通の企業組織となんら変わることはない。

ただ、普通の会社との違いは、組織の幹部たちがみな、現在では初老にさしかかったこのシンジケートの首領《ドン》を、内心ではその身が打ち震えるほどに懼《おそ》れているということだ。

だが、それほど懼れていても、誰も彼の元から立ち去ることはできない。

理由がある。

当時の会合には、年配の幹部に混じって、松尾とほぼ同年代かやや年嵩《としかさ》の幹部候補生も出席していた。

現在のシンジケート幹部たちだ。

コロンビアには、捨て子や浮浪者の子弟、カルテル間の抗争で親を亡《な》くした子供が数多く存在する。教会運営の養護施設に行けば、そういう子供がわんさといる。

ドン・バルガスはそういう子供の中からこれはと思える聡《さと》そうな少年を拾い出し、国内各地の自らの別邸で養育していた。

ちょうど、アマゾンで拾った松尾を育て上げたように。

そして松尾がハベリアナ大学を出たように、彼らもまたポパイヤン大学やバジェ大学、メデリン大学といったそうそうたる各地の名門を卒業し、組織に入ってきていた。

驚きはなかった。

自分だけなのだ、と思えるほど松尾は幼少のころから自惚《うぬぼ》れというものを持てずに育った。十代のころから薄々察してはいたことだ。ただ、その現実を目《ま》の当たりにしたとき、少し淋《さび》しく感じただけの話だ。

それは、いい。

ドン・バルガスは今も昔もこと事業運営に関する限り、緩みや乱れを微塵《みじん》も許さない。

正式に組織に属してから親しくなった幹部候補生がいた。アントニオ――トニオと呼ばれていた。松尾と同じようにドン・バルガスを養父に育った男だ。ペルーの国境地帯でコカの葉の生産を担当していた。

ある定期会合のときから、その姿がぱったりと見えなくなった。

滲《にじ》むように噂《うわさ》が流れてきた。

トニオは、ごくわずかではあるがバラート（粗製コカイン）を横流ししていた。年間にして五万ドルにも満たなかっただろう。だが、それがドン・バルガスの逆鱗《げきりん》に触れた。

おそらくはマリオのような組織内の殺し屋が、人知れずアントニオを処分した。殺す、という言い方は適当でない。

処分だ。

それを聞いたとき、松尾の背筋にうすら寒いものが走った。

この人は手塩にかけて育て上げた養子でも、それが少しでも組織への裏切りになるようなことをしでかせば、なんのためらいもなく手を下すことができる……。

反面、それは正しい処遇なのだとも思った。

組織内での背徳に少しでも目をつぶれば、それは即、シンジケートの崩壊を意味する。

しかし、一抹のやりきれなさはどうしても拭《ぬぐ》えなかった。

おれたちは歯車なのだ。人間ではない。シンジケートという組織を限りなく効率的に動かすための歯車なのだ。そのために英才教育を施され、育てられたのだ。

そして、その役割は死ぬまでつづく。

飼い殺しだ。

逃げ出そう、と真剣に考えたことも過去に何度かある。

だが、そのたびにいろんなことを思い出す。

家の召使いすべてを集め、松尾の誕生日を祝ってくれたドン・バルガス。なぜかいつも、そのプレゼントはクルマの玩具《おもちゃ》だった。

コルベット、マスタング、カマロ。子供ながらにも、いつかそんなクルマを所有できることを夢見ていた。

努力するんだ。ドン・バルガスは笑った。勉学に励め。そうすればこんなクルマ、すぐにでも持てるようになる。

嬉《うれ》しかった。無邪気にそれを信じ、この養父の期待に応《こた》えられるよう今まで生きてきた。コロンビアではBMW635のアルピナを乗り回し、この日本に来てからは、それがフルチューンのモンスターFDに変わった。すべてがあの男の思うままだ。

〝将軍様〟と連呼して感涙するどこかの国の人間と似たようなものだ。

先ほどの山本の後ろ姿を思い出した。

初老にさしかかった小さな背中。だが、これから新しい世界へと旅立つ者だけが持っている、ある種のすがすがしさを漂わせていた。

ふと自分を嘲笑《あざわら》う。

おれは、あの山本さんとは違う。

この呪《のろ》われた運命から一生逃れることはできない。

3

七月九日。木曜日。午前一時――。

『ジャパン・エキスプレス』の反省会もそろそろ終わりに近づいている。

最後に、各ディレクターが明日以降のネタ取りのざっとした予定を発表し始めた。

午後のブレストとは逆順に発表してゆく。青木、及川とつづき、貴子の番になった。

「ほいじゃあ次、貴子」

腕組みをしたまま、木島が言う。

それから貴子に向かって、かすかにうなずいてみせる。

（しっかりやれよ――）

昨日の午後イチの出社後すぐに、思っていた案を木島にぶつけてみた。この顔色の悪いプロデューサーは、珍しく貴子に笑いかけてきた。

〝お、いけるんじゃねえ、それ。かなり〟

その言い方に、久々に手ごたえを感じた。

「これはまだ、資料集めの段階ですが――」

貴子はちらりと木島を見て話し始める。

説明を半ばほどまで済ませたとき、いつもこの反省会では終始無言のアンカーまでが、ほう、とつぶやいた。

やはり、いける——話をまとめながら貴子は思った。

あのバカと別れたあと、昨日の午前三時には部屋に戻っていた。

そのままリビングの床の上に服を脱ぎ散らし、化粧も落とさぬまま寝室に直行した。電気を消し、頭から毛布を被《かぶ》り、ベッドの中で身を丸め、目をつぶった。

何も考えたくなかった。

屈辱。踏みにじられた。

ふたたび嗚咽《おえつ》が洩《も》れそうになり、思わず自分を叱咤《しった》する。

バカっ。もう終わったことだ。忘れろ、忘れろ。

あと三十分もすれば、うっすらと東の空が白み始める。

こんな気持ちを引き摺《ず》ったまま夜明けを迎えるのは、あまりにも惨《みじ》めだ。

でも、やっぱり涙がこぼれ出た。

人生史上、最低の別れだ。出会ってきた中で、最悪の男だ。

悔しい。悲しい――。

声は出さなかった。喉《のど》だけをひくひくさせながら、つい親指の爪《つめ》を噛《か》んだ。

しばらくして、その指を口に含んだ。吸ってみた。

「…………」

少し安心する。

急激に、じっと籠《こも》りたい気持ちが襲ってきた。

冬眠したい気持ち。夏なのに――暗闇《くらやみ》の中、一人で苦笑する。膝小僧《ひざこぞう》を抱え、ますます小さく身を丸くする。

涙が出なくなってきた。

いつの間にか眠りに落ちた。

そして朝、七時に目が覚めた。

いつもの起床より三時間以上早い。まだ気持ちが過敏になっている。

もう涙は出なかった。だが、何もやりたくはない。誰にも会いたくない。局にも行きたくない。このままベッドの上で、ずっとごろごろとしていたい。

「…………」

身体《からだ》に沁《し》み込んだ汗が少し匂《にお》う。

しばらく迷っていたが、無理やり自分を奮い立たせて起き出した。

シャワーだ。飛び上がるほど熱いシャワーを浴びよう。

お風呂《ふろ》に入って、萎《な》えかけている気持ちを少しでもしゃきっとさせよう。

それでもまだ局に行きたくない気分だったら、仮病を使えばいい。

バスルームに行き、まず追い焚《だ》きのボタンを押す。それから四十三度のシャワーと真水のシャワーを、交互に浴びた。

頭がしゃんとしてくる。

それから力を込め、ごしごしと身体を擦《こす》る。髪を洗う。ゆうべの垢《あか》と涙と屈辱を、徹底的に洗い流す。

電子音がし、風呂が沸く。夏はいつも沸き上がるのが早い。

わざと音を立て、ざぶんと入る。

ぴりぴりとした刺激が肌全体を包む。

しばらく湯船に浸《つ》かっていた。

脈絡もなく、半年前に会った学生時代の友人の話を思い出す。

とあるシティ・ホテルのレストランで、付き合っていた男から別れ話を切り出された。四年も付き合ったあとにだ。彼女は泣いた。だが、泣きながらもミディアム・レアのステーキを口に運びつづけた。とても美味で、残すのはもったいなく思えたからだという。

それを聞いたとき、貴子はつい笑いだした。相手も苦笑した。

なぜか少し、気分がよくなった。

風呂から上がりリビングに戻ると、カーペットの上に放り出したままの鞄《かばん》が目についた。

あの変態男から渡されたテープが入ったままだ。

そう思った途端、ふたたび腸《はらわた》が煮えくり返った。

が、同時に興味も湧《わ》いた。

あいつは少なくともわたしに好意を持っていた。でなければ、たとえその必要があったにしても、あんなにねちっこいセックスはしないはずだ。

それだけには妙な自信があった。

そこまで情を交わした相手とトラブルを起こすのは、誰でも避けたいはずだ。もちろんあの極楽トンボもそうだろう。だが、あいつは敢《あ》えてそれをやった――。

壁の時計を見た。午前八時半。出社するにしても、十一時ごろに家を出ればいい。

まだ時間はある。

「………」

鞄の中から封筒を取り出し、その中身を開ける。なんの変哲もない市販のＶＨＳテープ。

デッキに挿入し、テレビの電源を入れる。

一時間後、テープ半ばでその画像は終わった。

しかし、その後もモニターに映ったブルーの画面を眺めたまま、貴子はしばらく呆《ぼう》然《ぜん》としていた。

自分の小さな悲しみなど、いつの間にかどこかへ吹き飛んでいる。

圧倒的な現実の前に声も出なかった。打ちのめされた。これが果たして自分と同じ日本人の姿なのかと思った。

直後、あっ、と思い至った。

あの肩口の醜い傷――。

瞬間的に悟った。これがあの男の生きてきた世界なのだ。生まれ育ってきた背景なのだ。

だからこそ、あいつはこの国にやってきた。

そそくさと家を出る仕度を始めた。ぼんやりとしている場合ではなかった。

宇田川町で、不良少年を相手に立ち回りを演じたあの男の姿が、ふと心を過《よぎ》る。手《て》馴《な》れていた。平然としていた。おそらくは大人になってからもそういう世界に生きてきた。

だが、人を殺すつもりも傷つけるつもりもないと、言ってもいた。

……だったら、わたしは見届けてやろう。

あの男がいったい何をするつもりなのかを、最後まで見届けてやろう。それであの男の本性がはっきりとする。

千代田線の代々木上原駅に向かう途中、次第に考えがまとまってきた。

なによりもまず、あのテープに出てきた男たちの証言の、しっかりとしたウラを取る必要がある。仕事として、その調査の時間を充分に確保する必要も。それにはプロデューサーである木島の了承がいる。

だが、テープが局に送られてくるのは明日の夕方以降だ。まさか金曜の朝に騒動が起きることを知っているとは言えない。そのためにも、本来の仕事とリンクさせた理由が必要だ。

しかし貴子には、ぼんやりとではあるが前々から感じていたことがあった。

外務省が問題を起こす、警察が不祥事をしでかす、財務省は能なしで、銀行も税金の補助を受けているわりにはからきしだ。

他局のアンカーたちも、したり顔で言う。

(本当にこの国のモラルは、どこにいってしまったんでしょう?)

しかし貴子は時おり感じていた。それは本当に今始まったことなのだろうか、と。

むしろ、昔からそうだったのではないか。

十数年前のバブル期まで、戦後日本は順調に右肩上がりの経済発展を遂げてきた。その繁栄の陰に隠れて、単に見えなかっただけなのではないか。

いい例が、土地神話だ。

大昔にロクデナシの首相が出て、本来はそこに住むための土地というものを投機の対象にした。みんなが右向け右でそれに倣《なら》った。銀行さえもそうだ。担保は事業計画でも事業主の能力でもなく、土地オンリー。恥も外聞もない。哲学もない。あったのは金儲《かねもう》けだけだ。

おかげでこの日本は今も青息吐息だ。

それと同じことが、このブラジル移民の問題にも言える。昔からこの国の人間には倫理観などこれっぽちもなかったのだ。

貧乏臭い——。

そう、あの男は言った。おそらくはそうだ。

あったのは、周りの目を気にする小心さだけだ。運よく経済が成長して、たまたまその地金が出なかっただけなのだ。


局に着き、さっそくプロデューサーの木島に話をした。

戦後の南米移民問題を調べて、それを根っことした今の外務省の体たらくを導き出したい。そこから、日本人全体としての倫理観を問う企画にしたい——そう説明した。

「えらい鼻息だな」木島は笑った。だが、いつもの皮肉な口調ではない。「で、その取材方法は？」

むろん、その答えも考えていた。

国会図書館での資料集め。南米移民関連本の著者と、在日日系ブラジル人へのインタビュー……。

「時間も手間も経費もそんなにかからずにウラを取ることができます。その後の外務省へのインタビューも含めて、一週間とはかからないはずです」

「よし」木島はなおも笑って了承した。「とりあえず貴子、おまえ一人でやれるだけやってみろ。何かあればおれもヘルプする」

勇んで国会図書館に出かけようとした貴子を、ふと思い出したように木島は呼び止めた。

「おい、貴子——」

と、ポケットに両手を突っ込んだまま、この顔色の悪い痩《や》せぎすの男は、

「今のはおまえだけの言葉だ。オリジナルだ。ちゃんと温めて出てきた言葉だ。それを忘れるな」

「………」

「おりゃあな、始終アタマにきながらも、おまえのそういう意見を待ってたんだぜ」

そう言って、かすかに笑った。

反省会はいつものように一時過ぎには終わった。

重くなった鞄を手に取って報道センターを後にする。

鞄の中身は五冊ほどの本だ。昨日の午後、国会図書館で目星をつけた本を、そのま

ま新宿の紀伊國屋《きのくにや》書店まで足を延ばして、買い求めてきた。

時間がなかった。明日、金曜日の早朝には、あの男が何か騒動を引き起こす。間違いなく移民問題に関連したことで。

あいつには仲間がいる。やつらに迷惑はかけられない——そう言った。少なくとも複数いる。下見をしていることからも想像すると、決して行き当たりばったりの計画ではなく、きっと周到な用意を施している。

それまでに資料を読み込めるだけ読み込んでおかなくてはならなかった。

それとともに、他局に先駆けて著者や在日ブラジル人協会へのインタビューも申し込んでおかなくては。

事件後に手間取っていれば、あっという間に取材合戦になるのは目に見えていた。

不意に苦笑する。

いつしかわたしは、あの男のことを仕事を通した目で見ている。目の前の企画に、のめり込み始めている。

失恋を、手痛い裏切りへの代償を、仕事への意欲へと変えようとしている。それでどうにか自分を奮い立たせようとしている。

わたしもまた、ズルい女だ。

4

七月九日。木曜日。午前五時——。

山本はビジネスホテルをチェックアウトした。

大きなボストンバッグを片手に武蔵境《むさしさかい》の駅前へと向かう。

中央線に乗り込み、東京駅に着いたのが五時四十分。

構内のトイレで会社支給の作業服に着替え、ボストンバッグを八重洲《やえす》口の大型コインロッカーに詰め込む。会社に向かって歩き始めたのが五時五十分。

六時ちょっと過ぎには会社に着いていた。まだ誰も来ていない。

まず野球帽を被《かぶ》る。次に手袋を嵌《は》める。

更衣室に行き、そのロッカー表面の指紋をベンジンで拭《ふ》き取る。

業務用掃除機を持ってガレージに移動する。不思議と今朝は頭部の痛みを感じない。

いつも使っているマークⅡのバンに乗り込み、ダッシュボードと内張りをこれまたベンジンで丁寧に拭き上げてゆく。その後の車内清掃。特に助手席のシートには念入りに掃除機をかけ、頭髪を吸い込んでゆく。

最後にクルマを降り、ドアノブの拭き取り。掃除機を抱え、ふたたびロッカールームへ。

あとはもう、何もやることがない。

七時になり、お人好《ひとよ》しの同僚が現れた。

「おや、田中さん。どうされたんです、その手？」

「きのう、ちょっとかぶれちゃってね」と、白い手袋を嵌めたままの両手を上げてみせる。「玄関前の雑草を抜き取ったりしてたもんだから」

「いけないねぇ。ちゃんと薬はつけた？」

「まあ、オロナイン」

「家にいい軟膏《なんこう》があるよ。よかったら明日にでも持ってきてあげるからさ」

「いや、それはいいよ」慌《あわ》てて山本は返す。どこまでも人を疑うことを知らないこの男——ついもの悲しくなる。「……ほら、おれ明日は休みだからさ。出てくるのは来週以降になるし」

ああ、と同僚はうなずく。

「ごめん、忘れていた。たしか花巻で甥《おい》っ子さんの結婚式だったよね」

「うむ……」

いつものように七時半に会社を出て、芝公園に向かった。

警官の立つ芝NSビルのゲートをくぐり、地下駐車場に入ったのが八時少し前。

「じゃあまた、いつものようにここで十二時に」

相方が言う。山本はうなずく。

十六階以上のエレベーターに乗り込み、最上階へ。

最上階の通路を収納ボックスを押してゆき、行き止まりの非常階段まで進む。ポケットからマスターキーを取り出し、屋上へと通じるそのドアを開ける。

いよいよ今日で、最後だ。

後頭部に少し鈍痛がする。気持ちが昂《たか》ぶっている。

収納ボックスを非常階段内部の踊り場へと移動させ、ドアをふたたび内側から施錠する。階段を上っていった。

屋上出口のすぐ脇《わき》の、配電室の大きな扉を開ける。

硬化ビニール製の巻き筒を五本、まず取り出す。それから二つの万力、カーボンファイバー製折りたたみ式ポールを二本。グラスファイバー製釣り糸、フック、タイマー付き時限発火装置、業務用の接着剤。打ち上げ花火が数本と導火線……次々と床の上に並べてゆく。

出口のドアを開け、屋上へと移動。

NSビル正面の縁に二つの万力をセットする。五メートル十センチの間隔。

各ポールを繋《つな》ぎ合わせ、長さ五メートル四十センチ、直径三十ミリのポールを二本作る。

五本の巻き筒を縦に順番に並べる。その中心部に巻き取られている直径三十四ミリの鉄パイプの穴の中に、一本目のポールを慎重に通してゆく。

次にもう一本のポールを、巻き筒の末尾に埋め込んだ同径の鉄パイプの中に通す。

結果として、幅五メートル、長さ二十メートルの巨大なロールスクリーンが、巻き取られた状態で出来上がる。

そこで一度休憩を入れた。時計を見る。八時二十分。

仕掛けの最終的な完成までは一時間を目処《めど》としていた。が、多少遅れるのなら、そのぶん時間を延ばしてもいい。完璧《かんぺき》なカタチでセットすることが最優先だ。どうせ今日が最後なのだ。押した時間は清掃作業の簡略化で調整するつもりだ。よしんば掃除が雑だと住人や外務省職員から会社にクレームが入ったところで、明日以降に山本が出社することは、もうない。

一分後、ふたたび作業に取りかかった。

巨大なロールスクリーンの傍らに腰を落とす。

一つの巻き筒が重さ六キロある。それが五本……二本のポールの重さも含めると、全体として軽く三十キロは超える。

だが、山本には自信があった。アマゾンでの放浪時代、無数の肉体労働に従事した。重さ六十キロのジュート麻の袋や五十キロを超す黒胡椒《ピメンタ》の木箱を、死ぬほど運んだ経験がある。その持ち上げる要領も身体《からだ》が覚え込んでいる。

多少老いたとはいえ、三十キロぐらいなら造作もないはずだ。

両腕をロールスクリーンの下に潜り込ませ、腰に負担をかけないよう、そのまま足の筋肉だけで一気に立ち上がった。

一瞬、妙な不快感を後頭部に覚える。何かがぷちっと切れたような、少し熱い感じだ。

「………」

だが、いつものような鈍い痛みではない。

やや安心する。首筋の筋肉が少し悲鳴を上げただけだと思う。

両手に持ち上げたロールスクリーンが安定するのを待って、万力を設置した縁へと向かう。ロールスクリーンの両端からはみ出た二十センチの軸を、その万力のバイス可動部へと嵌め込む。

屋上の縁に設置された二つの万力の間に、ロールスクリーンが固定された。

グラスファイバー製の釣り糸を手に持ち、先日の予行演習通りに、ファンの網目とポールの両端の間にV字形の釣り糸を張り巡らした。

さらにロールスクリーンごとバイス可動部から持ち上げ、末尾の軸はその可動部に残したまま万力の外側へと移す。

外側に向けて少し傾斜したその縁の上で、スクリーンはわずかに転がり、そして停まった。

ピン、とV字形の釣り糸が見事に張った。

完璧だ――。

山本は満足を覚えた。かすかに笑った。

万力の開口部に残っているスクリーン末尾の軸をバイス可動部で締め上げ、しっかりと固定する。

タイマー付きの時限発火装置をファンのすぐ脇のコンクリート上に設置する。釣り糸の真下に発煙筒がくるよう微調整をする。

最後に、キットのタイマーを七月十日の午前四時ちょうどにセットした。

あとは山本が思いついた、いわばオマケの作業だった。

発煙筒の真上にある釣り糸部分に導火線を括《くく》りつける。その導火線を伸ばしてゆき、四本の打ち上げ花火に順々に繋ぐ。

この発煙筒は雨天でも発火するから大丈夫だが、導火線と打ち上げ花火は明日の朝までに雨でも降れば使い物にならなくなる。

が、まあ、これは洒落《しゃれ》だ。

グラスファイバーの糸が焼き切れるまでには、屋外という状況を考えれば、おそらく数十秒ほどかかる。うまくいけば、その直前に打ち上げ花火に点火する。

時計を見る。八時五十五分――予定どおり。

もう一度、全体の仕掛けを入念にチェックし、九時ちょうどにその場を離れた。

屋上出入り口のドアを全開にし、そのドアの開口部の四辺に、接着剤を厚く糊付《のりづ》けしてゆく。ドアを閉める。鍵《かぎ》をかける。そのキーを抜いた鍵穴の中に、さらに接着剤を流し込んでゆく。

業務用の強化セメダイン――五分ほどで次第に表面から固まり始め、十二時間ほど経《た》てば、その内部まで完全に硬化する。

思わずにやりとする。明日の朝、駆けつけてきた警察官や外務省職員の慌てふためく顔が目に浮かぶ。

階段を下り、収納ボックスを押して非常階段から出る。ふたたび時計を見る。九時五分――いい感じだ。

モップを取り出し、最上階の廊下から掃除を始めた。

十二時ちょうどに、地下駐車場で同僚と落ち合った。

クルマに乗り込み、会社へと戻る。

収納ボックスを倉庫へと戻し、ロッカーに寄らないまま出口への通路を急ぐ。時計を見た。十二時四十分。

その途中で、あの相方とすれ違った。

「おや、田中さん。急いでますね」

「ああ」と笑ってみせた。「二時の東北新幹線の指定を買ってあるんですよ。東京駅で着替えたら、すぐに乗り込まないと」

むろん真っ赤な嘘《うそ》だ。

本当は、十四時三分発の成田エクスプレス23号。十四時五十六分に成田空港第一ターミナルに着き、そこから十六時三十分発のロサンゼルス行きユナイテッド航空890便に乗り込む。

相手がふと真顔になり、山本の顔を覗《のぞ》き込んでくる。

「どこか、調子悪いんですか？」

「え？」

「少し顔色が悪いですよ」

言われて思わず、額に手を当てる。指の腹にべっとりと脂汗《あぶらあせ》が付着する。自覚症状はないが、たしかに少し体調がおかしいようだ。

「疲れているのかもしれない」

そう、言い訳する。

「とにかく、お気をつけて」と、同僚は笑った。「また来週にお目にかかりましょう」

ふと淋《さび》しくなる、この能天気な男とも今日限りだ。

「そうだね……」

と言葉を濁した。

東京駅には一時少し前に着いた。コインロッカーから荷物を取り出し、トイレへと急ぐ。

トイレの中で作業服から半袖《はんそで》シャツとスラックスに着替える。脱ぎ捨てた作業着をビニール袋の中に入れ、両手で可能な限り圧縮する。最後に小型のハサミを取り出し、免許証、保険証を細かく切り刻んで、便器の中に流す。

トイレを出た。

洗面所の鏡に自分の顔が映る。あの同僚が言ったとおり、たしかに顔が青白い。だが、特に身体に異変は感じられない。大丈夫だ。

出たところにダストボックスがあった。作業着をビニール袋ごと投げ入れる。

晴れ晴れとした。

これで、この日本に二年間存在した〈田中伝三〉という男は、名実ともに完全に消えていなくなった。

三時少し過ぎには成田空港内にいた。

ユナイテッド航空のカウンターでアメリカ国籍の偽造パスポートを提示する。エア・チケットをボーディングに換える。

カウンターの人間から、ユナイテッド航空８９０便は三十分ほどのディレイになると伝えられた。機材調整のための遅れだ。

時計を見る。三時十五分——最終搭乗案内にはまだ二時間近くある。これで最後だと思い、空港内の名店街を少しぶらついた。

通路に販売用のワゴンが展示してあった。帽子が目につく。今どき滅多に見かけなくなった、白いパナマ帽。

不意に、目頭が熱くなった。

四十五年前、アマゾンに着いたときに親父《おやじ》が似たようなパナマ帽を被《かぶ》っていた。その先に緑の地獄が広がっているともつゆ知らず、未来への期待に顔を輝かせていた。かわいそうな親父。悲惨だったお袋。そして死に別れていった兄弟たち……。

そのパナマ帽を手に取った。

購入しようかと束《つか》の間《ま》迷ったが、結局はその帽子を元の場所に戻す。

おれはもう、国など信じていない。あのころの親父とは違う——。

同じ店内にポストカードスタンドがあった。山梨県側から撮った裏富士の絵ハガキが目につく。

「…………」

計画が第二段階に入ったら、この場所がその舞台になる。ゆうべ会った松尾のことを思い出す。絵ハガキを買い求める。レジでペンを借り、裏面に『成功を祈る』とだけ、書いた。余白はまだある。だが、それで松尾には充分通じるはずだ。今後もこの国に残って活動をつづける松尾に、エールを送るつもりだった。

ついでアドレス欄にその住所を書き込もうとして、不意にそのペン先が止まった。

「――――？」

どうしたものかと思う。昨日までしっかりと諳《そら》んじていた松尾の住所が、今はなぜか思い出せない。

一瞬心に不安が走るが、直後には度忘れだと思い直す。

おれも歳《とし》だ。少々耄碌《もうろく》しかかっているのかもしれない――。

絵ハガキをバッグの外ポケットに突っ込み、店を出た。

まだ時間はある。到着ロビーにある郵便局に向かっている間に住所は思い出すだろう。

名店街の脇《わき》からエレベーターに乗り込んだ。地上一階を押す。エレベーターが動きだす。一瞬、ふわりと足元から重量が抜ける。体内の血が少し上がってくるような錯覚を覚える。

直後だった。

後頭部に何かが弾《はじ》けたような感触が走った。かっ、と熱さが広がってゆく。目の前が暗くなる。――意識が飛んだ。

5

七月九日。木曜日。午後八時――。

貴子は夕方から落ち着かなかった。

用もないのに報道センターの中をうろうろと歩き回り、絶えず出入り口を盗み見ていた。

頭が少し、くらくらする。

ゆうべは二時間ほどしか寝ていない。出社するまでに、三冊の本に目を通していた。

テープの男たちの証言は、事実だった。五〇年代から六〇年代の末にかけ、約四万二千人の日本人が海の向こうへと渡っていった。

だが、日本国政府と外務省が公言していた約束は果たされなかった。

ある者は文明社会から隔絶された密林の奥地で虚《むな》しく土に還《かえ》り、運よくそこを逃げ出した者もブラジル社会の底辺で蠢《うごめ》きつづけることとなる。

まったく眠くならなかった。夢中になって読んだ。ときどき涙をこぼした。

気がつくと夜が明けていた。朝九時に床に就き、十一時にはベッドから脱け出し、局へと出社した。

0《ゼロ》版会議が終わってから、取材だと偽り外に出た。近くの喫茶店でさらに一冊を読破。五時に局に帰ってきてから、その本の著者たちにインタビューを申し込んだ。

茨城の水戸や石岡、群馬の大泉にある在日ブラジル人協会の電話番号を調べ、ここでも取材の約束を取りつける。アポはすべて、今週末と来週アタマに固めた。休日出勤になっても構わない。

そして今、貴子は待っていた。

庶務課から六時以降の郵便小包がまとめて届けられるのを。

八時過ぎに庶務課のバイトの女の子がカートを押してやってきた。その台の上に郵便物が山盛りになっている。

バイトの女の子はその郵便物を各部署に配ってゆく。外信、社会、政治、経済それぞれのシマに配達を終えると、最後に貴子の居る『ジャパン・エキスプレス』のシマに向かってきた。

貴子はじっとその様子を見ていた。及川、青木と順番に小包がそのデスクの上に置かれてゆく。貴子も出版社に注文を出していた外務省がらみの本を受け取った。最後に、女の子はかすかに首をかしげながら、奥のデスクに座っている木島の元へ行く。小包が三、四個、その机の上に置かれる。

あれだ、と思う。

あの中の一つに、間違いなくテープが入っている。

貴子は自分のデスクに座ったまま、懸命に仕事をしているふりをした。

今ここで、木島のそばから離れるわけにはいかない。おそらくあのテープの仕事を木島はわたしに振ってくる。これまでの仕事のつながり上、貴子がなんとなく外務省担当ということになっているからだ。だが、それも確実ではない。

報道センターはいつも分刻みでスケジュールが進んでゆく。特にプロデューサーはそうだ。おまけに明日の早朝の取材――行かせる者をなるべく早く決めないといけない。

もし席を外したりして貴子が見当たらなかったら、木島はほかの人間にあの件を振るかもしれない。だから貴子は、一心不乱に用済みになった企画書を見つめている。

だが、耳はダンボだ。

いつ木島から声がかかるかと、そればかりを気にしていた。

「あのう、貴子さん――」斜め向かいのデスクから、及川が声をかけてくる。「ちょっと話したいことがあるんですけど、喫茶室まで行きませんか？」

「ごめん」貴子はそっけなく返事をした。「今、忙しいんだ」

その冷たい声音に、一瞬、及川が引く。が、ふたたび口を開く。

「ぼくにできることがあったら、あとで手伝いますよ」及川はしつこい。「どうしても、今ちょっと打ち合わせしたいことがあるんですけど」

このやろう。

よりによってこんなときに――それでなくても、あの夜の一件以来、このモヤシ男とは口もききたくないのに。

「アタシにしか、これはできないの」苛々《いらいら》して、ついきつい口調で返す。「お願いだから、あとにして」

直後、木島がため息をついた。

「……そうか、貴子は今、忙しいのか……」

思わずぎくりとする。

「え、なんですか？」

つい立ち上がり、気づいたときには木島のデスクへと一足飛びに向かっていた。

「おいおい、おまえ忙しいんじゃなかったのか？」

木島が脇《わき》に立った貴子を見上げ、笑い出す。

目の隅に及川の傷ついたような表情が映った。なに、構うものかと思う。

「で、何です？」

「いや、まあ用事ってほどでもないんだが……」木島は珍しく歯切れが悪い。「今な、番組宛《あて》に妙な小包が届いたんだ」

きた！

が、貴子は黙ったまま、次の木島の言葉を待つ。

「外務省がらみのようなんで、おまえにも一応見せておこうと思ったんだが……」

木島はそう言って、開封した手紙を渡してきた。

「とりあえず、読んでみてくれ」

平静を装《よそお》い、その便箋《びんせん》を開いた。

プリンターで印字された文章が数行つづいている。

冠省

報道部責任者各位

明日金曜の午前四時きっかりに、芝公園の外務省庁舎前までお越しください。興味深いものが見られるかと存じます。なお、機材のスタンバイもお忘れなく。

草々

あの男の言ったとおりだ——内心、そう思った。

「普通なら、こんな差出人不明の手紙は無視するところだ」

その木島の言葉に貴子はうなずいた。意味はよく分かる。

マスコミ関係にはこういった類《たぐい》の手紙が日常茶飯事に来る。その九十九パーセントまでがガセネタ——つまり狂言だ。単に他人を騒がせて喜ぶ、愉快犯の仕業だ。

「だがな——」と、木島は先をつづける。「まるっきり冗談とも思えない証拠にこれを見てくれ」

そう言って、別の封筒を差し出してきた。表に『お車代』と大きく印字されている。

「中に、五万円入っていた」

「………」

「それともう一つ、このテープだ」と、デスクの上のＶＨＳテープを指差す。「何が写っているのかは分からない。分からないが、その手紙の書き方も妙に気になる」

「気になる?」

知っていることを悟られてはいけない——ごく自然な素振りで、そう問い返す。

「まずはその『冠省』って言葉だ」と、木島は顔をしかめる。「前略と同義語だ。末尾の『草々』と対で使われる。が、今どきこんな古めかしい言い方をするやつは滅多にいない。文章もただの愉快犯にしては簡潔で無駄がない。しかも何をやるかは言ってない。匂《にお》わせているだけだ。用心深い。おそらくは、そこそこ学のあるやつだ。やはり冗談とは思えない」

「で、どうします。これ?」

「実は、おまえの判断に任せようと思っている」ため息をついて木島は言った。「朝の四時——スタンバイは四時前になる。無駄撃ちになることを覚悟して行くつもりなら、今日は早退してもいい」

念のため、聞いてみる。

「警察への連絡は、どうします?」

木島は苦笑した。

「何をやるかも分からないのに、やつらになんて説明するんだ?」そう言って、両手を頭の後ろに回す。「ひょっとしたら朝っぱらからデモ行進で終わりかもしれないぞ。おまけに手の込んだガセかもしれん。連絡するだけ無駄だ」

貴子はうなずいた。テレビ局ではこういった予告文を警察に通報することは滅多にない。以前から、実に多種多様な予告文が届いている。

〈このNBSのクソ野郎！　おまえのところのビルを爆破してやるからなっ〉

〈明日の朝、レインボーブリッジの鉄塔にのぼりまーす。カメラにとってね♡〉

〈女を殺した。生野《いくの》の森に埋まっている。目印は犬のフン。くさっ！〉

そんな感じだ。世の中にはおかしな人間が実に多い。しかし、一つとして実行された、あるいは事実だったためしはない。

ガセネタがあまりにも多いので、いつしかテレビ局もその大半の予告文を無視するようになっていた。おそらくは他局もすべてそうだと思う。

しかし貴子は、今回の件が必ず実行されることを知っている。木島に警察の件を確認したのは、プロデューサーとしての立場から言質《げんち》が欲しかったからだ。

わたしも人が悪い、と思う。

これで何か騒動が起こった場合、その通報しなかった社内的な責任は、貴子の両肩を離れる。

カメラマンの手配――そう思って、報道センターの中を見渡す。だが、さっきまでいた目当ての人物の姿がない。

慌《あわ》てた。ベテランカメラマンの斎藤――あの五年前のV紛失事件以来、常に貴子に好意的な明るい中年男。

（貴ちゃん、たまにはおれと組もうよ）

できの悪い貴子をいつもそう励ましてくれる。今回だけはその好意に甘えようと思っていた。

報道センターを抜け、制作局に顔を出す。いない。スポーツ局に足を運ぶ。いない。焦《あせ》った。ふと思いつき、喫茶室に駆け込んだ。

斎藤はいた。

いつものようにVEの千葉を引き連れ、丸テーブルでコーヒーを飲んでいた。

「斎藤さんっ」

斎藤が驚いたようにこっちを向く。

「なんだよ貴ちゃん。だしぬけに」

駆け寄り、強引に自分の用件を頼む。

さすがに斎藤は渋い顔をする。

「朝の、四時かあ」

「お願い。このとおり」

どこかで聞いたセリフだ――ふとそう思いながらも、必死に両手を合わせる。

ダメか？　そう思った直後、

「まあ貴ちゃんには借りがあるしな。いいよ」

「ありがとう！」

思わず手を取り、一心に振る。

斎藤は苦笑した。

「そんな嬉《うれ》しそうな貴ちゃん、初めて見たよ」

あれ？

周囲の人間たちに、いつもわたしはどういうふうに見えていたのだろう。

その後、細かい事情説明に入った。

「ひょっとしたら、無駄足になるかもしれないの」言いながらも、五万円入りの封筒とメッセージを見せた。「でも、その可能性はたぶんかなり低い。今、外務省がらみでちょっとした企画に手をつけていて、面白い絵が撮れれば、本日のニュース以外にもぜひそれも使いたいのよ。だから一番いい絵を撮ってもらえそうな斎藤さんにお願いしに来たの」

「うまいねぇ。おだてんのが」斎藤は笑って、隣の千葉を振り返る。「おい、千葉。明日はおまえも付き合え」

「えーっ」

「なに言ってんだ。貴ちゃんのたっての頼みだぞ」

不承不承、千葉もうなずいた。

「その代わり貴子さん、今度メシ一回奢《おご》りね」

「分かった」

五分後、打ち合わせは終わった。

「じゃあ明日は早くなるし、おれ先に帰るわ」斎藤はテーブルから立ち上がり、「外務省前。三時四十五分ね」

そう貴子ににっと笑いかけ、喫茶室を出ていった。千葉もその後につづく。

貴子はほっとして、あらためてテーブルに座り直した。なんだかとても充実した気分だ。

しかし、そのちょっとした高揚感はすぐに打ち破られた。

不機嫌な顔をした及川が、喫茶室に現れたからだ。

「ひどいじゃないですか、貴子さん」

部屋の中には貴子以外誰もいないのに、そう声を低くして言ってくる。

こういうところも苦手だ。

だがそんな貴子の気持ちにお構いなく、及川は丸テーブルに腰を下ろす。

「お願いだからあとにしてとか、今忙しいとか言っていて、急にその仕事はほっぽり出して」

「だって、忙しかったのは本当だもん」

「嘘《うそ》ですよ」すぐに及川は切り返してくる。「あれ、先週の企画書じゃないですか」

びっくりした。

直後、怒りで顔が青ざめてくるのが自分でも分かった。

「あなた、いったい何やってんの？」思わず立ち上がった。立ち上がったまま及川を睨《にら》みつけた。「自分のやったことが、分かってんの？」

及川が気弱に目を伏せた。

こいつは——と思う。バレたときの覚悟も決めずに、人の机の上を盗み見る。そして今、そのことを突かれても開き直る度胸すらない——。

ふと、あのロクデナシのことを思い出した。

（困ったな。正直に言う、偽名だ）

そう、悲しくなるほど明るく言ってのけた。

あいつはクズだ。最低だ。だが、この男はそれ以下だ。こんな男と一度でも寝たのかと思うと、吐き気さえ覚えた。

お互いにしばらく黙っていた。

沈黙を破ったのは及川だった。

「……そんなに、ぼくのことが嫌いですか」

思わず笑いだしそうになる。嫌いもなにも最初から眼中にない。あの夜の一件は単なる事故だ。相手は誰でもよかった。

「あのね、及川くん。あなたにはもっといい相手がいるわよ」軽蔑《けいべつ》の上に成り立つ、ひんやりとした同情。「わたしみたいな三十路《みそじ》女じゃなく、もっと若くて性格のいい子がね」

「………」

「それにわたし、今は誰とも付き合う気はない」そう言い残し、そっと席を立った。

「――ごめんね」

丸テーブルに及川を残し、貴子は喫茶室を出た。

そのまま報道センターへと戻ってゆく。明日は朝が早い。残りの仕事を、手早く片付けなければならない。

二日前にあの極楽トンボと別れた。

まだ、たったの二日だ。

でも、それ以前のわたしなら及川に対してああいう言い方はしなかった。もっと煮え切らない返事をしていた。

どこか変わり始めている自分がいた。

（下巻につづく）

山崎豊子著
沈まぬ太陽
(一)アフリカ篇・上
(二)アフリカ篇・下

人命をあずかる航空会社に巣食う非情。その不条理に、勇気と良心をもって闘いを挑んだ男の運命。人間の真実を問う壮大なドラマ。

山崎豊子著
女系家族
(上・下)

代々養子婿をとる大阪・船場の木綿問屋四代目嘉蔵の遺言をめぐってくりひろげられる遺産相続の醜い争い。欲に絡む女の正体を抉る。

山崎豊子著
白い巨塔
(一〜五)

癌の検査・手術、泥沼の教授選、誤診裁判などを綿密にとらえ、尊厳であるべき医学界に渦巻く人間の欲望と打算を迫真の筆に描く。

荻原浩著
コールドゲーム

あいつが帰ってきた。復讐のために——。4年前の中2時代、イジメの標的だったトロ吉。クラスメートが一人また一人と襲われていく。

荻原浩著
噂

女子高生の口コミを利用した、香水の販売戦略のはずだった。だが、流された噂が現実となり、足首のない少女の遺体が発見された——。

荻原浩著
メリーゴーランド

再建ですか、この俺が？　あの超赤字テーマパークを、どうやって?! 平凡な地方公務員の孤軍奮闘を描く「宮仕え小説」の傑作誕生。

真保裕一著

ホワイトアウト

吉川英治文学新人賞受賞

吹雪が荒れ狂う厳寒期の巨大ダムを、武装グループが占拠した。敢然と立ち向かう孤独なヒーロー！ 冒険サスペンス小説の最高峰。

黒川博行著

大博打

なんと身代金として金塊二トンを要求する誘拐事件が発生。驚愕する大阪府警だが、犯行計画は緻密を極めた。驚天動地のサスペンス。

黒川博行著

疫病神

建設コンサルタントと現役ヤクザが、産廃処理場の巨大な利権をめぐる闇の構図に挑んだ。欲望と暴力の世界を描き切る圧倒的長編！

重松清著

ナイフ

坪田譲治文学賞受賞

ある日突然、クラスメイト全員が敵になる。私たちは、そんな世界に生を受けた——。五つの家族は、いじめとのたたかいを開始する。

重松清著

ビタミンF

直木賞受賞

もう一度、がんばってみるか——。人生の〝中途半端〟な時期に差し掛かった人たちへ贈るエール。心に効くビタミンです。

重松清著

卒業

大切な人を失う悲しみ、生きることの過酷さ。それでも僕らは立ち止まらない。それぞれの「卒業」を経験する、四つの家族の物語。

司馬遼太郎著

燃えよ剣（上・下）

組織作りの異才によって、新選組を最強の集団へ作りあげてゆく〝バラガキのトシ〟——剣に生き剣に死んだ新選組副長土方歳三の生涯。

司馬遼太郎著

新史 太閤記（上・下）

日本史上、最もたくみに人の心を捉えた〝人蕩し〟の天才、豊臣秀吉の生涯を、冷徹な史眼と新鮮な感覚で描く最も現代的な太閤記。

司馬遼太郎著

関ヶ原（上・中・下）

古今最大の戦闘となった天下分け目の決戦の過程を描いて、家康・三成の権謀の渦中で命運を賭した戦国諸雄の人間像を浮彫りにする。

司馬遼太郎著

花神（上・中・下）

周防の村医から一転して官軍総司令官となり、維新の渦中で非業の死をとげた、日本近代兵制の創始者大村益次郎の波瀾の生涯を描く。

司馬遼太郎著

城塞（上・中・下）

秀頼、淀殿を挑発して開戦を迫る家康。大坂冬ノ陣、夏ノ陣を最後に陥落してゆく巨城の運命に託して豊臣家滅亡の人間悲劇を描く。

司馬遼太郎著

果心居士の幻術

戦国時代の武将たちに利用され、やがて殺されていった忍者たちを描く表題作など、歴史に埋もれた興味深い人物や事件を発掘する。

城山三郎著 毎日が日曜日

日本経済の牽引車か、諸悪の根源か？　総合商社の巨大な組織とダイナミックな機能・日本的体質を、商社マンの人生を描いて追究。

城山三郎著 官僚たちの夏

国家の経済政策を決定する高級官僚たち――通産省を舞台に、政策や人事をめぐる政府・財界そして官僚内部のドラマを捉えた意欲作。

城山三郎著 男子の本懐

〈金解禁〉を遂行した浜口雄幸と井上準之助。性格も境遇も正反対の二人の男が、いかにして一つの政策に生命を賭したかを描く長編。

城山三郎著 硫黄島に死す

〈硫黄島玉砕〉の四日後、ロサンゼルス・オリンピック馬術優勝の西中佐はなお戦い続けていた。文藝春秋読者賞受賞の表題作など7編。

城山三郎著 冬の派閥

幕末尾張藩の勤王・佐幕の対立が生み出した血の粛清劇〈青松葉事件〉をとおし、転換期における指導者のありかたを問う歴史長編。

城山三郎著 落日燃ゆ

毎日出版文化賞・吉川英治文学賞受賞

戦争防止に努めながら、A級戦犯として処刑された只一人の文官、元総理広田弘毅の生涯を、激動の昭和史と重ねつつ克明にたどる。

松本清張著
点と線
一見ありふれた心中事件に隠された奸計！列車時刻表を駆使してリアリスティックな状況を設定し、推理小説界に新風を送った秀作。

松本清張著
黒い画集
身の安全と出世を願う男の生活にさす暗い影。絶対に知られてはならない女関係。平凡な日常生活にひそむ深淵の恐ろしさを描く7編。

松本清張著
霧の旗
兄が殺人犯の汚名のまま獄死した時、桐子は依頼を退けた弁護士に対する復讐を開始した。法と裁判制度の限界を鋭く指摘した野心作。

松本清張著
砂の器（上・下）
東京・蒲田駅操車場で発見された扼殺死体！新進芸術家として栄光の座をねらう青年の過去を執拗に追う老練刑事の艱難辛苦を描く。

松本清張著
黒革の手帖（上・下）
横領金を資本に銀座のママに転身したベテラン女子行員。夜の紳士を相手に、次の獲物をねらう彼女の前にたちふさがるものは――。

松本清張著
けものみち（上・下）
病気の夫を焼き殺して行方を絶った民子。疑惑と欲望に憑かれて彼女を追う久恒刑事。悪と情痴のドラマの中に権力機構の裏面を抉る。

太宰治著 ヴィヨンの妻

新生への希望と、戦争の後も変らぬ現実への絶望感との間を揺れ動きながら、命をかけて新しい倫理を求めようとした文学的総決算。

太宰治著 津軽

著者が故郷の津軽を旅行したときに生れた本書は、旧家に生れた宿命を背負う自分の姿を凝視し、あるいは懐しく回想する異色の一巻。

太宰治著 人間失格

生への意志を失い、廃人同様に生きる男が綴る手記を通して、自らの生涯の終りに臨んで、著者が内的真実のすべてを投げ出した小説。

太宰治著 グッド・バイ

被災・疎開・敗戦という未曽有の極限状況下の経験を我が身を燃焼させつつ書き残した後期の短編集。「苦悩の年鑑」「眉山」等16編。

太宰治著 パンドラの匣《はこ》

風変りな結核療養所で闘病生活を送る少年を描く「パンドラの匣」。社会への門出に当って揺れ動く中学生の内面を綴る「正義と微笑」。

太宰治著 きりぎりす

著者の最も得意とする、女性の告白体小説の手法を駆使して、破局を迎えた画家夫婦の内面を描く表題作など、秀作14編を収録する。

新潮文庫最新刊

塩野七生著
ギリシア人の物語1
—民主政のはじまり—
名著「ローマ人の物語」以前の世界を描き、現代の民主主義の意義までを問う、著者最後の歴史長編全四巻。豪華カラー口絵つき。

吉田修一著
湖の女たち
寝たきりの老人を殺したのは誰か？　吸い寄せられるように湖畔に集まる刑事、被疑者の女、週刊誌記者……。著者の新たな代表作。

尾崎世界観著
母《おも》影《かげ》
母は何か「変」なことをしている——。マッサージ店のカーテン越しに少女が見つめる、母の秘密と世界の歪《いびつ》。鮮烈な芥川賞候補作。

志川節子著
日日是好日
芽吹長屋仕合せ帖
わたしは、わたしを生ききろう。縁があっても、独りでも。縁が縁を呼び、人と人がつながる「芽吹長屋仕合せ帖」シリーズ最終巻。

仁志耕一郎著
凜と咲け
—家康の愛した女たち—
女子《おなご》の賢さを、上様に見せてあげましょうぞ。意外にしたたかだった側近女性たち。家康を支えつつ自分らしく生きた六人を描く傑作。

西條奈加著
因果の刀
金春屋ゴメス
江戸国からの阿片流出事件について日本から査察が入った。建国以来の危機に襲われる江戸国をゴメスは守り切れるか。書き下し長編。

ワイルド・ソウル（上）

新潮文庫　か－47－3

平成二十一年十一月一日発行
令和五年八月五日十一刷

著者　垣《かき》根《ね》涼《りょう》介《すけ》

発行者　佐藤隆信

発行所　株式会社新潮社

郵便番号一六二―八七一一
東京都新宿区矢来町七一
電話　編集部(〇三)三二六六―五四四〇
読者係(〇三)三二六六―五一一一
https://www.shinchosha.co.jp

価格はカバーに表示してあります。

乱丁・落丁本は、ご面倒ですが小社読者係宛ご送付ください。送料小社負担にてお取替えいたします。

印刷・錦明印刷株式会社　製本・錦明印刷株式会社

ISBN978-4-10-132973-4 C0193